古典詩歌研究彙刊

第十二輯

龔鵬程 主編

第 16 冊

秦觀詞接受史(下)

許淑惠 著

國家圖書館出版品預行編目資料

秦觀詞接受史（下）／許淑惠 著 -- 初版 -- 新北市：花木蘭
文化出版社，2012〔民 101〕
目 4+210 面；17×24 公分
（古典詩歌研究彙刊 第十二輯；第 16 冊）
ISBN 978-986-254-912-4（精裝）
1.（宋）秦觀 2. 宋詞 3. 詞論
820.91   101014514

ISBN-978-986-254-912-4

9 789862 549124

古典詩歌研究彙刊
第十二輯　第十六冊
ISBN：978-986-254-912-4

秦觀詞接受史（下）

作　　者　許淑惠
主　　編　龔鵬程
總 編 輯　杜潔祥
出　　版　花木蘭文化出版社
發 行 所　花木蘭文化出版社
發 行 人　高小娟
聯絡地址　新北市永和區中正路五九五號七樓
　　　　　電話：02-2923-1455／傳眞：02-2923-1452
網　　址　http://www.huamulan.tw 信箱 sut81518@gmail.com
印　　刷　普羅文化出版廣告事業
初　　版　2012 年 9 月
定　　價　第十二輯 24 冊（精裝）新台幣 33,600 元

秦觀詞接受史（下）

許淑惠　著

目次

第四章　歷代秦觀詞的評騭接受（二）明代詞論

　　中國詞史歷時久遠，發展至明代，評價不高。王易《中國詞曲史》曾直言其弊云：「作者固多，然詞不逮宋，曲不敵元，步古人之墟，拾前賢之唾而已。以視往代，信乎其以爲病也。」〔註1〕〔明〕錢允治〈國朝詩餘序〉究其衰頹之因云：「騷壇之士，試爲拍弄，才爲句掩，趣因理湮，體段雖存，鮮能當行。」〔註2〕當時代城市經濟繁榮，工商業興盛，帶動小說、戲曲、歌謠、笑話、彈詞、俗曲及寶卷等俗文學風行，廣受市民喜愛，卻間接影響詞體發展，乃詞體創作上的停滯階段。至其詞學發展，近人張仲謀《明詞史》提出三大面向：一爲音韻譜律之學、二爲詞集的編選與叢刻、三爲詞學批評〔註3〕，皆可爲清代詞學復興，預作準備。故中國詞學整體發展，明詞實屬不可或缺之環節，亦呈現獨到特質；吾人論歷代對秦觀的接受，斷不可略此時代。明代詞話專著主要有陳霆《渚山堂詞話》、楊愼《詞品》、王世

〔註1〕　王易：《中國詞曲史》，（北京：團結出版社，2006年3月），頁331。

〔註2〕　〔明〕錢允治輯：《類編箋釋國朝詩餘》，《續修四庫全書》（上海：上海古籍出版社，2002年3月），集部，冊1728，頁212。

〔註3〕　張仲謀歸納明代詞學發展三大面向，參見張仲謀撰：《明詞史》（北京：人民文學出版社，2002年2月），頁329～344。

貞《藝苑卮言》、俞彥《爰園詞話》等，然最爲特殊、有趣者，必屬評點資料。據孫琴安《中國評點文學史》云：

> 隨著明代評點文學的全面昌盛，對詞的評點也開始由個別
> 人的重視而形成了一支陣容可觀的隊伍。像李攀龍、湯顯
> 祖等一些在當時頗有名望的文學家都對詞進行過評點，而
> 使明代的詞的評點也出現了一個前所未有的高峰。〔註4〕

宋末黃昇編《唐宋諸賢絕妙詞選》，已見評詞短語，至明代則大行其道，尤以中、晚明最爲流行。明人論及秦詞，以評點資料最爲豐富，尤以閱讀《草堂詩餘》後，直接進行隨筆式的批注，最爲繁多，由此亦可見明人閱讀秦詞時的所感所思，故本章特就詞話專著及評點資料論及秦觀的部份，進行探索，藉此窺探明人對秦觀的接受態度。

第一節　秦詞爲婉約之正宗

　　自詞體產生以來，文人恒以詩、文言志議政，投注淑世的理想，卻將風流艷情、遊冶享樂等感性慾望層面，傾注於詞體。葉嘉瑩《詞學新詮》論詞體特性云：「當日的士大夫們，在爲詩爲文方面，既曾長久地受到了「言志」與「載道」之說的壓抑，而今乃竟有一種歌辭之文體，使其寫作時可以完全脫除「言志」與「載道」之壓抑與束縛，而純以遊戲筆墨作任性的寫作，遂使其久蘊於內心的某種幽微的浪漫的感情，得到一個宣泄的機會。」〔註5〕足見文人投注於詩、詞的關注，本不相同。再就其傳播方式及功用論之，西蜀詞人歐陽炯〈花間集序〉曾云：

> 鏤玉雕瓊，擬化工而迴巧；裁花剪葉，奪春豔以爭鮮。……
> 則有綺筵公子，繡幌佳人，遞葉葉之花箋，文抽麗錦；舉纖

〔註4〕 孫琴安撰：《中國評點文學史》（上海：上海科學院出版社，1999 年
　　　　6 月），頁 145。
〔註5〕 葉嘉瑩撰：〈論詞學中之困惑與花間詞之女性敘寫及其影響〉，見《詞
　　　　學新詮》（北京：北京大學出版社，2008 年 4 月），頁 65。

纖之玉指，拍按香壇。不無清絕之詞，用助嬌嬈之態。〔註6〕

陳世修〈陽春錄序〉亦言：「公（馮延巳）以金陵盛時，內外無事，朋僚親舊，或當燕集，多運藻思，或為樂府新詞，俾歌者依絲竹而歌之，所以娛賓而遣興也。」〔註7〕是知詞本用於娛賓遣興，佐歌侑觴，且受城市經濟高度發展影響，歌館樓榭，藝人伶妓，善於演唱，除有助於詞體傳播，更使詞體被逐步歸屬於淫艷香軟、饒富風情之作。受此觀念影響，人們對詞體的認知，帶有不少的困惑及矛盾，深切影響歷代以來的詞學批評觀點。

　　古人針對文體進行思考、批評，其目的無非是希望透過辨明體性，進而確立可供依循的範式，或建立詞學理論。辨析文體自六朝以來，日趨於嚴密，針對該類文體的文學派別、作品風格、文章體裁及體用等面向，進行討論；後世詩、詞、曲諸體代有興替，批評者亦致力於各類體製的區分，對於詞體獨特性的確立，有推波助瀾的效果。明詞創作成就不高，雖成通說，但明人重新認識詞體特質，對詩、詞、曲界定更加明朗，則有助於詞學觀念的推進。如〔明〕錢允治〈類編箋釋國朝詩餘序〉云：

> 竊意漢人之文，晉人之字，唐人之詩，宋人之詞，金元人之曲，各擅所能，各造其極，不相為用。縱學窺二酉，才擅三長，不能兼勝。詞至北宋，無論歐、晁、蘇、黃，即方外閨閣，固不消魂驚魄，流麗動人。〔註8〕

明人肯定文學各有一代之勝，且對詩、詞、曲的分判，更為清晰，乃有助於確立學習典範。有此省思後，進而對詞的體性進行探討，考察面向大抵有二：一為論斷詞體本色、正變，藉此提昇詞體地位；二為

〔註6〕〔後蜀〕歐陽炯撰：〈花間集序〉，收錄於施蟄存《詞籍序跋萃編》（北京：中國社會科學出版社，1994年12月），頁631。

〔註7〕〔宋〕陳世修撰：〈陽春錄序〉，收錄於施蟄存《詞籍序跋萃編》，頁15。

〔註8〕〔明〕錢允治撰：〈類編箋釋國朝詩餘序〉，《續修四庫全書》（上海：上海古籍出版社，2002年3月），集部，冊1728，頁212。

辨明詩詞異趣，彰顯詩詞各具特質。此兩大思考面向，亦深切影響明人對秦詞的接受態度，茲探析如次：

一、論秦詞風格婉約

探求詞學風格，牽涉層面甚廣，如雅正俚俗、詞體正變皆深受影響，接受態度亦不盡相同。明人關注詞體風格，不再戮力提倡復雅、歸正，反而趨向綺艷、世俗，標榜婉約為詞之正，豪放則屬詞之變，此觀點亦直接影響後世對秦詞風格的界定。如〔清〕樊增祥〈東溪草堂詞選自序〉云：「少游俊朗，世罕其儔，婉約多風，嘽緩入律，慢令雙美，靡得而閒。」〔註9〕今人薛礪若《宋詞通論》亦云：「北宋詞自晏氏父子至歐陽永叔，已成了一個婉約派的完整系統。所謂正統派的詞人，至少游則更登峰造極，遂使此派詞風，益復煥其異彩。」〔註10〕吳梅《詞學通論》云：「開婉約之風者，為秦觀。」〔註11〕後世多以「婉約」評論秦詞風格，此定義實肇始自明代。茲就明人對秦詞本質的思考，亦兼及對正、變的界定，探析如次：

（一）張綖、王世貞、秦士奇：秦觀為「婉約正宗」

張綖（1484～1540），字世文，又作世昌，高郵（今江蘇）人。張綖景仰心慕同鄉先賢秦觀，曾刻《淮海集》，〈序〉云：「綖每進見搢紳先生，未有不詢及秦公者。流風遺韻，隱然如高山巨川，人皆識其為一鄉之望，乃知地以人而勝也。然公沒已數百年，而盛名不泯，亦以文之有傳焉耳！……蓋其逸情豪興，圍紅袖而寫烏絲，驅風雨於揮毫，落珠璣於滿紙，婉約綺麗之句，綽乎如步春時女，華乎如貴游子弟，此特公之緒餘者耳。至於灼見一代之利害，建事揆策，與賈誼、陸贄爭長，沉味幽玄，博參諸子之精蘊，雄篇大筆，宛然古作者之風，

〔註9〕〔清〕樊增祥撰：《樊山集》（臺北：文海書局，1983年10月），卷23，頁690。

〔註10〕薛礪若《宋詞通論》（臺北：開明書店，1958年5月），頁121～122。

〔註11〕吳梅撰：《詞學通論》（上海：上海古籍出版社，2006年4月），頁47。

此則其精華也。……」〔註12〕足見張綖極度肯定秦觀才學，對詞體亦多所讚揚。秦詞多有贈妓餘興之作，張綖〈草堂詩餘別錄序〉亦試圖為其說項云：「大抵宋制許用官妓，故士大夫多有此作，以適一時之興。雖東坡之詞，致堂（胡仔）稱其一洗綺羅香澤之氣，擺脫綢繆婉轉之態，而其留連聲妓之作，亦復不少，濫觴者不特一秦少游也。」〔註13〕明代詞樂失傳，張綖《詩餘圖譜》創為譜系，雖於音律之學，尚隔一塵，但已初具開創之功，凡例標舉婉約、豪放兩大風格，用以概括詞體風格、內容、創作筆法等面向，堪稱詞學發展史上的重要論點，茲引述其觀點如次：

> 詞體大略有二：一體婉約，一體豪放。婉約者欲其詞情蘊藉，豪放者欲其氣象恢弘。蓋亦存乎其人，如秦少游之作，多是婉約；蘇子瞻之作，多是豪放。大抵詞體以婉約為正，故東坡稱少游為今之詞手。〔註14〕

宋金元諸朝以來爭論的詞體風格課題，至張綖提出明確界定，區分為婉約、豪放二派，定義婉約應為「詞情蘊藉」，豪放則當「氣象恢弘」，秦觀婉約正宗之地位，就此確立，後世多承此說，影響深遠。張綖才學出眾，極度推崇秦觀，據朱曰藩〈南湖詩餘序〉云：「吾郡南湖張先生，弱冠作無題詩及香奩雜詩數十首，一時盛傳，以為淮海才子。……或問長短句，予曰：『《詩餘圖譜》，備矣！』從王西樓（王世貞）游，早傳斯技之旨，每填一篇，必求合某宮某調第幾聲，出入第幾犯務俾抗墜圓美合作而出，故能獨步於絕響之後，稱『再來少游』。予每欲擇其詞之精者合少游詞成一帙，以遺鄉人為詞學指南，特多事來未遑也。」〔註15〕張綖另就秦詞風格，進行評論，如評〈浣

〔註12〕〔明〕張綖撰：〈淮海集序〉，收錄於周義敢、周雷編《秦觀資料彙編》（北京：中華書局，2001 年 5 月），頁 172～173。

〔註13〕〔明〕張綖撰：《草堂詩餘別錄》，明嘉靖二十六年黎儀抄本，現藏於國家圖書館。

〔註14〕〔明〕張綖撰：《詩餘圖譜》，收錄於《續修四庫全書》，集部，冊 1735，頁 473。

〔註15〕〔明〕朱曰藩撰：〈南湖詩餘序〉，收錄於趙尊嶽《明詞彙刊》（上海：

溪沙〉（錦帳重重捲暮霞）云：

> 前段用元微之〈天臺〉詩意，後段婉約有味，末句尤含蓄
> 深思。〔註16〕

張綖論此詞前段承元稹詩意，後段風格婉約，末句爲「滿庭芳草襯殘花」，化用五代後蜀毛熙震〈浣溪沙〉詞句「花榭香紅煙景迷，滿庭芳草綠萋萋」，滿庭芳草與殘花相映，予人春暮之感，象徵美人年華老去，表面看似描寫春景，實則蘊含情意。張綖評秦詞「婉約有味」、「含蓄深思」，皆與其定義婉約風格當爲「詞情蘊藉」相契合，故秦觀深受張綖推尊，爲「婉約正宗」。

王世貞（1526～1590），字元美，號鳳洲，太倉（今江蘇）人，著《弇州山人四部稿》，爲明代後期重要的文壇領袖。王世貞對詞體亦高度關注，《藝苑巵言》云：「詞者，樂府之變也。昔人謂李太白〈菩薩蠻〉、〈憶秦娥〉；楊用脩（楊愼）又傳其〈清平樂〉二首，以爲詞祖；不知隋煬帝已有〈望江南〉詞。蓋六朝諸君臣，頌酒賡色，務裁豔語，黙啓詞端，實爲濫觴之始。」又云：「詞號稱詩餘，然而詩人不爲也。何者？其婉變而近情也，足以移情而奪嗜，其柔靡而近俗也。」〔註17〕王世貞對詞體「婉變近情」、「柔靡近俗」之本質，已有認知，更針對詞體正、變，進行探討：

> 言其業，李氏、晏氏父子、耆卿、子野、美成、少游、易
> 安至矣，詞之正宗也；溫、韋艷而促，黃九精而刻，長公
> 麗而壯，幼安辨而奇，又其次也，詞之變體也。〔註18〕

王世貞界定詞體本質云：「詞須宛轉縣麗，淺至儇俏，挾春月烟花於閨幨內奏之。一語之豔，令人魂絕；一字之工，令人色飛，乃爲貴耳。至

　　　　上海古籍出版社，1992 年 7 月），84。

〔註16〕〔明〕張綖撰：《淮海長短句》，轉引自清・張宗橚編、楊寶霖補正：
　　　　《詞林紀事、詞林紀事補正合編》，上冊，頁 428。

〔註17〕〔明〕王世貞撰：《藝苑巵言》，收錄於唐圭璋編《詞話叢編》，冊 1，
　　　　頁 385。

〔註18〕〔明〕王世貞撰：《藝苑巵言》，收錄於唐圭璋編《詞話叢編》，冊 1，
　　　　頁 385。

於慷慨磊落，縱橫豪爽，抑亦其次，不作可耳；作則寧爲大雅罪人，勿儒冠而戎服也。」〔註19〕肯定李煜、晏殊、晏幾道、柳永、張先、周邦彥、秦觀、李清照等人，爲「詞之正宗」，符合詞體婉約本質；溫庭筠、韋莊、黃庭堅、蘇軾、辛棄疾等人，各有所偏，故爲「變體」。較之張綖僅論婉約爲正，王世貞以「正」、「變」爲綱領，具個人思考，影響深遠。後有秦士奇〈古香岑草堂詩餘序〉亦採此觀點云：「夫詩亡而餘騷賦，騷賦變而餘樂府，樂府缺而餘詞曲。粵古之樂章、樂歌、樂曲皆出於雅正，……其間可歌可誦者如李、晏、柳五、秦七、『雲破月來花弄影』郎中、『紅杏枝頭春意鬧』尚書，閨彥若易安居士，詞之正也。」〔註20〕秦氏針對詞體由來進行追溯，並將詞風歸爲雅正，而李煜、晏幾道、柳永、秦觀、張先、宋祁、李清照等人皆爲詞體正宗。

（二）何良俊、李濂：秦詞爲「當行本色」

何良俊（1506～1573），字元朗，華亭（今江蘇）人，著《何氏語林》三十卷、《四友齋叢說》三十八卷。少篤學，二十年不下樓，與弟良傅並負俊才。論詞體最受關注者，唯〈草堂詩餘原序〉一文，定義詞體風格云：

> 然樂府以皦逕揚屬爲工，詩餘以婉麗流暢爲美。即《草堂詩餘》所載，如周清眞、張子野、秦少游、晁叔原諸人之作，柔情曼聲，摹寫殆盡，正詞家所謂當行，所謂本色也。
> 〔註21〕

何氏以「當行」、「本色」論詞體，與宋人陳師道、晁補之所評，用語相同，差異處在於，何氏區別樂府詩與詞體的差異，進而凸顯詞體應

〔註19〕〔明〕王世貞撰：《藝苑巵言》，收錄於唐圭璋編《詞話叢編》，冊1，頁385。

〔註20〕〔明〕秦士奇撰：〈古香岑草堂詩餘序〉，參見余意所匯輯之明人詞學序跋、詞話，收錄於《明代詞學之建構・附錄》（上海：上海古籍出版社，2009年7月），頁281。

〔註21〕〔明〕何良俊撰：〈草堂詩餘原序〉，收錄於《續修四庫全書》，冊1728，頁67。

以「婉麗流暢」爲美，並以此爲辨別詞體本質之準則。就此序觀之，可知何良俊標舉《草堂詩餘》風氣，並視秦詞爲當行本色。「柔情曼聲」指情意溫婉纏綿，音律舒緩；「摹寫殆盡」則指筆法精湛，用語自然。而李濂〈碧雲清嘯序〉亦論及陳師道所評云：「逮宋盛時，歐陽永叔、蘇子瞻、黃魯直、秦少游、晏同叔、張子野諸子，咸富填腔之作，要之以醞藉婉約者爲入格。故陳無己（陳師道）評子瞻詞高才健筆，雖極天下之工，然終非本色，以其豪氣太露也。而子瞻獨稱少游爲今之詞手，豈非取其醞藉婉約爾耶？」〔註 22〕李濂（生卒年不詳），字川父，祥符（今河南）人，少負俊才，少年聯騎出城，搏獸射雉，酒酣悲歌，慨然慕信陵君、侯生之爲人，畢生肆力爲學，著述甚豐，尤以古文名聞當代。李氏肯定歐陽脩、蘇軾、黃庭堅、秦觀、晏殊、張先等人，多有詞篇問世，但蘇軾豪氣太露，而秦詞則符合詞體「醞藉婉約」之本質。

（三）王廷表：秦觀擅長比興

王廷表（生卒年不詳），字民望，阿迷（今雲南）人。爲官不避權貴，性行惇篤，凡有益於鄉者，必倡言之。爲學常與楊愼唱和往來，可窺見其詞學觀點，如〈升庵長短句續集序〉云：

> 宋人無詩而有詞。論比興，則月下秦淮海、花前晏小山；
> 較筋節，則妥貼坡老、排戛稼軒，所以擅場絕代也。〔註 23〕

「比興」，是「詩六義」中比、興的並稱，爲中國古典詩歌創作的兩大方法。〔南朝〕劉勰《文心雕龍・比興》則嘗試作出定義云：「故比者，附也；興者，起也。附理者，切類以指事；起情者，依微以擬議。」〔註 24〕鍾嶸《詩品序》亦云：「詩有三義焉。一曰興，二曰比，三曰

〔註 22〕〔明〕李濂撰：〈碧雲清嘯序〉，收錄於《四庫全書存目叢書》集部，冊 71，卷 56，頁 96。

〔註 23〕〔明〕王廷表撰：〈升庵長短句跋〉，參見余意所匯輯之明人詞學序跋、詞話，收錄於《明代詞學之建構・附錄》（上海：上海古籍出版社，2009 年 7 月），頁 212。

〔註 24〕〔梁〕劉勰著、范文瀾注：《文心雕龍註》（北京：人民文學出版社，

賦。文已盡而義有餘，興也；因物喻志，比也；直書其事，寓言寫物，賦也。」〔註25〕是知比興手法，或以此物比彼物，或先言他物，再引起所詠之辭，皆以他物述己身情感，手法較為幽微，更顯含蓄蘊藉。宋詞人擅此道者，以秦觀、晏幾道為代表。「筋節」指筋肉關節之遒勁有力，兩宋詞人以蘇詞之勻當，辛詞之矯健，足以當之。此處以「比興」、「筋節」進行區分，與「婉約」、「豪放」之評，有所不同。繆鉞《詩詞散論》云：「詩顯而詞隱，詩直而詞婉，詩有時直言而詞更多比興，詩尚能敷揚，而詞尤貴蘊藉。」〔註26〕詩詞之別，不僅於句法韻律等外在形式，更在於二者之情思意境，詩篇如實陳述，詞體委婉含蓄，王廷表標舉秦觀與晏幾道兩人，針對比興筆法的幽微呈現，而顯得蘊藉融合，耐人尋味。

（四）單恂、萬惟檀、蔣芝、徐師曾、范文英、夏樹芳……： 秦觀為宋詞名家

肯定宋詞發展蔚為鼎盛，進而標舉秦觀為宋詞婉約名家者，為數甚夥，如單恂〈詩餘圖譜序〉論詞體發展云：「洎太白、飛卿輩，創為〈憶秦娥〉、〈菩薩蠻〉等闋，而詞著矣！自南唐入宋則歐、秦、周、蘇諸君始大振。論者乃謂詩餘盛而詩亡。要令深婉流麗，無傷大雅，即去古詩樂府非遠。」〔註27〕單恂（生卒年不詳），字質生，華亭（今江蘇）人，著有《白燕菴詩集》。此論涉及詞體起源，並稱揚歐陽脩、秦觀、周邦彥、蘇軾等人繼起，詞體發展鼎盛。萬惟檀〈詩餘圖譜序〉亦云：「詞之盛於宋，極矣！首倡則歐陽公，於時詞人蔚起，豪放不羈，則有眉山蘇子瞻；雄渾得機，則有豫章黃魯直；縱橫如意，則有臨川王介甫；醞釀不凡，則有彭城陳無己；以至情詞婉約，則有高郵秦少

　　2006 年 1 月第 4 次印刷），下冊，頁 601。

〔註25〕〔梁〕鍾嶸撰：《詩品》（北京：中華書局，1991 年北京第一版），卷1，頁 10。

〔註26〕繆鉞：《詩詞散論》（臺北：臺灣開明書局，1966 年 2 月），頁 4～5。

〔註27〕〔明〕單恂撰：〈詩餘圖譜序〉，收錄於趙尊嶽《明詞匯刊》（上海：上海古籍出版社，1992 年 7 月），上冊，頁 887。

游，皆詞家宗匠，振古於茲。」〔註28〕萬惟檀（生卒年不詳），字子馨，曹縣（今山東）人，萬氏肯定宋詞發展鼎盛，各家風格殊異，秦觀「情詞婉約」，與歐陽脩、蘇軾、黃庭堅、王安石、陳師道等人，皆為「詞家宗匠」。蔣芝（生卒年不詳），成都（今四川）人，〈詩餘圖譜序〉云：「文詞之宋，斯盛極矣。自歐陽公首倡於時，文人詞客彬彬輩出。眉山有蘇子瞻、豫章有黃魯直、臨川有王介甫、彭城有陳無己、高郵有秦少游，皆文詞宗工，諸家集可睹也。而秦之賦才，特長於詞，故謂其以詞為詩，蓋秦之於詞尤騷之屈、詩之杜，千載絕唱也。……誦群公之論，即秦之長於詞，殆天賦也歟？當時傳播人間，雖遠方女子亦膾炙，至有好而至死者，非針芥之感何至爾爾。嗟夫，長淮、大海精華之氣，振古於斯。」〔註29〕此說與萬維檀相去不遠，將秦詞與屈原〈離騷〉、杜甫詩歌並稱為「千載絕唱」，肯定之情益見深切。

另有徐師曾（1546～1610），字伯魯，吳江（今江蘇）人，研究經學，撰《禮記集註》諸編，學者稱魯菴先生。另撰《文體明辨·詩餘》論及秦觀云：「然秦少游觀之詞傳播人間，雖遠方女子亦知膾炙，至有好而至死者，則其感人因可想見，殆不可謂俗體而廢之也。」〔註30〕此論肯定秦詞傳播廣泛，並提及長沙義倡殉情之事，藉此凸顯秦詞感人至深。夏樹芳〈刻宋名家詞序〉云：「夫詞至宋人，而詞始霸。曼衍繁昌，至宋而詞之名始大備。其人韶令秀世，其詞復鮮豔殢人，有新脫而無因陳，有圓倩而無沾滯，有纖麗而無冗長，有峭拔而無鉤棘。……茲刻《宋名家詞》，凡十人。揥摭俊異，各具本色。余得而上下之，轆轤酣暢。若同叔之玄超，小山之流媚，柳屯田之翻空廣調，六一居士之清遠多風，幾最按拍。加以

〔註28〕 〔明〕萬惟檀撰：〈詩餘圖譜序〉，收錄於趙尊岳《明詞匯刊》（上海：上海古籍出版社，1992 年 7 月），上冊，頁 888。

〔註29〕 〔明〕蔣芝撰：〈詩餘圖譜序〉，參見余意所匯輯之明人詞學序跋、詞話，收錄於《明代詞學之建構·附錄》，頁 287。

〔註30〕 〔明〕徐師曾撰：《文體明辨》，參見余意所匯輯之明人詞學序跋、詞話，收錄於《明代詞學之建構·附錄》，頁 298。

坡翁之卓絕，山谷之蕭疏，淮海之搴芳，東堂之振藻，亟爲引商。至於幼安之風襟豪上，睥睨無前，放翁之不倫不理，乾坤莽蕩，又勃勃焉欲搴裳濡足以游。」〔註31〕夏樹芳（生卒年不詳），字茂卿，江陰（今江蘇）人，夏氏肯定毛晉篤心汲古之功，藏書甚盛，刻有《宋名家詞》九十卷，錄晏殊、晏幾道、柳永、歐陽脩、蘇軾、黃庭堅、秦觀、辛棄疾、陸游等人詞篇。夏氏評秦詞「搴芳」，意即秀美，帶有肯定之情。茹天成〈重刻絕妙詞選引〉云：「唐人作長短句詞，乃古樂府之濫觴也。太白倡之，仲初、樂天繼之，及宋之名流，益以詞爲尙。如東坡、少游輩，才情俊逸，籍籍人口，往往象題措詞，不失樂府之遺意。……余友本嬰秦太學壻，夙好古風，每見其鼻祖少游詞章，輒諷玩不休。今得是編，頗愜其向往之初心。」〔註32〕茹氏標舉蘇軾、秦觀才思情致超群拔俗，其友人每見秦觀詞篇往往愛不忍釋，喜愛之情甚爲濃厚。上述諸家所評，皆肯定宋詞發展高度繁榮，而秦觀爲宋詞名家，具有承先啓後的重要地位。

二、評秦詞特爲出色

秦觀爲北宋著名文人，才學出眾，詩、詞、文、賦、書，多所擅長，尤以詞篇最受矚目，後世無不推崇備至。歷代論及秦詞及他類文體比重，代有消長。秦詞於宋代雖已佳評如潮，但當代時人評論秦觀，多兼及詩文，視野仍較爲全面，如蘇軾及蘇門學士，乃就其才學及人品予以肯定，亦多讚賞秦觀他類文體之妙。但今日論及秦觀，讀者目光多投注於詞體，兼及他類文體者，寥寥可數，此情況實有發展脈絡可尋，明代尤屬重要時期，茲就明人對秦觀詞體及他類文體的接受態度，略述如次：

〔註31〕　〔明〕夏樹芳撰：〈刻宋名家詞序〉，收錄於施蟄存《詞籍序跋萃編》，頁715。

〔註32〕　〔明〕茹天成撰：《重刻絕妙詞選引》參見余意所匯輯之明人詞學序跋、詞話，收錄於《明代詞學之建構・附錄》，頁288。

（一）楊慎、沈際飛、王世貞：秦詩不強人意

楊慎（1488～1559），字用修，號升庵，新都（今四川）人。研究面向甚廣，著作繁多，〔清〕李調元《雨村詩話》稱賞爲「有明博學第一」〔註33〕，撰詞話專著《詞品》七卷，共三百多則，數量可觀，廣博收羅歷代詞人本事及前人品評話語，致力探索詞調緣起，深具詞史觀。《詞品》云：「詩詞同工而異曲，共源而分派。」〔註34〕明言詩、詞共源，已有意識推尊詞體。論秦觀詩、詞云：

> 宋人如秦少游、辛稼軒，詞極工矣，而詩殊不強人意。〔註35〕

此言肯定秦觀、辛棄疾擅長塡詞，但作詩則略遜一籌。細究之，則可見楊慎對於詩、詞有別，各具特質，早已了然於心。《詞品》論詞體源起云：「大率六朝人詩，風華情致，若作長短句，即是詞也。宋人長短句雖盛，而其下者，有曲詩、曲論之弊，終非詞人本色。予論塡詞必溯六朝，亦昔人窮探黃河源之意也。」〔註36〕將詞體起緣上溯至六朝，或許過於主觀，但此處明言詞體本色，當爲「風華情致」，則爲詩、詞二體的最大分野，楊慎評秦詞工巧，其要點便在於秦詞符合詞的本質。沈際飛（生卒年不詳），字天羽，活動時間爲明代後期。詩、詞、文、戲劇、皆予以評點，面向多元。評點《草堂詩餘》據顧從敬《類編草堂詩餘》，稱《古香岑草堂詩餘四集》，共十七卷。沈際飛指出前人蔑視詞體的現象，云：「夫李白之〈憶秦娥〉、〈菩薩蠻〉，王建之〈調笑令〉，白居易之〈憶江南〉。昔日以爲詩而非詞，今日以爲詞而非詩，讀者自作歧視，而作之者夫何歧乎？故詩餘之傳，非傳詩也，傳情也，傳其縱古橫今，體莫備於斯也。」〔註37〕可窺見沈際

〔註33〕〔清〕李調元撰：《雨村詩話》（臺北：宏業書局，1972 年 4 月），17642。

〔註34〕〔明〕楊慎撰：《詞品》收錄於張璋、職承讓等編《歷代詞話》，上冊，頁229。

〔註35〕〔明〕楊慎撰：《詞品》收錄於張璋、職承讓等編《歷代詞話》，上冊，頁229。

〔註36〕〔明〕楊慎撰：《詞品》收錄於張璋、職承讓等編《歷代詞話》，上冊，頁231～232。

〔註37〕〔明〕沈際飛撰：《草堂詩餘四集‧序》，收錄於張璋、職承讓等編

飛的思考觀點，一則肯定詞體地位，二則標舉詞善言情。準此觀點，評價秦觀詩、詞云：

> 詩與詞幾不可強同，而楊用修亦曰：詩聖如子美，不作塡詞；宋人如秦、辛，詞極工矣，而詩不強人意。〔註38〕

沈際飛承楊愼之評，明言詩、詞不可強同，以杜甫詩歌出色，卻未塡詞，秦詞工巧，詩則難以相提並論。而王世貞除了標舉秦觀爲詞體正宗外，亦關注秦觀詩、詞之高下優劣：

> 魯直書勝詞，詞勝詩，詩勝文。少游詞勝書，書勝文，文勝詩。〔註39〕

此處與黃庭堅相對比，較之書法、詩、詞、文等面向，兩人各有所長。評秦觀塡詞最爲高明，與歷來諸家觀點並不相悖；然論及黃庭堅，其塡詞工巧與否，爭議較多，此處王氏認爲黃庭堅詞篇較之詩文，更加出色。

（二）胡應麟：秦觀詩文名被詞名所掩

胡應麟（1551～1602），字元瑞，後更字明瑞，號少室山人，蘭溪（今浙江）人。詩文筆力鴻邑，才情雄博，縱橫變化，而不爲當時代風氣所限。嘗與李攀龍、王世貞等人交游，所作《詩藪》，大抵附合王世貞《藝苑巵言》。論及秦觀詞體特出云：「宋諸人詩掩於文者，宋景文、蘇明允、曾子固、晁無咎；掩於詞者，秦太虛、張子野、賀方回、康與之」〔註40〕，又云：

> 秦少游當時自以詩文重，今被樂府家推作渠帥，世雖寡稱。
>
> 〔註41〕

「渠帥」具有領導地位，上述兩觀點著重強調秦觀其他文類的作品，

《歷代詞話》，上冊，頁 496。

〔註38〕　〔明〕沈際飛撰：《草堂詩餘四集・序》，收錄於張璋、職承讓等編《歷代詞話》，上冊，頁 496。

〔註39〕　〔明〕王世貞撰：《弇州四部稿》，收錄於《文津閣四庫全書》，集部，冊 428，卷 152，頁 365。

〔註40〕　〔明〕胡應麟撰：《詩藪》（臺北：正生書局，1973 年 5 月），頁 300。

〔註41〕　〔明〕胡應麟撰：《詩藪》（臺北：正生書局，1973 年 5 月），頁 300。

皆被詞名所掩。胡應麟亦對秦觀詩、賦佳處，予以稱揚，云：「少游極爲眉山所重，而詩名殊不藉藉，當由詞筆掩之。然『雨砌墮危芳，風軒納飛絮』，實近三謝，宋人一代所無。諸古體尚有宗六朝處，惜不盡合蘇、黃、陳間，故難自拔也。」〔註42〕又如：「蘇長公極推秦太虛〈黃樓賦〉，謂屈宋遺風固過許，然此賦頗得仲宣步驟，宋人殊不多見。」〔註43〕「三謝」爲謝靈運、謝惠連、謝朓等人，三人俱以詩名並稱於世。〔明〕何良俊《四友齋叢說》云：「詩自左思、潘、陸之後，至義熙、永明間又一變矣，然當以三謝爲正宗。」〔註44〕胡應麟肯定秦觀〈春日雜興〉詩句，近似三謝，與《詩話總龜》所載：「秦少游『雨砌墮危芳，風軒納飛絮』之類，李公擇以爲謝家兄弟得意不能過也。」〔註45〕觀點相近，皆肯定秦詩亦甚爲出色；論及賦體，認爲昔日蘇軾評秦觀〈黃樓賦〉有屈宋姿，實乃過譽，但仍肯定其賦頗似王粲，足見胡應麟關注秦觀非僅侷限於詞體，亦著重於詩、賦之精妙。然論及秦詞特性，則關注其用字，云：「王禹玉好用貴重字，人目爲至寶丹；秦少游好用艷麗字，世以爲小石調。絕是天生的對。然二君各有佳處，毋用爲嫌。」〔註46〕據阮閱《詩話總龜》引李頎《古今詩話》云：「晁以道云：『王禹玉詩，世號至寶丹。以其多使珍寶，如黃金必以白玉爲對。』」〔註47〕胡應麟認爲王禹玉喜愛以貴重物品入詩，秦觀則好用華麗文字，但兩者皆有佳處，並不因此爲弊病而揚棄，而秦觀詩文之名應是受詞名過顯所累，而未能彰顯。

〔註42〕〔明〕胡應麟撰：《詩藪》（臺北：正生書局，1973 年 5 月），頁 202。

〔註43〕〔明〕胡應麟撰：《詩藪》（臺北：正生書局，1973 年 5 月），頁 203。

〔註44〕〔明〕何良俊撰：《四友齋叢說》（北京：中華書局，1959 年），頁 214。

〔註45〕〔宋〕阮閱編著、周本淳校點：《詩話總龜》（北京：人民文學出版社，2006 年 6 月第三次印刷），後集卷 24，頁 152。

〔註46〕〔明〕胡應麟撰：《詩藪》（臺北：正生書局，1973 年 5 月），頁 204。

〔註47〕〔宋〕阮閱編著、周本淳校點：《詩話總龜》（北京：人民文學出版社，2006 年 6 月第三次印刷），後集卷 7，頁 83。

（三）王象晉：秦觀獨擅詞體

　　王象晉（1561～1653），字藎臣，諸城（今山東）人。以秦觀、張綖兩人皆生於高郵，合《淮海詞》、《南湖詞》爲一編，稱《秦張兩先生詩餘合璧》，〈序〉云：

> 詩餘盛於趙宋，諸凡能文之士，靡不舐墨吮毫，爭吐其胸中之奇，競相雄長。及淮海一鳴，即蘇、黃且爲遜席。蓋詩有別才，從古志之。詩之一派，流爲詩餘，其情郅，其詞婉，使人誦之，浸淫漸漬，而不自覺。總之，不離溫厚和平之旨者近是。故曰詩之餘也。此少游先生所獨擅也。〔註48〕

此論肯定詞爲趙宋一代之盛，文人競作，各有所長，秦詞一出，即便蘇軾、黃庭堅，亦有所不及。王象晉認爲詩流衍爲詞，詞體以情感、婉約爲本質，讀者爲之感動而不自覺，獨具感發力量。此論提及詞體不離「溫厚平和」，乃「溫柔敦厚」之詩教，而最擅長塡詞者唯獨秦觀一人。王象晉傾慕秦觀與明人張綖之詞，故取而合併付梓，置於《詩餘圖譜》之後，以期後代欲塡詞者，能知詞雖爲小道，卻自有當行本色者，以供取法。

　　論及詞體本色，明人多所討論，且涉及詞體正變之思考。邱美瓊、胡建次試圖定義詞體正變課題云：「是指在對文學歷史發展的批評描述中，通過從思想旨向、藝術表現、體製運用、流派歸屬、創作興衰等方面來辨正宗、正體、正音與變體、變調的方式，體現批評者對文學歷史認識的一種批評方式。」〔註49〕詞學批評中的正、變論，與詞體本質的確立，緊密相關，楊柏嶺《晚清民初詞學思想建構》一書亦云：「詞家談正變論最初是圍繞本色論，辨析婉約與豪放孰爲正宗開

〔註48〕〔明〕張綖撰、王象晉編：《詩餘圖譜》三卷附《秦張兩詩餘合璧》二卷，收錄於《四庫全書存目叢書》，集部，冊425。

〔註49〕邱美瓊、胡建次：〈正變批評在清代文學批評中的展開〉，收錄於《寧波大學學報・人文社會科學版》2006年1月，第19卷第1期，頁36～40。

始的。」〔註50〕歷經長時間的發展，漸次確立以某種風格、藝術手法來表現，影響流派及後人創作，詞體本質、風格的確立，可說是定義詞體正、變觀點的基礎工作，而明代已爲清代系統性的觀點預作準備。明代諸家論詞體本質，各有定見，如張綖主張「詞情蘊藉」，何良俊則以「婉麗流暢」、「柔情曼聲」爲美，王廷表重視比興二法，王象晉言「情郅」、「詞婉」、「不離溫厚和平之旨」，定義雖不盡相同，旨要卻殊途同歸。而秦觀詞篇，由宋代確立其本色，至明代大抵符合各家對於婉約詞風的定義，可作爲確立其婉約正宗地位的重要基石，清代則普遍將秦觀視爲婉約詞風的代表。藉此亦可窺見秦詞婉約正宗的地位並非一朝一夕建立，而是透過詞學發展的推波助瀾，漸次形成。

第二節　秦詞情意深摯

　　明代倡導理學，卻肯定「情」之存在，如湯顯祖云：「志也者，情也。先民所謂發乎情，止乎禮義者，是也。嗟乎，萬物之情，各有其志。」〔註51〕又如唐錡〈升庵長短句序〉云：「夫人情動於中而有言，研發於外而爲聲，聲比乎節而成音，孰非心也。心之感物，情有七焉；言之宣情，聲有五焉；音之和聲，律有六焉。雖其舒慘廉肅噍嘽正變之感不同，然皆性也，皆出於自然也。」〔註52〕聲音本於內心，出乎性情，皆屬自然，而詞體用以抒情，亦深爲明人所認同。情感幽微，易受環境影響，劉勰《文心雕龍・明詩》云：「人秉七情，應物斯感。感物吟志，莫非自然。」〔註53〕、《文心雕龍・物色》云：「春

〔註50〕楊柏嶺《晚清民初詞學思想建構》（合肥：安徽大學出版社，2004 年 9 月），頁 4。

〔註51〕〔明〕湯顯祖：《湯顯祖集》（臺北：洪氏出版社，1975 年 3 月），卷 50，頁 1502。

〔註52〕〔明〕唐錡撰：〈升庵長短句序〉，收錄於趙尊嶽《明詞匯刊》（上海：上海古籍出版社，1992 年 7 月），上冊，頁 345～346。

〔註53〕〔梁〕劉勰著、范文瀾註：《文心雕龍註》（北京：人民文學出版社，2006 年 1 月），上冊，卷 2，頁 65。

秋代序，陰陽慘舒，物色之動，心亦搖焉。……是以詩人感物，聯類不窮，流連萬象之際，沉吟視聽之區；寫氣圖貌，既隨物以宛轉；屬采附聲，亦與心而徘徊。」〔註54〕秦詞感人肺腑處，首在於情景交融，以景物襯托情意，以情語渲染景致，更顯含蓄深遠。茲就明人對秦詞情感呈現的接受態度，略述如次：

一、陳霆：秦詞融情入景

　　陳霆（生卒年不詳），字水南，又字聲伯，吳興（今浙江）人，著《渚山堂詞話》。陳霆曾評明詞發展云：「予嘗妄謂我朝文人才士，鮮工南詞。間有作者，病其賦情遣思，殊乏圓妙，甚則音律失諧，又甚則語句塵俗，求所謂清楚流麗，綺靡蘊藉，不多見也。」〔註55〕此中所稱「南詞」宜泛稱詞、曲，亦即詞體及傳奇曲文。陳氏雖指明其弊，然亦可窺見其衡量佳詞的標準，須合乎「音律諧調」、「語句雅致」、「清楚流麗」、「綺靡蘊藉」，方為本色。「流麗」當指文采流暢華美，「蘊藉」則為詞的情感、境界，含蓄不露，足見陳霆對詞的優劣，已有定見。論及對秦詞的接受態度，可就其評〈八六子〉（倚危亭）一詞觀之：

　　　　少游〈八六子〉尾闋云：「正銷凝，黃鸝又啼數聲。」唐杜
　　　　牧之一詞，其末云：『正銷魂，梧桐又移翠陰』秦詞全用杜
　　　　格。然秦首句云：「倚危亭。恨如芳草，萋萋剗盡還生。」
　　　　二語甚妙，故非杜可及也。〔註56〕

此處指明秦觀〈八六子〉（倚危亭）末句化用〔唐〕杜牧〈八六子〉。綜觀二作風格頗為相似，據《詩詞曲語辭匯釋》云：「銷凝，亦作消凝，為銷魂凝魂之約辭。銷魂與凝魂，同為出神之義。」〔註57〕杜牧、秦觀

〔註54〕〔梁〕劉勰著、范文瀾註：《文心雕龍註》，下冊，卷10，頁693。

〔註55〕〔明〕陳霆撰：《渚山堂詞話》，收錄於唐圭璋編《詞話叢編》，冊1，卷3，頁378。

〔註56〕〔明〕陳霆撰：《渚山堂詞話》，收錄於唐圭璋編《詞話叢編》，冊1，卷1，頁355。

〔註57〕張相撰：《詩詞曲語辭匯釋》（北京：中華書局，2008年11月第20

兩人所作句式相同，詞人皆出神凝視，又以景語作結，景物似無情緒展現，實則深蘊作者情思，更顯含蓄，此爲秦觀取法杜牧之處。而陳霆肯定秦詞打破長調講究鋪敘之筆，開頭描寫離情已打動讀者內心，卻又含蓄不露，掌握客觀物性，以景語代情語，較之杜牧〈八六子〉：「洞房深，畫屏燈照，山色凝翠沉沉」三句皆寫景語，更爲撼動人心。

二、楊慎：秦詞情景兼至

〔明〕楊南金〈升庵長短句序〉云：「太史公謫居滇南，託興於酒邊，陶情於詞曲，……吾聞君子之論曰：公辭賦似漢，詩律似唐，下至宋詞、元曲，文之末耳，亦不減秦七、黃九、東籬、小山。」〔註58〕〔清〕胡薇元《歲寒居詞話》亦云：「明人詞，以楊用修升庵爲第一。」〔註59〕楊慎才學淵博，詞風近似宋代名家，編選《詞林萬選》、《百琲明珠》等選集，所著《詞品》六卷，共兩百餘條，議論精深，爲中國詞學批評史上的重要書籍。楊慎雖受《草堂詩餘》影響頗深，卻不爲其所囿，評點多見獨到觀點，甚爲關注秦詞情感層面，如評〈阮郎歸〉（春風吹雨繞殘枝）云：

> 眉不掩愁，棋不消愁，愁之何處著？又：「諱愁無奈眉」，
> 寫想深慧。「翻身」二句，愁人之致，極宛極眞。此等情景，
> 匪夷所思。

此詞著重以人物局部及其行動，進行描寫，「眉不掩愁」爲秦詞「諱愁無奈眉」句意，「諱愁」指欲隱瞞內心的痛苦，此句堪稱警句，女子欲控制情緒流露，卻情不自禁地由眉頭表達了深情，詞人描寫極爲精湛；末二句「翻身整頓著殘棋，沉吟應劫遲」，緊承諱愁之舉而來，女子翻身整頓儀容、弈棋，但仍心事縈懷，楊慎評「匪夷所思」，此

次印刷），卷5，頁665～666。

〔註58〕〔明〕楊南金撰：《升庵長短句序》，收錄於趙尊嶽《明詞匯刊》（上海：上海古籍出版社，1992年7月），上冊，頁345～346。

〔註59〕〔清〕胡薇元撰：《歲寒居詞話》，收錄於唐圭璋編《詞話叢編》，冊5，頁4037。

詞確實非由常理能夠理解，以人物動作呈顯愁緒，必須細膩體察，方能得其妙處。秦詞亦擅長針對事物特質，進行描寫，楊慎亦關注此面向，嘗評〈八六子〉（倚危亭）云：

> 周美成詞「愁如春後絮，來相接」，與「恨如芳草，剗盡還生」，可謂極善形容。

此評肯定周邦彥〈滿路花〉（金花落爐燈銀礫），以春絮言愁；秦觀〈八六子〉以芳草喻恨，形容皆極為工巧。又評〈畫堂春〉、〈滿庭芳〉諸作云：

> 情景兼至。（評〈畫堂春〉（東風吹柳）景勝於情。（評〈滿庭芳〉（曉色雲開）此等情緒，煞甚傷心，秦七太深刻矣！（評〈阮郎歸〉（湘天風雨破寒初））乍晴乍雨，二語見道，不獨情景之真。（評〈浣溪沙〉（青杏園林煮酒香））孤館聽雨，較洞房雨聲，自是不勝情之詞，一喜一悲。（評〈如夢令〉（池上春歸何處）

楊慎稱揚秦詞善於融情入景，如〈畫堂春〉（東風吹柳日初長），上片寫景生動，如芳草、斜陽、杏花、燕泥，後云「香睡損紅妝」，言人物情態；下片則寫「夜寒微透薄羅裳，無限思量」，架構女子春睡，心中縈繞愁緒不斷，景情兼備。〈滿庭芳〉（曉色雲開）為春日遊賞抒懷所作，春景平和，清新自然，通篇意境淡遠，情感含蓄不露，故其景勝於情；評〈阮郎歸〉（湘天風雨破寒初）一詞，上片寫除夕長夜難眠，四周寂寂，甚為苦悶；下片「鄉夢斷，旅魂孤」二句，自陳遭貶遷謫，漂泊無依之情，楊慎讀出其傷心，故云其「深刻」。〈浣溪沙〉（青杏園林煮酒香），「乍雨乍晴」，不獨描寫外在氣候變化快速，而在情緒波動不安。

　　評〈如夢令〉（池上春歸何處），指出外在景致影響詞人心緒，「孤館」當指詞人身處郴州旅舍，其情傷感卻動人。除了透過景語寄託情感外，秦詞直抒心緒之作，亦深受楊慎關注，如評〈畫堂春〉（落紅鋪徑）、〈桃源憶故人〉（玉樓深鎖）、〈鷓鴣天〉（枝上流鶯）三闋云：

> 不知心恨誰？（評〈畫堂春〉（落紅鋪徑水平池）末句「此

　　恨誰知」）自是淒冷。（評〈桃源憶故人〉（玉樓深鎖薄情種））
　　無限含愁說不得。（評〈鷓鴣天〉（枝上流鶯和淚聞））

〈畫堂春〉（落紅鋪徑水平池）一詞，末句云「此恨誰知」，正因此詞
通篇寫無名愁緒，難以排遣，故楊慎評「不知心恨誰？」亦深體其愁
無以名狀、難以言喻的無奈。〈桃源憶故人〉（玉樓深鎖）一詞寫閨情，
「清夜悠悠誰共」、「悶則和衣擁」，皆見女子孤單寂寥，愁緒縈懷，
下片則言「驚破一番新夢」，難以成眠，故楊慎深體其幽思，評「自
是淒冷」；〈鷓鴣天〉（枝上流鶯和淚聞）專寫別恨，上片寫闊別千里，
流鶯淒啼，整個春天都了無音訊；後片末三句「安排腸斷到黃昏，甫
能炙得燈兒了，雨打梨花深閉門。」詞人獨自飲酒，見暮靄沉沉，點
燈又見雨打梨花，此情景確實含有無限難以言喻之愁緒。足見楊慎所
評話語簡潔，卻能呈現秦詞寫景、抒情之精湛。

　　秦觀在楊慎的心中，乃為典範人物，如評李清照詞云：「李易安詞：
『清露晨梳，新桐初引。』乃全用《世說》語。女流有此，在男子秦、
周之流也。」、「宋人中塡詞，李易安亦稱冠絕。使在衣冠，當與秦七、
黃九爭雄，不獨雄於閨閣也。」評高賓王則云：「高觀國，字賓王，號
竹屋。詞名《竹屋癡語》，陳造為序，稱其與史邦卿皆秦、周之詞，所
作要是不經人道語，其妙處少游、美成亦未及也。」〔註60〕上述評論，
皆標舉秦觀與黃庭堅、周邦彥等人為詞中妙手，帶有肯定意味。

三、王世貞：秦詞淡語有情

　　王世貞為後七子領袖，以詩文名聞當代，評詞之語，雖僅二十餘
則，卻有其獨到之處，備受推崇。〔註61〕王氏以宏觀的眼光，綜論各

〔註60〕〔明〕楊慎撰：《詞品》，收錄於唐圭璋《詞話叢編》，冊1，卷2、
　　　　卷4，頁450、492。
〔註61〕肯定王世貞者，如清人陸鎣《問花樓詞話》評之曰：「王元美《藝苑
　　　　巵言》，辨晰詞旨」，收錄於《詞話叢編》，冊3，頁2544；清人謝章
　　　　鋌《賭棋山莊詞話》評之曰：「明自中葉以後，知詞者僅三人：楊升
　　　　庵、王弇州及臥子」，收錄於《詞話叢編》，冊4，卷9；吳梅亦云：
　　　　「《藝苑巵言》為弇州少作，其中論詞諸篇，頗多可采。」參見吳梅

家詞人風格，並將秦詞歸類爲正宗，亦以微觀角度審視秦詞，就其情意流轉，加以評論，如：

　　　詞內「人瘦也，比梅花瘦幾分」，又「天還知道，和天也瘦」，
　　「莫道不銷魂，人比黃花瘦」，三「瘦」字俱妙！〔註62〕

「人瘦也，比梅花瘦幾分」，出自康伯可〈江城梅花引〉；「莫道不銷魂，簾捲西風，人比黃花瘦」，出自李清照〈醉花陰〉，兩詞皆寫閨中情思，以人之形軀與自然景物相較。秦觀〈水龍吟〉（小樓連苑橫空）「天還知道，和天也瘦」，據《詩詞曲語辭匯釋》云：「和，猶連也。……〈水龍吟〉詞：『名繮利鎖，天還知道，和天也瘦』，言連天亦不免當此苦況而消瘦，何況於人也。」〔註63〕從李賀「天若有情天亦老」，化用而來，以「瘦」易「老」字，並將對象提升到上蒼，凸顯相思之苦，更見精采。王氏論秦詞情感深切之處甚夥，如評〈鷓鴣天〉（枝上流鶯和淚聞）云：「孫夫人『閒把繡絲撏，認得金針又倒拈』，可謂看朱成碧矣！李易安『此情無計可消除，方下眉頭，又上心頭』，可謂憔悴支離矣！秦少游『安排腸斷到黃昏』、『甫能炙得燈兒了，雨打梨花深閉門』，則十二時無間矣，此非深於閨恨者不能也。」〔註64〕下片末三句「安排腸斷到黃昏，甫能炙得燈兒了，雨打梨花深閉門」，與孫夫人及李清照二位閨秀詞人相較，肯定秦詞「深於閨恨」。又如：

　　　「平蕪盡處是青山，行人更在青山外」，「郴江幸自遶郴山，
　　爲誰留下瀟湘去」，此淡語之有情者也。〔註65〕

「平蕪」二句，出自歐陽脩〈踏莎行〉（候館梅殘）一詞，上片述寫

《詞學通論》（上海：上海古籍出版社，2006年4月），頁106。

〔註62〕〔明〕王世貞撰：《藝苑巵言》，收錄於唐圭璋編《詞話叢編》，冊1，頁387。

〔註63〕張相撰：《詩詞曲語辭匯釋》（北京：中華書局，2008年11月第20次印刷），卷1，頁117。

〔註64〕〔明〕王世貞撰：《藝苑巵言》，收錄於唐圭璋編《詞話叢編》，冊1，頁389。

〔註65〕〔明〕王世貞撰：《藝苑巵言》，收錄於唐圭璋編《詞話叢編》，冊1，頁388。

旅途所見，因梅殘、柳細、草薰等自然景象引發愁緒，言「離愁漸遠漸無窮，迢迢不斷如春水」；下片情感描寫漸次加深，「寸寸柔腸，盈盈粉淚」，更顯纏綿深切；而秦觀〈踏莎行〉（霧失樓臺）一詞，寫月夜迷濛，「孤館」、「杜鵑聲」、「斜陽暮」，凸顯遷謫淒苦。「平蕪」、「郴江」諸句，表面上看來為景語，實則寫詞人放眼眺望，遙寄幽思，將情感融於景致中，看似平淡卻餘韻無窮，故王世貞評「淡語有情」。王世貞亦關注秦、柳詞風之差異云：

> 「今宵酒醒何處？楊柳岸，曉風殘月。」與秦少游「酒醒處，殘陽亂鴉」同一景事，而柳尤勝。〔註66〕

「今宵酒醒何處？楊柳岸，曉風殘月」，為柳永〈雨霖鈴〉（寒蟬淒切）之句，劉永濟《唐五代兩宋詞簡析》云：「『今宵』兩句，傳誦一時，蓋所寫之景與別情相切合。今宵別酒醒時恰是明早舟行已遠之處，而『楊柳岸、曉風殘月』又恰是最淒涼之景，讀之自然使人感到一種難堪之情，故一時傳誦以為名句。」〔註67〕與〈柳梢青〉（岸草平沙）「酒醒處，殘陽亂鴉」，雖同屬描寫酒醒之景，卻因詞人心境而有所差異，因而有高下之分。

四、李攀龍：秦詞情景逼真

李攀龍（1514～1570），字于鱗，號滄溟，歷城（今山東）人。與王世貞同為後七子之首，繼楊慎之後進行評點，成《草堂詩餘雋》一書。其評點方式有二：一類分上、下兩片，細膩分析；一類則籠統概略，直抒所感。李攀龍對秦詞所流露之情感，著墨甚多，大抵皆肯定之語，關注面向有二：

（一）秦詞觸景傷懷

秦觀因生命際遇，屢遭打擊，貶謫遷徙，相思別離，情感難以言

〔註66〕〔明〕王世貞撰：《藝苑卮言》，收錄於唐圭璋編《詞話叢編》，冊1，頁387。
〔註67〕劉永濟《唐五代兩宋詞簡析》（北京：中華書局，2007年10月），頁58。

喻。旅居在外見四季節氣變異，最易使人動情傷懷，泛起難以止息的
陣陣漣漪，故惜春、悲秋之嘆，滿溢胸懷；以春光點綴情語，秋冬之
景襯顯寂寥，皆爲秦詞特色。李攀龍皆加以體察而云：

> 人倚欄干，夜不能寐。時有盡，恨無休，自爾展轉百出。
> 觸景傷懷，言言新巧，不涉人間蹊徑。（評〈風流子〉（東
> 風吹碧草），卷1）

> 「宿醒」承「睡未足」來，何等脈絡。　　流鶯喚睡，海
> 棠獨醒，情景恍在一盼中。（評〈海棠春〉（流鶯窗外啼聲
> 巧），卷1）

> 悵望何處，只在燕飛鶯舞中。　　點綴春光，如雨花錯落。
> 至才子佳人，共慶同春，猶令人神游十二峰，爲之玩不釋
> 手。（評〈金明池〉（瓊苑金池），卷1）

> 幾語寫盡滿腔春意。評：優游自得，此境還疑是夢中悟來。
> （評〈如夢令〉（門外綠陰千頃）卷1）

> 對景興思，一唱三歎，畫出秋水春山圖。　　寫景欲鳴，
> 寫景如見，語意兩到。（評〈眼兒媚〉（樓上黃昏杏花寒），
> 卷1）

> 以春花點春景，以春燕觸春情，情景逼眞。　　落花歸燕，
> 俱是撫景傷情之語。（評〈阮郎歸〉（春風吹雨繞殘枝），卷2）

> 只爲人不見，轉一番思。種種景，種種情，如怨如訴。　　碧
> 野朱橋，正是離別之處。飛絮落花言其景，春江二句言其
> 情也。（評〈江城子〉（西城楊柳弄春柔），卷2）

> 對景傷春，於此詞盡見矣。因陽春景色而思故人心倩，人
> 遠而思更遠矣。（評〈如夢令〉（樓外殘陽紅滿），卷4）

秦觀描寫春光之筆，抒發愁緒，觸景傷情，倍顯淒婉。李攀龍云「時
有盡，恨無休」，爲〈風流子〉（東風吹碧草）上片「算天長地久，有
時有盡；奈何綿綿，此恨難休」之句，秦觀化用白居易〈長恨歌〉：「天
長地久有時盡，此恨綿綿無絕期」，寫相思之情。「觸景傷懷」則因詞
人「行客老滄州」，見東風碧草、梅吐舊英，更添春色惱人之感。此

詞運用駢儷文句，對仗嚴整，音節有致，故評其「言言新巧」，情感自然流暢，不受外在形式所限。綜觀上述諸闋，大抵皆爲此法，故深獲讚賞。而秦詞以秋冬景致述懷，更爲撼動人心，如：

> 秋夜寂寂，秋夜隱隱，最堪懷人。　　淚隨心生，淒清之景已見。至夜深無語，則幽思之情更切矣！（評〈搗練子〉（心耿耿），卷2）

> 不解衣而睡，夢又不成，聲聲惱殺人。　　形容冬夜景色惱人，夢寐不成。其憶故人之情，亦輾轉反側矣。（評〈桃源憶故人〉（玉樓深鎖薄情種），卷4）

> 色色入愁，聲聲致憾。　　如風聲、雁聲、砧聲，俱足動秋閨之思。（評〈菩薩蠻〉（金風籟籟驚黃葉），卷4）

上述三闋爲描寫秋、冬之詞。〈搗練子〉（心耿耿）一詞，首句「心耿耿」爲《楚辭·遠遊》：「夜耿耿而不寐兮」之句，李攀龍深切掌握此詞意境，體認其幽思情切。另評〈桃源憶故人〉（玉樓深鎖薄情種）一詞，「不解衣而睡，夢又不成」指上片末句「悶則和衣擁」，長夜難眠，更顯淒涼；「聲聲惱殺人」，不僅指宵禁鼓角警戒之聲，亦爲冬日夜晚萬籟無聲，聽覺分外靈敏，小小聲響俱入耳中，更是輾轉難眠；〈菩薩蠻〉（金風籟籟驚黃葉），「驚」字凸顯秋意甚濃，風聲、雁聲、砧聲交織，「金風籟籟」、「雁已不堪聞」、「砧聲何處春」更顯秋日蕭瑟氣息，故能引發愁緒萬千，上述三詞皆寫秋冬寂寥氣息，萬物聲響，撼動人心。足見李攀龍頗能體會秦觀以春、秋、冬等三季景色寫內心愁緒，可窺見其評點眼光之細膩。

（二）秦詞境界深遠

《南齊書》云：「文章者，蓋情性之風標，神明之律呂，蘊思含毫，遊心內運，放言落紙，氣韻天成。」〔註68〕非獨詩、文如此，詞亦深具此特質，而別有境界。

〔註68〕〔梁〕蕭子顯撰：《南齊書》（臺北：鼎文書局，1975年3月），冊2，頁907。

秦觀擅長寫景述情，境界絕妙，對此李攀龍亦頗爲關注，大大予
以讚賞，評論之語甚多，如：

> 上寫素月深夜高懸之景，下託寒宮孤梅爲友之懷。　眉
> 批：霜華伴月，自是夜靜寂。託梅花寫出相思處，念茲在
> 茲。　評語：敍冬夜之景，在胸中流出。以梅花爲故人，
> 便見不孤。（評〈南鄉子〉（萬籟寂無聲），卷2）

> 別後分時，憶來情多。花弄晚，雨籠晴，又是一番景色一
> 番愁。　全篇怨意，句句未曾露個「怨」字，正是「詩
> 可以怨」。（評〈八六子〉（倚危亭），卷3）

> 待月迎風，情懷如訴。酒堪破愁，眞愁非酒能破。　託
> 意高遠，措辭灑脫；而一種秋思，都爲故人。輾轉誦者，
> 當領之言先。（評〈滿庭芳〉（碧水驚秋），卷4）

> 句句寫景入畫，言少而意甚多。　以奇才運奇調，堪稱
> 奇章。（評〈畫堂春〉（東風吹柳日初長），卷4）

> 借桃花綴梅花，風光百媚。停杯騁望，有無限歸思，隱約
> 言先。自梅英吐、年華換，說到春色亂分處，兼以華燈、
> 飛蓋、酒旗，一寓目盡是旅客增怨，安得不歸思如流耶？
> （評〈望海潮〉（梅英疏淡），卷4）

評〈南鄉子〉（萬籟寂無聲）一詞，「託梅花寫出相思處」、「以梅花
爲故人」，皆因下片「惱得梅花睡不成。我念梅花花念我」等句，
不僅將梅花擬人化，更視梅花爲好友，頗具林逋「梅妻鶴子」之高
境。另評〈八六子〉（倚危亭）一詞云：「別後分時，憶來情多」，
體會詞人離情頓生；「花弄晚」、「雨籠晴」則爲「那堪片片飛花弄
晚，濛濛殘雨籠晴」二句，暮春飛花片片，煙雨濛濛，最易引發傷
春離思，故言「一番景色一番愁」；「詩可以怨」則肯定通篇以景語
代情語，不直露言「怨」，將萬端愁緒，心酸滋味皆寄託在幽遠意
境中。評〈滿庭芳〉（碧水驚秋）一詞云：「酒堪破愁，眞愁非酒能
破」，爲「謾道愁須殢酒，酒未醒、愁已先回」三句句意，並評此
詞境界高遠。評〈畫堂春〉（東風吹柳日初長）一詞，「言少意多」，

此詞爲小令，篇幅較爲短小，詞人卻能以「芳草斜陽」、「杏花零落」、「夜寒微透薄羅裳」等景語，點綴末句「無限思量」，言情之語雖少，含情卻濃厚深沉。足見李攀龍評論秦詞境界，多能由其簡短詞句，讀出深切寄託。李攀龍論及秦詞情感，爲其評點資料的大宗，思考亦甚爲多元，除肯定秦詞融情入景，如怨如訴，對其境界的體會，更爲深刻。足見李攀龍頗能切中秦詞精要，其評點用語優美，亦爲特色之一。

五、徐渭：秦詞淺語生情

徐渭（1521～1593），本字文清，後改爲文長，山陰（今浙江紹興）人。《明史・文苑傳》云：「渭天才超軼，詩文絕出倫輩，善草書，工寫花草竹石。嘗自言：『吾書第一，詩次之，文次之，畫又次之。』」〔註69〕徐渭創作數量繁多，其文學觀點與明代前、後七子所倡言的復古風潮，多所差異，持論「迴絕時流」〔註70〕。梁一成《徐渭的文學與藝術》歸納其文藝觀有四：「追求文學作品實用性與感動力」、「注重自然、表現個性」、「從摹仿到創造」、「提倡短篇，求經濟凝鍊」等。〔註71〕足見徐渭思考獨到，不爲流俗所囿。徐渭對於秦觀作品，曾進行評點，可於〔明〕段之錦刊本見之，其中包含《淮海集》四十卷、後集六卷、長短句三卷、詩餘一卷，可知徐渭對於秦觀頗爲重視，針對秦詞亦多陳己見；另有評點於〔明〕鄧漢章所輯《淮海詩餘》，所評詞篇並不相同。茲就此兩份評點資料，分析如次：

> 「斜陽外」三句，語雖蹈襲，然入詞猶是當家。（評〈滿庭芳〉（山抹微雲））出調高爽，不尚纖麗，詞家正聲。（評〈長相思〉（鐵甕城高））

〔註69〕〔清〕張廷玉撰：《明史・文苑傳》，收錄於《文津閣四庫全書》，史部，冊103，卷288，頁514。
〔註70〕〔明〕錢謙益云：「文長譏評王、李，其持論迴絕時流。」錢謙益撰：《列朝詩集小傳》（臺北：世界書局，1961年2月），頁561。
〔註71〕梁一成撰：《徐渭的文學與藝術》（臺北：藝文印書館，1977年5月），頁16～17。

此評多肯定秦詞地位，如評〈滿庭芳〉（山抹微雲）一詞，徐渭指出「斜陽外，寒鴉萬點，流水繞孤村」三句蹈襲隋煬帝詩，卻「猶是當家」，實乃肯定秦觀爲行家，不爲襲用他人之作所限。另評〈長相思〉（鐵甕城高）一詞，「出調高爽」，言其風格分外高潔豪爽，不屬纖細柔美。此詞上片起首三句「鐵甕城高，蒜山渡闊，干雲十二層樓」，寫鎮江壯麗形勢，具體勾勒古城風貌，更以誇張語氣寫其高聳入雲，景致雄麗卻帶有柔婉情意，更顯沉鬱頓挫，評此爲「詞家正聲」，足見徐渭並未嚴格界定詞體當以婉約爲正宗，對於氣勢豪邁之作，亦多所肯定。秦詞寫景述情，亦頗受徐渭讚揚，如：

> 春閨景物妍麗，秋閨思味淒涼。（評〈搗練子〉（心耿耿），鄧本）見綠陰而聞鳥聲，正是景物相應處。（〈如夢令〉（門外綠陰千頃），鄧本）點景造微入妙。（評〈如夢令〉（鶯嘴啄花紅溜），鄧本）「鞦韆外」，景語，卻無限清宛。（評〈滿庭芳〉（曉色雲開），鄧本）好在景中有情。（評〈浣溪沙〉（錦帳重重），鄧本）

評〈搗練子〉（心耿耿）一詞，以其他春閨作品善於寫景，對照此闋秋閨作品，前者屬外部描寫，後者爲內心思緒，皆有獨特展現。「思味」指作品的情趣、意味，秋夜不寐，含淚雙雙，遙思故人，倍覺淒涼。評〈如夢令〉（門外綠陰千頃）、〈如夢令〉（鶯嘴啄花紅溜），皆寫景精妙，物況安排妥貼，運用恰到好處。評〈滿庭芳〉（曉色雲開）、〈浣溪沙〉（錦帳重重），則肯定兩詞皆以景語代情語，更顯清新婉轉。秦詞述情之筆高超，語言精妙，徐渭亦多所稱揚，如：

> 可人風味在此，語意殊絕。（評〈望海潮〉（梅英疏淡），段本）尋常淺語，自是生情。（評〈望海潮〉（奴如飛絮），段本）語少情多。（評〈菩薩蠻〉（蟲聲泣露），段本）字字清麗，集中不多得。（評〈眼兒媚〉（樓上黃昏杏花寒），鄧本）此淡語之有情者也。（評〈踏莎行〉（霧失樓臺），段本）少游佳境，不第殘陽亂鴉爲警語。（評〈柳梢青〉（岸草平沙），鄧本）「乍雨乍晴」、「閒愁閒悶」二句，淺淺中傷春無限。

（評〈浣溪沙〉（青杏園林煮酒香），鄧本）

徐渭關注上述諸闋詞篇，多針對語意精妙處予以肯定。如評〈菩薩蠻〉（蟲聲泣露）一詞「語少情多」，該詞調為小令，篇幅較短，用以描寫閨中情懷，真摯動人；下片末二句「畢竟不成眠」，更顯情思綿長，徹夜難寐。評〈踏莎行〉（霧失樓臺），徐渭指「淡語」應指此詞看似通篇寫景，卻隱含遷謫憾恨，如「可堪孤館閉春寒，杜鵑聲裡斜陽暮」，聲情淒厲；又如下片末二句「郴江幸自繞郴山，為誰流下瀟湘去」，蘊含詞人心境。秦詞妙處在於會合諸多景語，含蓄述說情感。徐渭之評，頗能掌握秦詞精髓。又如：

> 梨花帶雨，春閨斷腸復腴，王孫芳草，恰恰生情。（評〈憶王孫〉（萋萋芳草憶王孫），鄧本）

> 看少游後三句，則十二時無間矣。此非深於閨恨者不能道。（評〈鷓鴣天〉（枝上流鶯和淚聞），鄧本）

> 如此題能作韻語，極不易得。（評〈蝶戀花〉（鐘送黃昏雞報曉），鄧本）

> 渾似元人雜劇口吻。（評〈滿園花〉（一向沉吟久）「當初我不合苦摜就」一句，段本）

> 「沉吟應劫遲」，便是元人樂府句。（評〈阮郎歸〉（春風吹雨繞殘枝），鄧本）

上述多針對秦詞字句、語意予以評論。如「恰恰生情」、「深於閨怨」、「極不易得」，皆肯定秦詞語句頗能精準掌握要旨；而〈滿園花〉（一向沉吟久）一詞，通篇以方言俚語寫怨情，據《詩詞曲語辭匯釋》云：「『摜就』，猶『遷就』或『溫存』也。」〔註72〕徐渭評「當初我不合苦摜就」、「沉吟應劫遲」二句與元雜劇風味相近。就元雜劇特色論之，王國維《宋元戲曲考》云：「其文章之妙，亦一言以蔽之，曰：『有意境而已矣！』何以謂之有意境？曰：寫情則沁人心脾，寫景則在人耳

〔註72〕張相撰：《詩詞曲語辭匯釋》（北京：中華書局，2008 年 11 月第 20 次印刷），下冊，頁 705。

目，述事則如其口出是也。」〔註73〕以此觀點衡量，兩詞以女子口吻述說，生動活潑，與元雜劇特性確實相近。

　　徐渭對秦觀文集進行全方位的評點，並未侷限於詞體，因而較能深切掌握秦觀才學特性，如評〈湯泉賦〉云：「首句，玉琢而有幽趣。『以頳則膚況』四句，摹寫溫滑處。『若夫匡廬』二句，藻逸。」、評〈和虛飄飄〉云：「首二行，總以物之易滅者入詠，詩之比體也。」、評〈奇兵〉云：「筆端奇橫，是古今文中利器。」〔註74〕以細膩心思廣泛閱覽，精妙語句進行評點，並兼及他類文體，與明人多半僅關注秦觀詞體，大不相同。明人肯定秦詞情意，多予以佳評，並隨《草堂詩餘》的廣泛流傳而家喻戶曉，他類文體反而受到冷落。就此觀點思考，視徐渭為秦觀千古知音，洵不為過。

六、錢允治：秦詞暗藏離恨

　　錢允治（1541～？），初名府，後更字功父，長洲（今江蘇）人。少時家貧好學，著《少室先生集》。對秦觀詞的接受，大抵展現於《類編箋釋續選草堂詩餘》一書中〔註75〕，除擇錄秦詞可窺見其詞學觀點，藉由隨筆評點，亦可得知錢允至對秦詞內容的關注面向。茲就其評點話語，略述如次：

　　　　「楊柳春色著人如酒」，言春穠似醉也。（評〈如夢令〉（門
　　　　外鴉啼楊柳），卷上，頁178）

　　　　「玉銷花瘦」，語新奇。（評〈如夢令〉（幽夢匆匆破後），
　　　　卷上，頁178）

　　　　杯行既遲，燭剪復頻，夜景可掬。（評〈生查子〉（眉黛遠

〔註73〕王國維撰：《宋元戲曲考》（臺北：藝文印書館，1957 年 4 月），頁
　　　　122。

〔註74〕徐渭評點《淮海集》，收錄於明末段之錦武林刊本，現藏於國家圖書
　　　　館。

〔註75〕錢允治評點《草堂詩餘》，皆參見錢允治、陳仁錫箋釋《類編箋釋續
　　　　選草堂詩餘》，為省篇幅，逕附頁碼於其評點話語後，不再贅注。收
　　　　錄於《續修四庫全書》，集部，冊 1728，頁 175～292。

山長），卷上，頁 179）

芙蓉經雨，清麗如滴，離恨可知。（評〈采桑子〉（夜來酒
醒清夢），卷上，頁 184）

（上片）偶書所見；（下片）有擺脫世事氣象。（評〈好事
近〉（春露雨添花），卷上，頁 187）

閑風閑雨，固不如浮雲之礙高樓也。（評〈蝶戀花〉（曉日
窺軒雙燕語），卷上，頁 198）

按七夕歌以雙星會少別多爲恨。少游此詞謂兩情若是久長
不在朝朝暮暮，所謂化臭腐爲神奇，寧不醒人心目。（評〈鵲
橋仙〉（纖雲弄巧），下卷，頁 201）

錢允治評點秦詞，較爲隨性，其形式並未拘泥於一格，謬誤亦在所難
免，如將歐陽脩〈生查子〉（去年元夜時）誤判爲秦觀所作。綜觀其
評語，有摘句評點，如「楊柳春色著人如酒」爲「門外鴉啼楊柳，春
色著人如酒」二句；又如「玉銷花瘦」則爲「無奈玉銷花瘦」之句；
或爲濃縮、化用秦觀詞句，如「杯行既遲，燭剪復頻」，爲「杯嫌玉
漏遲，燭厭金刀翦」二句，拈出佳句予以評論，更顯其精妙。另有區
分上、下二片，進行細膩評論者，如評〈好事近〉（春露雨添花）一
詞，上片偶書所見，屬景語；下片末句「醉臥古藤下，了不知南北」，
詞人酣醉入夢，置世俗事物於度外，欲尋超脫，故言其「有擺脫世事
氣象」。錢允治評點秦詞，以隨性批註，直書己見者數量最夥，更能
體現閱讀時的感觸。

七、董其昌：秦詞爲〈閑情賦〉之流

董其昌（1555～1636），字元宰，號思白，華亭（今江蘇）人，
爲著名的書畫家，兼善詩文。對秦詞的關注，著重於〈滿庭芳〉（山
抹微雲）一詞，據〈跋少游滿庭芳詞〉云：

偶批《淮海集》，書「寒鴉數點，流水繞孤村」，不意乃作

　　情語，亦〈閑情賦〉之流也。〔註76〕

董其昌開批《淮海集》，此處僅得此條資料，但已可窺見董其昌對秦觀〈滿庭芳〉（山抹微雲）一詞予以肯定。「不意乃作情語」，「不意」猶言不經意，此當指「寒鴉數點，流水繞孤村」二句，看似景語實蘊含情思。董其昌評此詞為〈閑情賦〉之流，實有其思考，〈閑情賦〉為陶潛所作，與其詩文風格，差異甚大，歷來評論觀點不一，如梁·蕭統《陶淵明集序》云：「白璧微瑕者，惟在〈閑情〉一賦，揚雄所謂『勸百而諷一』者，卒無諷勸，何必搖其筆端？惜哉！亡是可也。」〔註77〕〔宋〕蘇軾《東坡志林》則云：「淵明作〈閑情賦〉，所謂『國風好色而不淫』。正使不及〈周南〉，與屈、宋所陳何異？而統大譏之，此乃小兒強作解事者。」〔註78〕前者貶抑，後者肯定，就其內容論之，〈閑情賦〉以十願、十悲述情感，直陳願將己身化為物品，長伴心愛女子左右，情意真摯。此處董其昌以〈閑情賦〉風格形容秦詞，應是肯定秦詞描寫景物蘊含深情，情感自然流露，更能感動人心。

八、沈際飛：秦詞徹髓

　　沈際飛肯定詩、詞有別，說明探求詞體本源非以風氣、體裁、音義論之，應確立詞體本質，肯定情感的作用。其〈草堂詩餘四集序〉云：

　　　　情生文，文生情，何文非情？而以參差不齊之句，寫鬱勃
　　　　難狀之情，而尤至也。彼瓊玉高寒，量移有地；花鈿殘醉，
　　　　釋褐自天。甚而桂子荷香，流播金人，動念投鞭，一時治

〔註76〕錄自清嘉慶二年師亮采編印《秦郵帖》卷3董其昌手迹，轉引自宋·秦觀著、徐培均箋注：《淮海居士長短句箋注》（上海：上海古籍出版社，2008年8月），頁55。

〔註77〕〔梁〕昭明太子撰、唐·李善注《昭明文選》（臺北：文化圖書出版公司，1975年），卷5。

〔註78〕〔宋〕蘇軾撰：《東坡志林》，收錄於《文津閣四庫全書》，集部，冊285，卷1，頁617。

忽因之。甚而遠方女子，讀《淮海詞》亦解膾炙，繼之以
死，非針石芥珀之投，曷由至是？〔註79〕

詞體句式參差，較之詩體五言、七言形式，更適合情感宣洩。此處舉
用四例：神宗讀東坡「瓊樓玉宇，高處不勝寒」句，明其愛君之心；
南宋高宗讀俞國寶「明日重移殘酒，來尋陌上花鈿」句，心生憐憫，
即日解褐；金主讀柳永「三秋桂子，十里荷香」詞，遂起投鞭渡江之
志；以及長沙女子讀秦觀詞，深受感動而許嫁，後聞秦觀辭世，哀慟
而絕之事，以說明詞情動人之深。足見沈際飛評點秦詞，多肯定其情
意流露之眞切。茲就其評論，略述如次：

（一）秦詞以景物寓寄愁緒

秦詞雖未見通篇詠物之作，但卻不乏融情入景之詞，對此沈際飛
亦甚關注，如評李後主〈虞美人〉（春花秋月何時了）：

> 詞家以山喻愁，以水喻愁，皆人情。「落紅萬點愁如海」、「一
> 江春水向東流」，以水喻也。方回云「試問閒愁都幾許，一
> 川烟草，滿城風絮。梅子黃時雨」，兼花木喻愁之多，更新
> 特。（《草堂詩餘正集》，卷2，頁516）

〈八六子〉（倚危亭）：

> 恨如鏟草還生，愁如春絮相接，言愁愁不可斷，言恨恨不
> 可已。（《草堂詩餘正集》，卷3，頁534）

歷來詞家不乏以山、水喻愁緒者，頗爲深摯動人，李煜〈虞美人〉（春
花秋月何時了），末句以春水連綿言愁緒難休；秦觀〈八六子〉（倚危
亭）「恨如芳草，萋萋剗盡還生」，用以懷人，寄託男女相思之情，兩
人闊別已久，作者獨倚危亭，眼見芳草而離情頓生，綿遠不斷，融情
入景，設想深遠，未直言離情悲切，更顯含蓄動人，沈際飛頗能體察
秦詞言情之濃切。但以山、水喻愁，秦觀非獨創，難免有落入窠臼俗
套之感，因而沈際飛認爲賀鑄以花木喻愁，更顯新奇有趣。

〔註79〕〔明〕沈際飛撰：《草堂詩餘四集・序》，收錄於張璋、職承讓等編
　　　纂《歷代詞話》，頁496。

（二）秦詞所言愁緒人所共感

　　沈際飛論秦詞，特別關注情感層面，評論甚為繁多，關注面向亦不盡相同，如評〈桃源憶故人〉（玉樓深鎖薄情種）：「無人脫出多情種。徹髓」、評〈滿庭芳〉（曉色雲開）「悠澹語不覺其妙而自妙。微映百層城景，亦不少寂寞句，感慨過之」、評〈水龍吟〉（小樓連苑橫空）：「天也瘦起來，安得生致？少游自扶其心。」秦詞內容多以言情、述愁為基調，皆為人所共感，難以避免之無奈。沈氏對此亦多所關注，與宋代洛派學者指責秦觀之語，角度不同，較能肯定秦詞含蓄委婉，寄託身世之意。評〈沁園春〉（宿靄迷空）「委委佗佗，條條秩秩，未免有情難讀，讀難厭」，秦詞情感幽深，未免有難以透顯之處，但沈氏所論大抵肯定秦詞感慨深沉，情感拿捏得當，足以打動讀者心緒。

（三）秦詞化臭腐為神奇

　　秦詞述情並未落入俗套，沈際飛對此予以佳評，如評〈鵲橋仙〉（纖雲弄巧）云：

> 七夕以雙星會少別多為恨，獨謂情長不在朝暮，化臭腐為神奇。（《草堂詩餘正集》，卷 2，頁 516）

雙星指牽牛、織女，兩者代表浪漫淒美的七夕故事，流傳久遠，早在先秦時期即可得見。如《詩經・小雅・大東》云：「維天有漢，監亦有光。跂彼織女，終日七襄。雖則七襄，不成報章。睆彼牽牛，不以服箱。」〔註 80〕、《古詩十九首》：「迢迢牽牛星，皎皎河漢女。……終日不成章，泣涕零如雨。河漢清且淺，相去復幾許？盈盈一水間，脈脈不得語。」〔註 81〕動人處在於兩情繾綣，卻不得相見，深婉傷懷，倍顯幽絕淒美。唐宋以來，詠七夕題材者甚多，但多著眼於渲染離別之苦，直至秦觀以傳統神話故事，提出「兩情若是久長時，又豈在朝

〔註 80〕滕志賢注譯：《新譯詩經讀本》（臺北：三民書局，2002 年 9 月第三刷），下冊，636。

〔註 81〕〔梁〕昭明太子撰、唐・李善注《昭明文選》（臺北：文化圖書出版公司，1975 年），卷 29，頁 403。

朝暮暮」之思考，對於長久以來爲離愁縈繞的男男女女，無疑具有安慰作用，故沈際飛評「化臭腐爲神奇」，當指秦詞咏七夕不僅跳脫陳舊思維，更使情感層次有所提升。

除上述陳霆、楊愼、王世貞、李攀龍、徐渭、錢允治、董其昌、沈際飛等人，針對秦觀描寫情感之詞句，進行評點之外，尚有潘游龍《古今詩餘醉》亦多所評論，其用語多襲前人所評，如評〈鵲橋仙〉（纖雲弄巧）：「七夕歌以雙星會少別多爲恨，獨少游此詞謂情長不在朝暮，是化臭腐爲神奇，最能醒人心目」〔註82〕等，與沈際飛所論相去不遠；較有創意之語，如評〈踏莎行〉（霧失樓臺）：「少游坐黨籍置郴，謂郴江與山相守而不能不流，其自喻最是淒切」〔註83〕著眼秦觀之身世遭遇；評〈蝶戀花〉（曉日窺軒雙燕語）：「把酒勸下，語多奇創」〔註84〕，指秦詞「持酒勸雲雲且住，憑君礙斷春歸路」，看似有悖常理，實乃造語新奇，更顯纏綿。秦詞情感深切，故特爲明人所喜，諸家評論數量繁多，所評多係肯定之語，由此亦可見一斑。

第三節　秦詞筆法精巧

〔清〕蔣兆蘭《詞說》云：「煉字，字生而煉之使熟，字俗而煉之使雅，中無一支辭長語，第覺處處清新。」〔註85〕詩詞皆受限於篇幅，故必求字詞精煉。受明人尙情思考所影響，評點秦觀之語，以論情感最爲繁多，但仍有不少關注秦詞筆法者，針對遣詞用字、陳襲借鑒等面向加以討論，與宋人著重之處大抵相同，但明人使用閱覽評點之方式，不僅可與秦詞本文對照，更可就秦詞語句細膩分析。茲就明

〔註82〕〔明〕沈際飛撰：《草堂詩餘四集》，收錄於張璋、職承讓等編纂《歷代詞話》，頁60、99。

〔註83〕〔明〕沈際飛撰：《草堂詩餘四集》，收錄於張璋、職承讓等編纂《歷代詞話》，頁104。

〔註84〕〔明〕沈際飛撰：《草堂詩餘四集》，收錄於張璋、職承讓等編纂《歷代詞話》，頁137。

〔註85〕〔清〕蔣兆蘭撰：《詞說》，收錄於唐圭璋《詞話叢編》，冊5，頁4635。

人關注秦詞筆法之點評，探析如次：

一、楊慎：秦詞用字新奇

　　楊慎重視詞體起源，提出詩詞同源異派之說，亦重視詞的內容情調。而詞體格律影響詞意，楊慎對此亦有所體會云：「填詞平仄及斷句皆定數。而詞人語意所到，時有參差。如秦少游〈水龍吟〉前段歇拍句云：『紅成陣，飛鴛鴦』，換頭落句云：『念多情但有當時皎月，照人依舊』，以詞意言，『當時皎月』作一句，『照人依舊』作一句。以詞調拍眼，『但有當時』作一拍，『皎月照』作一拍，『人依舊』作一拍爲是也。……然句法雖不同，而字數不少。妙在歌者上下縱橫取協爾。」〔註86〕足見以詞意、詞調拍眼進行斷句，解讀並不相同，對於秦詞之掌握，亦有所差異。此外，楊慎極爲關注秦詞用字，如評〈滿庭芳〉（山抹微雲）：

> 庾闡〈揚都賦〉：「濤聲動地，浪勢黏天」，本是奇語。昌黎祖之曰：「洞庭漫汗，黏天無壁」，張祐詩「草色黏天鷓鴣恨」，黃山谷「遠山黏天吞釣舟」，秦少游小詞「山抹微雲，天黏衰草」，正用此字爲奇。今俗本作「天連」，非矣！〔註87〕

此處爬梳「黏天」一詞之使用，晉人庾闡已用之，頗爲奇特；後有韓愈〈祭河南張員外文〉，亦用此詞。「漫汗」指廣大無垠貌，與「黏天」合用，形容洞庭湖水天相連之景，庾、韓兩人皆以「黏天」一詞，描摹水景壯闊。「草色黏天鷓鴣恨」，爲范成大〈代聖集贈別〉之詩句，自楊慎題爲張祐詩，後世如《御選歷代詩餘》、《詞苑叢談》亦多承此說。黃庭堅〈四月末天氣陡然如秋遂御裌衣游北沙亭觀江漲〉詩句「遠水黏天吞釣舟」，楊慎將「水」字誤載爲「山」，黃氏所作依舊描摹水景。楊慎《詞品》又列舉諸多使用「黏」之例云：「邵博詩『老灘聲

〔註86〕〔明〕楊慎撰：《詞品》，收錄於唐圭璋《詞話叢編》，冊 1，卷 1，頁 436。

〔註87〕〔明〕楊慎撰：《詞品》，收錄於唐圭璋《詞話叢編》，冊 1，卷 3，頁 477。

殷地，平浪勢黏天』。趙文昇『玉關芳草黏天壁』。嚴次山詞『黏雲江
影傷千古』。葉夢得詞『浪黏天、蒲桃漲綠』。劉行簡『山翠欲黏天』。
劉叔安詞『暮煙細雨黏天遠』。黏字極工，且有出處。又見《避暑錄
話》可證，若作連天，是小兒之語也。」〔註88〕足見楊慎認爲「黏天」
一詞之使用，有前例可循，而秦觀用以形容枯草蔓生，無邊無際，象
徵詞人心緒悽苦，非爲世俗流傳校刻不精之本流傳「天連」一詞。而
關注〈踏莎行〉（霧失樓臺）上片末句「杜鵑聲裡斜陽暮」，《詞品》
卷三云：

> 秦少游〈踏莎行〉「杜鵑聲裡斜陽暮」，極爲東坡所賞。而後
> 人病其斜陽暮，似重複，非也。見斜陽而知日暮，非複也。
> 猶韋應物詩「須臾風暖朝日暾」，既言朝日，又曰暾，當亦
> 爲宋人所譏矣，此非知詩者。古詩「明月皎夜光」，明、皎、
> 光，非複乎？李商隱詩「日向花間留返照」，皆然。又唐詩
> 「青山萬里一孤舟」，又「滄溟千萬里，日夜一孤舟」，宋人
> 亦言「一孤舟」爲複，而唐人累用之，不以爲複也。〔註89〕

楊慎選評《草堂詩餘》亦云：「古人有謂『斜陽暮』三字重出，然因斜
陽而知日暮至，得爲重出乎？末二句呂衡陽猶有雁傳書，郴江和雁無，
同意。」〔註90〕楊慎舉韋應物〈聽鶯曲〉、〈古詩十九首〉、李商隱〈寫
意〉等作品爲例，說明秦詞不具重複之弊也。此外，楊慎評〈江城子〉
（西城楊柳弄春柔）云：此結語又從坡公結語轉出，更進一步。〔註91〕

> 〈江城子〉（西城楊柳弄春柔）末句爲「便做春江都是淚，
> 流不盡，許多愁」，此詞確與蘇軾〈江城子·別徐州〉（天涯
> 流落思無窮）詞結語「欲寄相思千點淚，流不到，楚江東」

〔註88〕〔明〕楊慎撰：《詞品》，收錄於唐圭璋《詞話叢編》，冊 1，卷 3，
　　　　頁 477。

〔註89〕〔明〕楊慎撰：《詞品》，收錄於唐圭璋《詞話叢編》，冊 1，卷 3，
　　　　頁 475。

〔註90〕〔明〕楊慎撰：《草堂詩餘選評》，收錄於周義敢、周雷編《秦觀資
　　　　料彙編》（北京：中華書局，2001 年 5 月），頁 172。

〔註91〕〔宋〕秦觀撰、徐培均箋注：《淮海居士長短句箋注》（上海：上海
　　　　古籍出版社，2008 年 8 月）頁 65。

極爲相近。楊愼拈出秦詞襲用之處，認爲秦詞雖用蘇軾語句，對意境能有所開拓，以春江水寓寄愁緒較之蘇軾明言「相思」，語意較含蓄，但言情更爲深刻。就上述諸評可知，楊氏關注秦詞筆法之眼光，極爲細膩，並透過援引前人作品爲證，試圖辨析歷來爭訟不休之課題，對秦詞亦深具肯定之意。

二、李攀龍：秦詞言言新巧

李攀龍評點《草堂詩餘》，關注秦詞筆法之處甚多，如評〈水龍吟〉（小樓連苑橫空）：「輕風微雨，寫出暮春景色，有見月而不見人之憾，問天天不知。按景綴情，最有餘味。謂筆能開花，信然」、評〈滿庭芳〉（曉色雲開）：「鞦韆外，東風裏，字字奇巧。疏煙淡日，此時之情還堪遠眺否？就暗中描出春色，林巒欲滴。就遠處描出春情，城廓隱然如無」、評〈滿庭芳〉（山抹微雲）：「回首處，斜陽遠眺，情何殷也。傷情處，黃昏獨坐，情難遣矣。少游敘舊亭，有寒鴉流水之語，已令人賞目賞心。至下襟袖啼痕，只爲秦樓薄倖，情思迫切。坡公最愛此詞」、評〈浣溪沙〉（青杏園林煮酒香）：「羅裳初試有意味，容光消減眞堪憐也。眼前景致口頭語，便是詩家絕妙詞。」透過上述評論可知，李攀龍關注秦詞寫景之筆，細膩生動。又評：

> 惟其恨長，是以眠爲不成。　　評：點綴處最是針門一線，洵是天生妙手！（評〈菩薩蠻〉（蟲聲泣露驚秋枕），卷2）

> 相逢勝人問，會心之語。兩情不在朝暮，破格之談。《七夕歌》以雙星會少別多爲恨，獨少游此詞謂『兩情若是久長』二句，最能醒人心目。（評〈鵲橋仙〉（纖雲弄巧），卷3）

> 一絲牽動一潭星，驚人語也。眠風醉月漁家樂，洵不可護。
> 　　値秋宵之景，一葉扁舟於鳧渚鷗汀之中，瀟灑脫塵，有囂囂然自得之意。（評〈滿庭芳〉（紅蓼花繁），卷4）

> 春歸無奈，深情可掬。誰知此恨，何等幽思！　　寫出閨怨，眞情俱在，末語逼眞。（評〈畫堂春〉（落紅鋪徑水平池），卷4）

李攀龍關注上述諸闋詞篇,重視佳句名篇流傳之狀況,如評〈菩薩蠻〉(蟲聲泣露驚秋枕),寫閨房女子,面對孤燈殘夜,陰風翻動翠幔;「雨澀燈暗」,更是強烈彰顯女子心境。而此詞最妙之處,在於上片末句「恨」字,已見憂怨之情,下片「畢竟」一詞,強烈的莫可奈何,緊扣恨字,針法細密,極爲出色。〈鵲橋仙〉(纖雲弄巧)一詞,「相逢勝人間」,指「金風玉露一相逢,便勝卻人間無數」二句,「會心之語」則肯定此況應是知心者情意相合;「兩情不在朝暮」,則指末二句「兩情若是久長時,又豈在朝朝暮暮」,評爲「破格之談」,不落入傳統描寫離情必定傷懷的窠臼中。評〈滿庭芳〉(山抹微雲)則肯定「寒鴉萬點,流水繞孤村」二句,賞心悅目。而「驚人語」、「語逼眞」,皆爲李攀龍肯定秦詞用語的最佳明證。

三、沈際飛:秦詞句疊精妙

沈際飛評點秦詞,關注極爲細膩,符號使用甚爲豐富,因而條理格外清晰。據《草堂詩餘四集・發凡》所云:「靈慧心特之句,用『。』;爾雅流麗之句,用『、』;鮮奇警策之句,用『◎』;冷異嶙削之字,用『ヽ』;鄙拙膚陋之句,用『|』;復用『・』讀句,以便覽者,不囁嚅於開卷,心良苦矣!」〔註92〕且對秦詞字句拿捏,細膩體會,評論意見甚多,茲分述如次:

(一)秦詞用語精妙

明人關注秦詞字句用語,最爲熱衷者,首推沈際飛。評〈如夢令〉(鶯嘴琢花紅溜)云:

「琢」字奇峭。春柳未必瘦,然易此字不得。(《草堂詩餘正集》,卷1,頁498)

首句以「啄」字描寫,甚爲生動。末句「人與綠楊俱瘦」,人因愁緒消瘦,但綠楊爲自然景物,並不會因人之情而有所改變,此處應爲詞

〔註92〕〔明〕沈際飛《古香岑草堂詩餘四集》翁少麓刊本,現藏於國家圖書館,頁4。

人心緒投射，透過自然景物襯顯，較之直言己身消瘦，更爲深刻，故沈際飛認爲「瘦」字不可改易。以精煉字詞凸顯情感，則有以下諸例：

> 「秋枕」、「黃葉」無情物耳，用兩「驚」字無情生情。（評〈菩薩蠻〉（金風簌簌驚黃葉）《草堂詩餘正集》，卷1，頁502）

> 「明月窺人小」、「天涯一點青山小」、「一夜青山老」，俱妙在協字。「乍雨乍晴」句妙，不在協字，而在乍字。（評〈浣溪沙〉（青杏園林煮酒香），《草堂詩餘正集》，卷1，頁508）

「秋枕」出自〈菩薩蠻〉（蟲聲泣露驚秋枕），「黃葉」出自〈菩薩蠻〉（金風簌簌驚黃葉），二詞皆描寫秋日景致。「驚」字爲動詞，昆蟲、黃葉皆爲景物，何來震驚之感？秦觀如此描寫，欲讓讀者直接融入季節變遷的深切撼動中。〈浣溪沙〉（青杏園林煮酒香）描寫春愁，自然精彩，以青杏、綠楊、紫燕等景致妝點，如見滿園春色；下片「乍雨乍晴花易老」，看似寫景，與下片第二句「閑愁閑悶日偏長」合併觀之，則爲佳人傷春之愁緒。沈際飛肯定「乍」字之用，妙處有二：一爲描寫天氣變化捉摸不定，隱約描寫女子情緒波動，娓娓訴說內在情緒；一爲兩「乍」字位於句首、句中，仄聲字音短促，更可凸顯變化快速，喻情、喻景皆生動。又如〈滿庭芳〉（山抹微雲）：

> 「黏」字工，具有出處。人之情至少游而極，結句「已」字，情波幾疊。（《草堂詩餘正集》，卷3，頁539）

此闋詞首二句云：「山抹微雲，天黏衰草」，究竟當爲「黏」或「連」？歷來爭論不休，各持己見，沈際飛肯定「黏」字工巧，有其出處；亦稱許秦詞展現真情摯意，該詞上片仍可見山巒景致，時間推移至日暮時分，作者情緒未能收煞，襟袖啼痕斑斑。末三句「傷情處，高城望斷，燈火已黃昏」，「已」字之用，層次驟顯，似隱含無奈之感，意圖壓抑情緒，可見其起伏。又如〈如夢令〉（幽夢匆匆破後）：

> 「匆匆破」三字真，「玉消花瘦」四字警。末句不可倒作首句，思之思之。（《草堂詩餘續集》，卷上，頁570）

此處評「匆匆破」三字，詞境真切。幽夢被擾，夢醒之際，情緒未能

跳脫，故言夢境匆匆破滅，不捨之情濃厚。「玉消花瘦」用以形容對方，似美玉、嬌花般的容顏，因離別心傷而衰變，觸動詞人心扉，思念之情愈熾。沈際飛亦留心語句安排，正因此詞時空轉換頻仍，夢境、現實兩相交錯，首句言「幽夢」，末句言「夕陽疏柳」，易使人產生時間上的錯亂。思索過後，方知詞人早晨夢醒，愁緒仍難以遏止，終日難以忘卻，對時間推移渾然未覺，因而讀此詞必明白其發展脈絡，才可深深領會詞人癡迷之情。又評〈南柯子〉（玉漏迢迢盡）：

> 末句謂心字，甚巧。（《草堂詩餘正集》，卷1，頁512）

此詞為贈妓詞，前人多引末句「天外一鈎殘月帶三星」，進行討論，認為該句用以描繪「心」字形狀，可與秦觀所眷戀的營妓陶心兒之名相聯繫，而沈際飛則正面肯定其巧妙。又評〈蝶戀花〉（曉日窺軒雙燕語）：

> 「飛雲」奇語。（《草堂詩餘續集》，卷下，頁587）

此詞一開頭，以清晨軒窗外的兩隻春燕叫聲，透露春日將暮，燕子與佳人皆惋惜春暮，結尾「持酒勸雲雲且住，憑君礙斷春歸路」，希冀飛雲阻攔春歸，雖悖離常理，卻設想奇特。評〈阮郎歸〉（宮腰裊裊翠鬟鬆）：

> 恐未必無端。「殞」字好。（《草堂詩餘續集》，卷下，頁579）

沈際飛論及此詞，關注上片第三句「無端銀燭殞秋風」。此處銀燭、秋風二者皆是景物，屬名詞，秦觀採用動詞「殞」字，使意象頓時鮮活。「無端」指無緣故，「殞」字搭配「無端」二字，更顯事發突然。又評〈菩薩蠻〉（蟲聲泣露驚秋枕）云：

> 「澀」字妙。「畢竟不成眠」，斬截痛快。（《草堂詩餘正集》，卷1，頁502）

此詞瞄寫閨中女子的孤寂情懷，上片寫清夜景致，獨臥難眠，已顯淒涼；下片天氣驟變，風雨襲來，孤燈殘照，心情更是沉落谷底。沈際飛稱賞「澀」字，妙處在於凸顯女子愁緒。「雨澀燈花暗」，本指夜雨氣息濕濡燈花，使其明暗不定，此處則亦可體察為女子心境黯淡愁苦。就上述沈氏所評，可窺見秦詞用語頗為精練，結合詞意觀之，倍顯精彩。

（二）秦詞句法精湛

　　秦詞除了用字精巧外，句法亦頗能展現層次之妙，如〈阮郎歸〉
（瀟湘門外水平鋪）：

> 「玉箸」、「眞珠」覺疊得「梨花雨餘」句疊正妙，及云「腸
> 已無」，如新筍發林高出林上。（《草堂詩餘續集》，卷上，頁 579）

沈際飛關注此詞下片，「揮玉箸，灑眞珠，梨花春雨餘，人人盡道斷
腸初，那堪腸已無！」詞意深切，「玉箸」指女子的眼淚，如劉孝威
〈獨不見〉云：「誰憐雙玉箸，流面復流襟」〔註93〕；「眞珠」亦是眼
淚，如溫庭筠〈菩薩蠻〉云：「玉纖彈處眞珠落，流多暗濕鉛華薄」
〔註94〕此外，沈際飛亦就秦詞筆法所形成之風格、境界，多所評騭，
如以下數則云：

> 「海棠開了」下轉出「啼鶯」「妝點」，趣溢不窘，奇筆！
> 末句慧。（評〈桃源憶故人〉（碧紗影弄東風曉）《草堂詩餘
> 正集》，卷1，頁 510）

> 經少游手，隨分鋪寫定爾，閒雅高適。（謾道三句），此意
> 道過矣，縈人不休。（評〈滿庭芳〉（碧水澄秋），《草堂詩
> 餘正集》，卷3，頁 538）

「海棠開了」、「啼鶯」、「妝點」出自〈桃源憶故人〉（碧紗影弄東風
曉）一詞，上片「一夜海棠開了。枝上數聲啼鳥，妝點知多少」，以
生動景致寫春日，靈動活潑，沈際飛評其「趣溢不窘」，末句「羞帶
宜男草」，傳說有二，一爲「宜男草」即「萱草」，據《太平御覽・本
草經》所釋：「萱，一名忘憂，一名宜男，一名歧女。」〔註95〕古人
認爲種植萱草，可使人忘卻憂愁，故別名爲「忘憂」、「療愁」。如漢・
蔡琰〈胡笳十八拍〉云：「對萱草兮憂不可忘，彈鳴琴兮情何傷」，本

〔註93〕〔梁〕劉孝威：〈獨不見〉，收錄於明・馮惟訥撰《古詩記》（《文津
　　　　閣四庫全書》本），冊 461，卷 98，頁 273。
〔註94〕曾昭岷等編撰：《全唐五代詞》（北京：中華書局，1999 年 12 月），
　　　　上冊，頁 125。
〔註95〕〔宋〕李昉等撰：《太平御覽・本草經》（臺北：臺灣商務印書館，
　　　　1992 年 1 月），冊 5，卷 996，頁 4540。

欲對花消愁,卻難以減卻,襯顯出愁深似海;另有孕婦佩戴「宜男草」
則生男的傳說。由此詞上片寫春光明媚,引動閨中女子春思;下片則
言女子因思念而感嘆青春年華不再,末句言「羞帶宜男草」,則希望
能忘卻思念所引發的煩憂。詞人不直言「忘憂草」,而以「宜男草」
替之,實以曲折筆法寫成,頗具慧思。〈滿庭芳〉(碧水澄秋),沈氏
評「隨分鋪寫定爾」,當指詞人將景物本性受秋意感染之況,以鋪敘
筆法描寫,上片述蕭索的秋日晚景,詞人心緒受景物波動,但風格仍
屬「閑雅高適」;下片開頭言「傷懷」、「悵望」,已非寫景之筆,詞人
愁緒縈懷,「謾道愁須殢酒,酒未醒,愁已先回」三句,「謾道」猶言
「休說」,「愁須殢酒」則為以酒銷愁,結合末二句呈顯詞人的無奈心
酸,足見此愁特別深沉。上述兩闋詞,沈際飛皆針對其風格、筆法予
以肯定。另有以下諸作,亦深獲佳評,如:

> 工篤鏗清。(評〈西江月〉(愁黛頻成月淺),《草堂詩餘續
> 集》,卷上,頁 580)

> 巧妙微透,不厭百回讀。(評〈迎春樂〉(菖蒲葉葉知多少),
> 《草堂詩餘別集》,卷 3,頁 612)

> 細慧。(評〈一斛珠〉(碧雲寥廓),《草堂詩餘別集》,卷 2,
> 頁 621)

> 淮海詞定有一番姿態。(評〈夢揚州〉(晚雲收),《草堂詩
> 餘別集》,卷 1,頁 635)

〈西江月〉(愁黛頻成月淺)一詞,寫閨中愁思,沈際飛肯定其「工
篤鏗清」,應是針對其寫景之語,如「愁黛顰成月淺」、「啼妝印得花
殘」,極為工緻妥實、細膩傳神;〈迎春樂〉(菖蒲葉葉知多少)一詞,
多被視為詞人少年時期之冶遊紀錄,看似通篇寫景,實以蜂兒採蜜象
徵男歡女愛,故歷來評價不一,多見格調不高、俚俗穢褻之譏,沈際
飛評論此詞,與世俗觀點大不相同,言「巧妙微透」,「巧妙」應指筆
法細膩,以特寫鏡頭捕捉生動畫面;「微透」二字,指此詞情感,詞
人並未一語道出,而是必須由讀者透過物象活動,心領神會而後得

之；「不厭百回讀」，亦可窺見沈際飛不排斥詞用以傳情，描寫男女情愛之語。

（三）秦詞承襲借鑒

沈際飛亦關注秦詞承襲借鑒之處，如：

> 李後主「問君能有幾多愁，恰似一江春水向東流」。少游翻
> 之，文人之心浚於不竭。（卷2，頁527）

沈氏之評亦多肯定之意，南唐後主李煜〈虞美人〉（春花秋月何時了）一詞，末二句言：「問君能有幾多愁，恰似一江春水向東流」，以春水連綿不絕，比喻愁緒永不停歇，意象生動，足稱經典。秦觀屢次取用其境，如〈江城子〉（西城楊柳弄春柔）末三句云：「便做春江都是淚，流不盡，許多愁」，〈千秋歲〉（水邊沙外）末二句云：「春去也，飛紅萬點愁如海。」兩詞皆寫遷謫心情，淒婉悲苦，涕淚縱橫，沉痛至極，雖取法李煜詞，卻能別出新意。又評〈千秋歲〉（水邊沙外）云：

> 「飄零疏酒盞」兩句，是漢魏人詩。（《草堂詩餘正集》，卷2，
> 頁527）

此處論及上片「飄零疏酒盞，離別寬衣帶」二句，襲用漢魏人詩句。後句語本〈古詩十九首〉：「相去日已遠，衣帶日已緩。」〔註96〕飄零消瘦，足見哀怨至極，秦觀取用漢魏詩句，風格柔而不靡。

秦詞用字凝煉，語句精工，承襲借鑒之處多能巧妙融合，另成一番新意，歷來備受肯定。沈氏針對秦詞用字、句法多所關注，肯定之情深切，雖多所稱揚，但亦可見未正面肯定者，如：

> 甚亂，東西南北，悉爲愁場。縈繞耳目間，（結句）怕伊愁，
> 是以欲說還休。曰『擬得情人』，不婉。」（評〈風流子〉（東
> 風吹碧草），《草堂詩餘正集》，卷6，頁562）

> 太露、太急。（評〈滿江紅〉（越豔風流），《草堂詩餘續集》，
> 卷下，頁591）

〔註96〕〔梁〕昭明太子撰、唐・李善注《昭明文選》（臺北：文化圖書出版
公司，1975年），卷29，頁401。

〈風流子〉（東風吹碧草）末句「擬待倩人說與，生怕人愁」，徐培均
指出：「《草堂》『倩』誤『情』，故沈如此云。」﹝註97﹞沈際飛承《草
堂詩餘》之說，以爲秦觀直抒情緒，故評之爲「不婉」，意指此詞末
句並不含蓄。評〈滿江紅〉（越豔風流）下闋「太露，太急」，細究其
句「臉兒美，鞵兒窄。玉纖嫩，酥胸白」，寫女子形體容貌，過於直
露；其後數句，如「自覺愁腸攪亂，坐中狂客」二句，述說情感則過
急切，故上述兩闋相較於其他婉約含蓄的作品，未能獲得沈際飛青
睞。又評〈望海潮〉（秦峰蒼翠）云：

> 入律，詞爲故實托疊所累。（《草堂詩餘續集》，卷下，頁 593）

該詞描寫會稽景致，氣魄豪邁，運用不少典故，如「天涯識歸舟」，
爲謝朓〈之宣城出新林浦向板橋〉之句；「泛五湖煙月」乃用范蠡之
典，葉嘉瑩《靈谿詞說》云：「不過柳詞全用白描，其盛氣表現得極
爲自然；而秦詞則多用古典，遂不免有一種不甚自然的逞氣用力之
感。」﹝註98﹞沈際飛明言此詞受故實托疊所累，反生弊病。

第四節　論秦觀才學及軼聞

　　袁中道《珂雪齋近集》云：「昔子瞻兄弟，出焉名士，領袖其中。
若秦、黃、陳、晁輩，皆有才有骨有趣者，而秦之趣尤深。吾觀子瞻
所與書牘，娓娓千百言，直披肝膽，莊語謔言，無所不備，其所敬而
愛之若是。想其人必風流蘊藉，如春溫，如玉潤，不獨高才奇氣，爲
子瞻所推服已也。」﹝註99﹞明人對秦觀人格修養及軼事傳聞，頗感興
趣，但受限於時空疏隔，對秦觀的了解，並不如宋人直接，因而未能
細膩評論，僅能以簡短詩、文，聊寄仰慕之情；同時針對流傳已久的

﹝註97﹞徐培均、羅立剛編著：《秦觀詞新釋輯評》（北京：中國圖書館，2005
　　　年 1 月），頁 46。
﹝註98﹞葉嘉瑩撰：《靈谿詞說》（臺北：正中書局，1993 年 8 月），頁 265。
﹝註99﹞〔明〕袁中道撰：《珂雪齋近集》（臺北：偉文圖書公司，1976 年），
　　　頁 145。

傳奇故事進行討論，亦爲接受秦觀的面向之一。茲就明人論及秦觀人格操守及軼聞流傳之語，論述如次：

一、明人詠懷秦觀才學

明人以詩文詠懷秦觀，數量甚夥，其面向大抵有二：一爲重遊故地追憶秦觀，如邵寶、吳時來、黃扆、朱紹昌等人所作；一爲刊刻文集緬懷秦觀，如李之藻、毛晉、許吉人等人序跋，追懷之情滿溢。茲分述如次：

（一）重遊故地追憶秦觀

海棠祠，專祀秦觀，據《廣西通志》卷四十二載：「海棠祠，在州城西一里，祀宋淮海秦觀。明嘉靖間，州守高士楠修建，吳時來有碑記。」〔註100〕海棠祠地處橫州（今廣西）郊海棠橋側，昔日爲秦觀所居之寓所，後改爲書院，至明修建爲秦觀祠堂。邵寶、吳時來兩人，嘗親臨此地，抒陳追懷之情。邵寶（1460～1527），字國賢，自號二泉，無錫（今江蘇）人，宗法李東陽，工詩文書畫，清修雅尙，士大夫皆慕之，卒年八十，門人私諡曰「文靜先生」。其〈淮海秦先生祠堂記〉云：

> 蓋吾嘗觀於前宋蘇文忠公，以文章氣節重於當代，而先生文麗思深，風致清逸，與黃、陳數子並遊於門，亟見稱許。既入史院，不幸死於遷謫。至於今，誦其言想望其豐采者，猶肅然起敬，謂當與文忠並傳不朽，況爲其子孫者乎！〔註101〕

吳時來〈謁少游廟〉亦云：

> 萬端誰辨是和非？三黨鐫成元祐碑。吾道豈無能此輩？他鄉猶幸見荒祠。佛書汗漫憑人語，實錄增添敢自私？卻笑醉鄉偏廣大，至今猶誦海棠詞。〔註102〕

〔註100〕《廣西通志》，收錄於《文津閣四庫全書》，史部，冊189，卷42，327。

〔註101〕〔明〕邵寶撰：《容春堂集》，收錄於《景印文淵閣四庫全書》，集部，冊1258，續集卷10，頁

〔註102〕〔明〕吳時來撰〈謁少游廟〉，收錄周義敢、周雷編：《秦觀資料彙編》，頁183。

邵寶肯定秦觀「文麗思深」、「風致清逸」應為詩、詞、賦、文等作品之特質，此論感慨秦觀身世遭遇，心中抑鬱不得志，後不幸死於遷謫道中，百年後親臨祠堂，想見其為人，仍是令人肅然起敬。吳時來（生卒年不詳），字惟修、仙居（今浙江）人，曾謫戌橫州十年，深植當地文化，對秦觀亦有所緬懷。邵、吳兩人皆於評論中提及遷謫、黨爭，對秦觀歷經政治鬥爭而屢遭貶謫，寄予深切同情。針對海棠祠進行評述者，尚有黃辰〈海棠祠〉二首。黃辰，字思瞻，咸寧（今陝西）人，嘉靖丁未進士，以諫忤世宗，後遭讒害，曾作兩詩遙思秦觀，名為〈海棠祠〉，詩云：「江邊不見海棠花，兩岸垂楊集暮鴉。路上客尋秦氏邸，橋頭誰是祝生家？雨聲怕向愁邊聽，風景還堪醉里誇。駟馬尚期他日過，題詩聊復記年華」、「海棠花落橫榛蕪，歲歲東風怨鷓鴣。天上有棠開白玉，人間無網覓珊瑚。蒼涼月浸平橋晚，縹緲雲開遠岫孤。五百年來重此地，不妨高詠識狂夫。」〔註103〕另有朱紹昌〈舟泊海棠橋懷秦太虛〉云：「大蘇當日盛推公，謫客新詞有古風。潮落斷橋霜月冷，煙迷秋草石棠空。醉殘五百乾坤後，夢入三春花鳥中。南國風流今在否？一尊漂泊與吾同。」〔註104〕足見明代因海棠祠修建完成，秦觀儼然成為橫州名人，傾慕者多評論其才學及身世遭遇，追懷其人。

（二）刊刻文集緬懷秦觀

明人刊刻《淮海集》者甚繁，序跋話語亦多所評騭，如李之藻《重刻淮海集序》論及秦觀人品云：「人品卓然，才追屈宋，其為子瞻、文潛、和叔、後山諸君子所推轂……」，另《秦氏重修族譜序》亦云：「少游人品高潔，才並蘇黃，早有繫二虜、復幽夏之志，惜未見用，復遭紹聖諸奸之詆，屢謫窮荒，良可慨也！」〔註105〕李之藻（1571

〔註103〕〔明〕黃辰撰：〈海棠祠〉，收錄於周義敢、周雷編《秦觀資料彙編》，頁193。

〔註104〕〔明〕朱紹昌〈舟泊海棠橋懷秦太虛〉，收錄於周義敢、周雷編《秦觀資料彙編》，頁205。

〔註105〕〔明〕李之藻刻本《淮海集序》、《海陵秦氏族譜序》，明段之錦本，現藏於國家圖書館。

～1630），字我存，又字振之，號涼庵居士、涼叟，仁和（今浙江）
人。李氏針對秦觀人品及才學，多所肯定，亦對秦觀之身世遭遇，有
所同情。毛晉《淮海題題跋》亦云：「四學士並轡眉山之門，秦黃名
尤早著，凡同門推重少游，似出魯直之右。晁无咎詩云：『高才更難
及，淮海一髯秦。』張文潛云：『秦文倩麗紆桃李。』可謂無溢辭矣！」
〔註 106〕毛晉《淮海詞跋》亦云：「晁氏云：『今代詞手，惟秦七、黃
九。』或謂：『詞尚綺艷，山谷特瘦健，似非秦比。』朝溪子謂：『少
游歌詞，當在東坡上。但少游性不耐聚稿，間有淫章醉句，輒散落青
簾紅袖間。雖流播舌眼，從無的本。』余既訂訛搜逸，共得八十七調，
集爲一卷，亦未敢曰無闕遺也。古虞毛晉記。」〔註 107〕毛晉（1599
～1659），原名鳳苞，字子九，後改名晉，字子晉，號潛在，晚號隱
湖，常熟（今江蘇）人。毛氏創建汲古閣，專用以藏書，好古博覽，
以藏書、刻書之名，著稱於世。此處毛氏引前人所評，凸顯秦觀之特
質，亦不乏肯定之情。許吉人肯定之情更加濃烈：

> 其章疏奏牘，洋洋灑灑，皆牖主忠言，救時名畫，漢之賈
> 誼、唐之陸贄弗及也；其歌行近體，句遒調逸，雖高、岑、
> 劉、孟諸人弗及；其長調小令，尤爲藝林膾炙，流輩所推。
> 他如歷算醫藥之術，靡不精探奧理，洞析微幾，則又東方
> 曼倩之流亞矣！緬想當時，與蘇黃文賈輩詩酒流連，一時
> 唱予和汝之什，居然具在，公於中自是諍諍露奇。〔註 108〕

許氏稱揚秦觀他類文體，章疏奏牘，滿溢赤誠忠貞之心，即使漢代賈
誼、唐代陸贄亦難以與之相提並論；詩歌不論古體、近體，句法遒勁，
格調高逸，較之唐人高適、岑參、劉長卿、孟浩然，亦絲毫不遜色；
而詞體更爲人所稱賞，廣爲流傳，他如歷算醫藥之術，亦可媲美東方

〔註 106〕〔明〕毛晉撰：《淮海集題跋》，收錄於施蟄存《詞籍序跋萃編》，
　　　　頁 74。

〔註 107〕〔明〕毛晉撰：《淮海集題跋》，收錄於施蟄存《詞籍序跋萃編》，
　　　　頁 74。

〔註 108〕〔明〕許吉人撰：《淮海集題跋》，收錄於施蟄存《詞籍序跋萃編》，
　　　　頁 74。

朔之類的人物。足見許吉人對秦觀之關注面向極爲全面，追思之情，
盈滿胸臆。

二、明代流傳秦觀軼事

明人對於秦觀軼事，極爲關注，較爲特殊者爲秦觀妻非爲蘇小
妹、修身遣麗華之事。李詡《戒庵老人漫筆》卷六云：

> 傳蘇小妹能詩，代婢作〈愁苦詩〉答秦少游，又訛爲秦少
> 游妻。余考《淮海集・徐君主簿行狀》，末云：「徐君女三
> 人，嘗歎曰：子當讀書，女必嫁士人，以文美妻余」如其
> 志云，則少游之妻乃徐氏，非蘇也。〔註109〕

李詡（1506～1593），字原德，號戒庵，晚年以「戒庵老人」自居，
撰《世德堂吟稿》四冊、《名山大川記》八冊、《心學摘要》一冊、《戒
庵老人漫筆》八冊，著述甚豐。李氏針對世俗皆以秦妻爲蘇小妹之傳
聞，進行思考，並援引《淮海集・徐君主簿行狀》爲證，指明秦妻當
爲徐氏。此外，《唐伯虎全集》卷三論及秦觀侍妾云：「淮海修身遣麗
華，他言道是我言差。金丹不了紅顏別，地下相逢兩面沙。」〔註110〕
足見秦觀情事，深受明人關注。

小　結

明代詞話發展概況，厥有三端：一爲探索詞體源起、本質，及其
風格流派等課題，繼宋金元諸朝，有所發展，漸趨完善；二爲明人關
注詞體，深受尚情思潮影響，肯定詞可承載至情；三爲論詞觀點較爲
多元，下開清代詞學的理論體系。凡此，皆深切影響明代關注秦觀之
面向，茲分述如次：

其一、秦觀婉約正宗地位，終告確立：張綖以「婉約」定義秦詞

〔註109〕　〔明〕李詡撰：《戒庵老人漫筆》（北京：中華書局，1997 年 12 月），
頁 222～223。
〔註110〕　〔明〕唐寅撰：《唐伯虎全集》（北京：中國書店，1994 年 5 月），
頁 20。

風格，詞體風格派別之區分，已然確立；另有王世貞等人以正、變論詞體，更深切影響清人之思考。明人所論，爲確立秦觀婉約正宗地位的重要基石，故明代堪稱秦觀地位之奠基期。

　　其二、秦觀詞體特爲出色，流傳廣泛：明人關注秦觀文體，多側重於詞體，而秦詩不強人意、詩文名被詞名所掩，更可由明人評論，具體顯現。

　　其三、明人評點話語繁多，眼光細膩：明代《草堂詩餘》風行，隨筆評點大行其道，楊愼、李攀龍、徐渭、沈際飛等人，皆熱衷於此。《草堂詩餘》擇取秦詞篇目甚夥，造就評點資料繁多，就秦詞情感流露、筆法句意等面向，細加討論，觀點較之前朝更加細膩深刻，可見秦詞深受明人喜愛。

　　其四、秦詞情感景致交融，極爲巧妙：受尙情風潮激盪，明人品評秦詞話語，多以肯定情意深摯爲主，論其融情入景、觸景傷懷之語，比比皆是，話語繁多，可說秦詞情景交融之妙，乃由明人所凸顯而出。

　　其五、創作詩文詠懷秦觀，聊表追思：明人重遊故地，緬懷秦觀之情頓生，尤其明代於海棠橋畔修建秦觀寓所爲祠廟，文人多賦詩吟詠之；此外，明代刊刻《淮海集》者甚繁，序跋話語亦多見追懷之意，明人筆記亦多載秦觀軼事，足見明人除高度肯定秦詞出色外，亦對其人格、才學，具有濃厚追思之情。

第五章　歷代秦觀詞的評騭接受 （三）清代詞論

　　清代人文薈萃，學風特盛，詞體發展，直承兩宋，論詞話語繁多，龍榆生〈研究詞學之商榷〉曾云：「詞家批評之學，在宋代諸賢，如楊湜《古今詞話》、胡仔之《苕溪漁隱叢話》，已引其端緒。逮明代楊慎之《詞品》、王世貞之《藝苑卮言》，乃至清代諸家，詞話之作，幾如『雲蒸霞蔚』，不可指數。」〔註1〕清代諸家論詞，態度謹嚴，思慮縝密，汪辟疆論清代詞學家亦云：「清人論詞，焦理堂、劉融齋、宋于庭、鄧嶰筠、譚仲修、王靜安，皆以學人而兼工聲律，所論多甘苦有得之言。」〔註2〕清代學人肯定詞體價值，淵雅博學之士，對詞學典籍整理、理論系統架構，多所貢獻，進而開拓詞體境界，厚植詞學理論。錢仲聯〈全清詞序〉論清代詞學發展云：

> 清詞於宋詞之後，所以能變而益上，則因有詞論爲之啓迪，
> 浙派張醇雅之說、常州派論意內言外，論比興，論有寄託
> 入、無寄託出；劉熙載論流變，況周頤論詞境、詞心；王
> 國維融中西之學論境界，論理論與現實。〔註3〕

〔註1〕 龍榆生：〈研究詞學之商榷〉，見《龍榆生詞學論文集》（上海：上海古籍出版社，2009 年 10 月），頁 97。

〔註2〕 〔清〕汪辟疆《方湖日記幸存錄》，收錄於《汪辟疆文集》（上海：上海古籍出版社，1998 年 12 月），頁 877。

〔註3〕 錢仲聯撰：〈全清詞序〉《南京大學學報》1989 年第 1 期，頁 130。

理論嚴密，詞派紛呈，堪稱清代詞學發展的重要特徵，孫克強《清代詞學》云：「清代詞學的成就是建立在兩宋詞學的基礎之上的。清代對兩宋詞學的繼承和借鑒有著深刻的現實背景，因而絕不是簡單的複製照搬，而是加以提升發展，進而形成新的理論系統。如對雅正理論的重新整合和闡述，即從思想內容、風格特點、音韻格律、文字修辭等方面分別提出要求。再如對唐宋詞人的推舉，也絕非是個人的風格好尚，而決定於該詞人在唐宋詞史上的地位，以及對清代詞學發展的作用等方面的思考。」〔註4〕此說頗為精當，清代以前詞學理論尚未成熟，唐五代詞體初萌，兩宋蔚為繁盛，其中不乏辨體式、論風格者，但多半仍侷限於隨感式的抒發，未能深入及系統性的進行評價，且受詞本艷科，流播歌館之傳播方式影響，文人接受心態明顯矛盾不一，因而體系未能嚴密健全。清代詞學中興，承繼宋詞典範，別開研究視野，詞家流派關注詩詞之別、雅俗之分，判衡詞體正變，闡述詞學思想，企圖釐清存在於詞學發展史上諸多難解的課題，故此期詞學理論堪稱千巖競秀，蔚為大成。歷代以來，選詞、創作、唱和、結社等活動，造就詞體傳播的繁榮，清代詞派流衍興盛，更促成詞學理論的健全。清代詞派在詞學理論上，以宋代為基礎，思考層面更完善，觀點更趨於全面，清人關注秦觀亦達到高度鼎盛；尤以韻文形式評論秦觀者，更達至前所未有的高峰，故本章擬就清人評述秦詞之面向，略述如次：

第一節　推尊詞體風潮下的秦詞接受

　　王闓運《論詞宗派》云：「蓋詩詞皆樂章，詞之旨尤幽，曲亦遺情也。詩所能言者，詞皆能之；詩所不能言者，詞獨能之。」〔註5〕清人嘗試對詞體重新予以定位，如陽羨詞派宗主陳維崧，針對世人輕

〔註4〕 孫克強著：《清代詞學》（北京：中國社會科學出版社，2004年7月），頁15～16。
〔註5〕 〔清〕王闓運撰：《論詞宗派》，收錄於張璋輯《歷代詞話續編》（河南：大象出版社，2005年11月），上冊，頁1。

薄詞體所提出的觀點，認為文體樣式多元，本不可以其體製而設限，企圖廓清詞體本質，進而標舉「選詞所以存詞，其即所以存經存史也」，乃有意扭轉詞體長久以來被視為「聊佐清歡」、「謔浪遊戲」等形象，更將詞體與經史並論，重新賦予價值，是故推尊詞體之意識，在清代甚為顯明，亦深切影響清人對秦詞的接受態度，其中又以重新探索秦詞風格者為夥。茲就諸家所論，探析如次：

一、評論秦詞之風格境界

「風格」是作家的創作方法、美感傾向及作品形式內容之整體特質。自〔明〕張綖《詩餘圖譜・凡例》標舉秦詞風格「婉約」，與「豪放」並列之後，形成兩大概念，壁壘分明，影響後世詞論家的思考。自清以降，使用「婉約」一詞十分頻繁，但與明代論詞者以婉約為正、豪放為變之態度，有所差異。此外，清人論秦詞風格，並不拘泥於「婉約」二字，而是以更加細膩多元的面向來鑑賞秦詞，茲分述如次：

（一）宋徵璧：秦詞「清華」

宋徵璧（生卒年不詳），原名存楠，字尚木。宋徵璧云：「詞者，詩之餘乎？余謂非詩之餘。……楚大夫有云：『惆悵兮私自憐』，又曰：『私自憐兮何極？即所謂有美一人，心不懌也。詞之旨本於私自憐，近於閨房婉變。』又云：『雖正變不同，流俗各別，要有取乎？言簡而味長，語近而旨遠，使覽而有餘，誦而不窮。有耽玩留連，終不能去焉！』〔註6〕足見宋徵璧對詞體本質，已有定見。彭孫遹《詞藻》載宋徵璧論宋詞名家之語云：

> 華亭宋尚木言：『吾於宋詞，得七人焉：曰永叔，其詞秀逸；曰子瞻，其詞放誕；曰少游，其詞清華；曰子野，其詞娟潔；曰方回，其詞新鮮；曰小山，其詞聰俊；曰易安，其

〔註6〕〔清〕宋徵璧〈詞序〉，載於鄒祗謨、王士禎輯《倚聲初集》，收錄於《續修四庫全書》，集部，冊1729，頁180。

　　詞妍婉。〔註7〕

宋徵璧爲陳子龍文友，學思大抵雷同，陳子龍慕南唐、北宋詞家，宋
徵璧亦如此。標舉七位宋詞代表人物，皆屬北宋，充分彰顯尊北宋、
抑南宋的態度。宋徵璧評秦詞「清華」，指詞篇清麗華美，另標舉歐
陽脩、蘇軾、張先、賀鑄、晏幾道、李清照等人，名家詞風別具姿態。

（二）沈謙：秦詞「婉媚」

　　沈謙（1620～1670），字去矜，號東江，仁和（今浙江）人，有
《塡詞雜說》三十餘則。著重探討塡詞之法，或評前人佳處，言語精
簡，論點深切，論詩、詞、曲之別云：「承詩承曲者，詞也，上不可
似詩，下不可似曲。然詩曲又俱可入詞，貴人自運」、「詞要不亢不卑，
不觸不悖，驀然而來，悠然而逝。立意貴新，設色貴雅，構局貴變，
言情貴含蓄，如驕馬弄銜而欲行，粲女窺簾而未出，得之矣。」〔註8〕
沈謙認爲詞體上不似詩，下不似曲，而「立意」、「設色」、「構局」、「言
情」爲四大要素，足見沈氏對於詞體特質已有認知。〈答毛稚黃論塡
詞書〉論秦詞風格云：「六朝君臣，矞色頌酒，朝雲龍笛，玉樹後庭，
厥爲濫殤，流風不泯。迨後三唐繼作，此調爲多。飛卿新製，號爲《金
荃》；崇祚《花間》，大多情語。艷體之尚，由來已久。……秦七雅詞，
多屬婉媚，即東坡亦推爲『今之詞手』。」沈謙視六朝以來的艷歌樂
曲爲詞體之始，定義秦詞風格婉媚，並細膩分析其詞云：「秦少游『一
向沉吟久』，大類山谷〈歸田樂引〉，鏟盡浮詞，直抒本色。而淺人常
以雕繪仿之。此等詞極難作，然亦不可多作。」〔註9〕〈滿園花〉（一
向沉吟久），以方言俗語描寫怨情，後世多有俚俗之譏，沈氏持論迴
異於前人，認爲秦觀除去虛飾浮誇之詞，自然生動。又評〈畫堂春〉

〔註7〕　〔清〕彭孫遹撰：《詞藻》（臺北：藝文印書館，1967 年），卷 4，頁
　　　　 37。
〔註8〕　〔清〕沈謙撰：《塡詞雜說》，收錄於唐圭璋《詞話叢編》，冊 1，頁
　　　　 629、635。
〔註9〕　〔清〕沈謙撰：《塡詞雜說》，收錄於唐圭璋《詞話叢編》，冊 1，頁
　　　　 631。

（落紅鋪徑水平池）云：「填詞結句，或以動盪見奇，或以迷離稱雋，著一實語，敗矣。……少游『放花無語對斜暉，此恨誰知』，深得此法。」〔註10〕此論關注詞體結句，詞人憑欄手撚花枝，已隱含愁緒，「放花」、「對斜暉」二詞，心緒更是無奈至極，故以「此恨誰知」此問句作結，倍顯巧妙。

（三）郭麐、張德瀛：秦詞「幽艷」

郭麐（1767～1831），字祥伯，號頻伽，晚號復翁，吳江（今屬江蘇）人。久困科場，後流落他方，終身不遇，著有《靈芬館全集》、《靈芬館詞》等，詞學觀主要見於《靈芬館詞話》。郭氏論詞體派別云：

> 詞之為體，大略有四：風流華美，渾然天成，如美人臨妝，卻扇一顧，《花間》諸人是也。晏元獻、歐陽永叔諸人繼之，施朱敷粉，學步習容，如宮女題紅，含情幽艷，秦、周、賀、晁諸人是也，柳七則靡曼近俗矣。姜、張諸子，一洗華靡，獨標清綺，如瘦石孤花，清笙幽磬，入其境者，疑有仙靈；聞其聲者，人人自遠。夢窗、竹屋或揚或沿，皆有新雋，詞之能事備矣。至東坡以橫絕一代之才，凌屬一世之氣，間作倚聲，意若不屑，雄詞高唱，別為一宗。辛、劉則粗豪太甚矣。……溯其派別，不出四者。〔註11〕

郭麐試圖以四派分判詞體風格，並將詞家一一歸屬於其中。「風流華美」者，以《花間》諸人為主，而秦觀則與晏殊、歐陽脩、周邦彥、賀鑄等人，為「含情幽艷」者，另有姜夔「獨標清綺」及蘇軾、辛棄疾等「雄詞高唱」者。張德瀛亦以「幽艷」定義秦詞風格。張德瀛（1861～？），字采珊，號山陰道上人，番禺（今廣東）人，約為咸豐、同治年間人，著有《耕烟詞》五卷，論詞話語可見《詞徵》一書，共計六卷。張德瀛論詞體，多溯其源，將之與詩並提，隱然可見推尊詞體

〔註10〕　〔清〕沈謙撰：《填詞雜說》，收錄於唐圭璋《詞話叢編》，冊1，頁633。

〔註11〕　〔清〕郭麐撰：《靈芬館詞話》，收錄於唐圭璋《詞話叢編》，冊2，卷1，頁1503。

之意，並有意識標舉各朝詞家，如論唐詞三家云：「李太白詞，停泓
蕭瑟；張子同詞，逍遙容與；溫飛卿詞，豐柔精邃。唐人以詞鳴者，
惟茲三家，壁立千仞，俯視眾山，其猶部婁也。」〔註12〕唐代舉李白、
張志和、溫庭筠三人彷彿山嶽巍峨，其他詞家猶如「部婁」，即小山，
相形之下頓時失色不少。又標舉北宋詞人有五：

> 同叔之詞溫潤，東坡之詞軒驍，美成之詞精邃，少游之詞
> 幽艷，无咎之詞雄邈。北宋惟五子可稱大家。〔註13〕

晏殊、蘇軾、周邦彥、秦觀、晁補之等人，各具特質，風格多所差異，
秦觀詞風「幽豔」，當指幽深淒艷，將其人生遭遇以情語呈現，情語淒
美，身世幽深，讀來感人肺腑。而張德瀛又引釋皎然《詩式》謂詩有
六至云：「『至險而不僻，至奇而不差，至麗而自然，至苦而無蹟，至
近而意遠，至放而不迂。』以詞衡之，至險而不僻者，美成也。至奇
而不差者，稼軒也。至麗而自然者，少游也。至苦而無迹者，碧山也。
至近而意遠者，玉田也。至放而不迂者，子瞻也。」〔註14〕此處論詩
有六種最佳的境界，稱為「六至」，亦可用以審視詞體，各有代表人物，
評秦觀「至麗而自然」，當指其語句華美，而融情入景，境界自然。

（四）周濟、張星耀：秦詞「蘊藉」

常州詞派周濟（1781～1839），字保緒，一字介存，晚號止庵，
荊溪（今江蘇）人。其為人少有遠志，熟讀兵家要旨，後隱居金陵春
水園，專心著述，撰《詞辨》附《介存齋論詞雜著》、輯《宋四家詞
選》。蔣敦復《芬陀利室詞話》曾論其平生交遊及詞學思想云：

> 蓋先生少年時，與張皋文、翰風兄弟同里相切劇，又與董
> 晉卿各致力於詞，啟古人不傳之祕。近來浙、吳二派據宗

〔註12〕〔清〕張德瀛撰：《詞徵》，收錄於唐圭璋《詞話叢編》，冊5，卷1，
　　　　頁4147。

〔註13〕〔清〕張德瀛撰：《詞徵》，收錄於唐圭璋《詞話叢編》，冊5，卷1，
　　　　頁4153。

〔註14〕〔清〕張德瀛撰：《詞徵》，收錄於唐圭璋《詞話叢編》，冊5，卷1，
　　　　頁4079～4080。

南宋，獨常州諸公能辨香周、秦，以上窺唐人微旨，先生
其眉目也。〔註15〕

周濟承張惠言比興寄託之說，且有意識提升詞體地位云：「詩有史，詞
亦有史。」〔註16〕並對塡詞門徑有所思考云：「學詞先以用心為主，遇
一事，見一物，即能沈思獨往，冥然終日，出手自然不平。」〔註17〕
間接肯定詞非小道，必須用心為之。《介存齋論詞雜著》進一步明言初
學者所必須注意的關鍵云：

> 初學詞求空，空則靈氣往來。既成格調求實，實則精力彌
> 滿。初學詞求有寄託，有寄託則表裏相宣，斐然成章。既
> 成格調，求無寄託，無寄託則指事類情，仁者見仁，智者
> 見智。〔註18〕

指明學詞途徑有二：一為求空、求實，空、實之間各有所長；二為求
有寄託入、求無寄託出，二論皆為周濟論詞的核心思考。常州詞派推
崇周邦彥、秦觀兩人，以此觀點審視周濟引述他人評論秦觀之說云：
「晉卿曰：『少游正以平易近人，故用力者終不能到。』」〔註19〕又云：
「良卿曰：『少游詞，如花含苞，故不甚見其力量。其實，後來作手，
無不胚胎於此。』」〔註20〕論及秦觀平易近人，用力者終不能到，或云
不甚見其力量等，皆可窺見秦詞符合周濟所主有寄託入，無寄託出之
意，其感觸自然流露，已達出神入化的境地。另於《詞辨‧自序》云：

> 自溫庭筠、韋莊、歐陽脩、秦觀、周邦彥、周密、吳文英、

〔註15〕〔清〕蔣敦復撰：《芬陀利室詞話》，收錄於唐圭璋《詞話叢編》，冊
　　　　4，卷1，頁3633～3634。

〔註16〕〔清〕周濟撰：《介存齋論詞雜著》，收錄於唐圭璋《詞話叢編》，冊
　　　　2，頁1630。

〔註17〕〔清〕周濟撰：《介存齋論詞雜著》，收錄於唐圭璋《詞話叢編》，冊
　　　　2，頁1630。

〔註18〕〔清〕周濟撰：《介存齋論詞雜著》，收錄於唐圭璋《詞話叢編》，冊
　　　　2，頁1630。

〔註19〕〔清〕周濟撰：《介存齋論詞雜著》，收錄於唐圭璋《詞話叢編》，冊
　　　　2，頁1631。

〔註20〕〔清〕周濟撰：《介存齋論詞雜著》，收錄於唐圭璋《詞話叢編》，冊
　　　　2，頁1632。

> 王沂孫、張炎之流，莫不蘊藉深厚，而才艷思力，各騁一
> 途，以極其致。〔註21〕

此論將秦詞與諸位詞家並論，評其「蘊藉深厚」，但各有所長。針對
秦詞含蓄處，周濟《宋四家詞選序論》曾云：「少游意在含蓄，如花
初胎，故少重筆。」〔註22〕又云：「少游最和婉醇正，稍遜清眞者，
辣耳！」〔註23〕足見秦詞含蓄委婉深受周濟推崇，不以沉重筆調渲染
情感，「醇正」指不流麗淫靡。

　　張星耀則以「風流醞藉」定位秦詞風格，張星耀（生卒年不詳），
字砥中，張氏將詞風區別爲四，較之明代以降廣被接受的婉約、豪放
二派，更顯細膩。其《論詞十三則》云：

> 詞有四種：曰風流蘊藉，曰綿婉眞致，曰高涼雄爽，曰自
> 然流暢。風流蘊藉而不入於淫褻，綿婉眞致而不失之鄙俚，
> 高涼雄爽而不近於激怒，自然流暢而不流於淺易，斯皆詞
> 之上乘也。塵點者，堆韡者，纖巧者，議論者，詭譎者，
> 皆非詞也，皆詞之厄也。〔註24〕

又提及各風格的代表人物云：

> 風流蘊藉者，少游、美成乎？綿婉眞致者，易安、耆卿乎？
> 高涼雄爽者，其辛、陸乎？自然流暢者，其後主乎？然而
> 諸君皆不免四者之流弊，是在節取其長而已。〔註25〕

將詞區分爲風流蘊藉、綿婉眞致、高涼雄爽、自然流暢四派。拿捏有
所節制，而不至於流入淫褻、鄙俗、激怒、淺易等弊病，便可稱爲絕

〔註21〕〔清〕周濟撰：《介存齋論詞雜著》，收錄於唐圭璋《詞話叢編》，冊
　　　　2，頁 1637。

〔註22〕〔清〕周濟撰：《宋四家詞選序論》，收錄於唐圭璋編《詞話叢編》，
　　　　冊 2，頁 1643。

〔註23〕〔清〕周濟撰：《宋四家詞選序論》，收錄於唐圭璋編《詞話叢編》，
　　　　冊 2，頁 1643。

〔註24〕〔清〕張星耀撰：《論詞十三則》，收錄於張璋等編《歷代詞話》，下
　　　　冊，頁 899。

〔註25〕〔清〕張星耀撰：《論詞十三則》，收錄於張璋等編《歷代詞話》，下
　　　　冊，頁 899。

妙之作。而損傷詞體本質者有四：「塵點」、「纖巧」為風格面，指格調不高，風格柔弱；「堆疊」、「議論」則為技巧面，堆砌文字，流於評論，清人多將李清照、秦觀等同視之，但張星耀觀點顯然與諸家多所差異。

（五）劉熙載：秦詞「清遠」

劉熙載（1813～1881），字簡齋，字伯簡，號融齋，興化（今江蘇）人。少幼孤貧，篤行力學，為晚清著名經學家、批評家，曾講學於龍門書院，著有《藝概》、《昨非集》、《四音定切》、《說文雙聲》、《古桐書屋六種》、《古桐書屋續刻三種》。尤以《藝概》最為聞名，堪稱中國近代重要的文學評論專著。其中《詞概》專論詞體，關注面向甚為多元，標舉詞體特質云：「詞則言出於聲矣，故詞，聲學也。」又云：「《說文解詞字》曰：『意內而言外也。』徐鍇《通論》曰：『音內而言外，在音之內，在言之外也。』故知詞也者，言有盡而音意無窮也。」[註26] 劉氏重視詞體音律、內涵，同時亦強調情景交融云：「詞或前景後情，或前情後景，或情景齊到，相間相融，各有其妙。」[註27] 足見劉氏對詞體特質，頗為重視。卷四論秦詞風格云：

> 叔原貴異，方回瞻逸，耆卿細貼，少游清遠。四家詞趣各
> 別，惟尚婉則同耳。[註28]

劉熙載標舉晏幾道、賀鑄、柳永、秦觀四家風格，皆屬婉約一派，又細論其差別云：「少游詞有小晏之妍，其幽趣則過之。梅聖俞〈蘇幕遮〉云：『落盡梅花春又了，滿地斜陽，翠色和煙老。』此一種似為少游開先。」[註29] 晏幾道與秦詞皆妍麗，但秦詞更別具幽趣；另關

〔註26〕〔清〕劉熙載撰：《藝概‧詞概》，收錄於唐圭璋《詞話叢編》，冊4，頁3687。

〔註27〕〔清〕劉熙載撰：《藝概‧詞概》，收錄於唐圭璋《詞話叢編》，冊4，頁3699。

〔註28〕〔清〕劉熙載撰：《藝概‧詞概》，收錄於唐圭璋《詞話叢編》，冊4，頁3692。

〔註29〕〔清〕劉熙載撰：《藝概‧詞概》，收錄於唐圭璋《詞話叢編》，冊4，

注柳永、秦觀之別云：「南宋詞近耆卿者多，近少游者少，少游疏而耆卿密也。」〔註30〕此論評秦詞「疏」，與上述「清遠」之意相近，又云：

> 秦少游詞得《花間》、《尊前》遺緒，卻能自出清新。東坡詞雄姿逸氣，高軼古人，且稱少游為詞手。山谷傾倒於少游〈千秋歲〉詞『落紅萬點愁如海』之句，至不敢和。要其他詞之妙，似此者豈少哉！〔註31〕

蔡嵩雲《柯亭詞論》亦云：「少游詞，雖間有《花間》遺韻，其小令深婉處，實出自六一，仍是陽春一派。慢詞清新淡雅，風骨高騫，更非《花間》所能範圍矣！」〔註32〕劉、蔡兩人皆主張秦詞承《花間》遺緒，前者標舉秦詞別有清新氣息，後者細分秦詞小令深婉，本自歐陽脩，而慢詞清新淡雅，已跳脫《花間》風尚。

（六）沈祥龍：秦詞「醞藉」、「妍婉」

沈祥龍（1835～1905？），字訥生，號約齋，晚號樂志翁，婁縣（今江蘇）人，著有《樂志簃詞錄》一卷。沈氏強調詞體三大法則云：「詞有三法，章法、句法、字法也。章法貴渾成，又貴變化；句法貴精鍊，又貴灑脫。字法貴新雋，又貴自然。」〔註33〕又云：「詞之體，各有所宜，如弔古宜悲慨蒼涼，紀事宜條暢愧漾，言愁宜嗚咽悠揚，述樂宜淋漓和暢，賦閨房宜旖旎嫵媚，詠關河宜豪放雄壯。得其宜則聲情合矣，若琴瑟專一，便非作家。」〔註34〕沈氏肯定詞體各具特質，

頁3691。

〔註30〕 〔清〕劉熙載撰：《藝概‧詞概》，收錄於唐圭璋《詞話叢編》，冊4，頁3697。

〔註31〕 〔清〕劉熙載撰：《藝概‧詞概》，收錄於唐圭璋《詞話叢編》，冊4，頁3691。

〔註32〕 〔清〕蔡嵩雲撰：《柯亭論詞》，收錄於唐圭璋《詞話叢編》，冊5，頁4911。

〔註33〕 〔清〕沈祥龍撰：《論詞隨筆》，收錄於唐圭璋《詞話叢編》，冊5，頁4049

〔註34〕 〔清〕沈祥龍撰：《論詞隨筆》，收錄於唐圭璋《詞話叢編》，冊5，頁4049。

又論婉約、豪放二派云：

> 詞有婉約，有豪放，二者不可偏廢，在施之各當耳。房中
> 之奏，出以豪放，則情致絕少纏綿。塞下之曲，行以婉約，
> 則氣象何能恢拓？蘇、辛與秦、柳，貴集其長也。〔註35〕

此論對兩派風格，予以尊重，並標舉蘇、辛「豪放」與秦、柳「婉約」，
各有所長。而沈氏更以「蘊藉」定義秦詞云：「詞之蘊藉，宜學少游、
美成，然不可入於淫靡。綿婉宜學耆卿、易安，然不可失於纖巧。雄
爽宜學東坡、稼軒，然不可近於粗厲。……此當就氣韻趣味上辨之。」
〔註36〕「蘊藉」乃情感含蓄不外露，對此沈氏加以解說：「含蓄無窮，
詞之要訣。含蓄者意不淺露，語不窮盡，句中有餘味，篇中有餘意，
其妙不外寄言而已。」〔註37〕更就「蘊藉」如何可得？進行思考云：
「曰情、曰韻、曰氣。情欲其纏綿，其失也靡；韻欲其飄逸，其失也
輕；氣欲其動宕，其失也放。」〔註38〕足見沈氏對情、韻、氣等三大
要素，極為重視，論詞情云：「詞之言情，貴得其真。勞人思婦，孝
子忠臣，各有其情。古無無情之詞，亦無假託其情之詞。柳、秦之妍
婉，蘇、辛之豪放，皆自言其情者也。」〔註39〕強調情感必須真切，
而沈氏評秦詞言情之作云：「詞雖濃麗而乏趣味者，以其但知作情景
兩分語，不知作景中有情、情中有景語耳。『雨打梨花深閉門』、『落
紅萬點愁如海』，情景雙繪，故稱好句，而趣味無窮。」〔註40〕此論

〔註35〕〔清〕沈祥龍撰：《論詞隨筆》，收錄於唐圭璋《詞話叢編》，冊5，
　　　　頁4049。

〔註36〕〔清〕沈祥龍撰：《論詞隨筆》，收錄於唐圭璋《詞話叢編》，冊5，
　　　　頁4058。

〔註37〕〔清〕沈祥龍撰：《論詞隨筆》，收錄於唐圭璋《詞話叢編》，冊5，
　　　　頁4055。

〔註38〕〔清〕沈祥龍撰：《論詞隨筆》，收錄於唐圭璋《詞話叢編》，冊5，
　　　　頁4050。

〔註39〕〔清〕沈祥龍撰：《論詞隨筆》，收錄於唐圭璋《詞話叢編》，冊5，
　　　　頁4053。

〔註40〕〔清〕沈祥龍撰：《論詞隨筆》，收錄於唐圭璋《詞話叢編》，冊5，
　　　　頁4054。

評〈鷓鴣天〉（枝上流鶯和淚聞）、〈千秋歲〉（水邊沙外）二詞，妙處在於情景交融。又論寫景、言情各有法度云：

> 寫景貴淡遠有神，勿墮而奇險。情貴蘊藉有致，勿浸而淫褻。『曉風殘月』、『衰草微雲』，寫景之善者也；『紅雨飛愁』，『黃花比瘦』，言情之善者也。〔註41〕

又云：「詩重發端，惟詞亦然，長調尤重。有單起之調，貴突兀籠罩，如東坡『大江東去』是；有對起之調，貴從容整鍊，如少游『山抹微雲，天黏衰草』是。」〔註42〕沈氏肯定秦詞〈滿庭芳〉「山抹微雲，天黏衰草」二句，寫景精妙，筆法工整。可見沈氏對詞體風格予以尊重的態度，對秦詞之關注面向，亦甚為細膩多元。

（七）夏敬觀：秦詞「清麗婉約」

夏敬觀（1875～1953），字劍丞，一作鑑丞，又字盥人、緘齋，晚號映庵，別署玄修、牛鄰叟，新建（今江西）人。夏氏《淮海詞跋》云：「少游詞清麗婉約，辭情相稱，誦之迴腸蕩氣，自是詞中上品。比之山谷，詩不及遠甚，詞則過之。蓋山谷是東坡一派，少游則純乎詞人之詞也。」〔註43〕此論標舉秦詞風格清麗婉約，與前人之說大抵相近，又承《四庫提要》之緒，評秦詞「辭情相稱」，較特別之處在於，夏氏評秦詞為「上品」，更視之為「詞人之詞」。夏氏又於《忍古樓詞話》云：「宋詞少游、耆卿、清真、白石，皆余所宗尚。夢窗過澀，玉田稍滑，余不盡取。謂余棄秦、柳，小姜、張，則冤矣！」〔註44〕明言己身以秦觀、柳永、周邦彥、姜夔等人，為取法對象。

〔註41〕〔清〕沈祥龍撰：《論詞隨筆》，收錄於唐圭璋《詞話叢編》，冊5，頁4057。

〔註42〕〔清〕沈祥龍撰：《論詞隨筆》，收錄於唐圭璋《詞話叢編》，冊5，頁4051。

〔註43〕〔清〕夏敬觀撰：《淮海詞跋》，收錄於周義敢、周雷編《秦觀資料彙編》，頁387。

〔註44〕〔清〕夏敬觀撰：《忍古樓詞話》，收錄於唐圭璋《詞話叢編》，冊5，頁4768。

上述諸家論及秦詞風格，各有定見，別具思考，可窺見清人以多元視角，審視秦詞風格。此外，尚有以「情韻」評價秦詞者，如吳之振《秦觀淮海集鈔》云：「當時於蘇門並稱秦、晁。晁以氣勝，則灝衍而新崛；秦以韻勝，則追琢而淳泓。要其體格在伯仲，而晁爲雄大矣」〔註45〕、吳衡照《蓮子居詞話》卷四云：「夫北宋也，蘇之大，張之秀，柳之艷，秦之韻，周之圓融，南宋諸老，何以尚茲？」〔註46〕皆標舉秦詞以「韻」最爲突出；而蔡宗茂《拜石山房詞序》則云：「詞盛於宋代，自姜、張以格勝，蘇、辛以氣勝，秦、柳以情勝，而其派乃分。」〔註47〕直至《四庫全書・淮海詞提要》云：「情韻兼勝，在蘇、黃之上，流傳雖少，要爲倚聲家一巨擘也。」〔註48〕秦詞「情韻兼勝」，方成通說。

二、標舉秦觀爲宋詞名家

自明代張綖定義秦詞風格婉約，王世貞標舉秦詞爲正後，歷來探討秦詞地位者，莫不接受此類觀點，而清人所評話語，稱揚之意則更加顯明。茲就諸家所述，略加探討如次：

（一）王士禎、汪懋麟、謝章鋌…：秦詞為「正調」、「正軌」、「北宋正宗」…

王士禎（1634～1711），字貽上，號阮亭，別號漁洋山人，新城（今山東）人。著有《衍波詞》二卷（又名《阮亭詩餘》），且因讀《花間》、《草堂》，偶有所觸，輒以丹鉛書之，積累爲《花草蒙拾》一卷。王氏針對明人張綖所言「婉約」、「豪放」風格之別，陳述己見云：

〔註45〕　〔清〕吳之振編：《秦觀淮海集鈔》，收錄於《文津閣四庫全書》，冊488，卷36，頁881。
〔註46〕　〔清〕吳衡照撰：《蓮子居詞話》，收錄於張璋等編《歷代詞話》，下冊，頁1457。
〔註47〕　〔清〕蔡宗茂撰：《拜石山房詞》，收錄於楊家駱主編：《清詞別集百三十四種》，臺北：鼎文書局，1976年8月，冊9，頁591。
〔註48〕　〔清〕永瑢總纂：《四庫全書・淮海詞提要》，集部，冊497，頁591。

　　張南湖論詞派有二：一曰婉約，一曰豪放。僕謂婉約以易安
　　為宗，豪故惟幼安稱首，皆吾濟南人，難乎為繼矣！〔註49〕

張綖以秦觀、蘇軾為代表，區分詞體為兩大風格，成為後世通說。王
士禎之說並非對於秦觀、蘇軾採否定態度，而是心慕同為濟南人的李
清照、辛棄疾，故標舉兩人為代表。王士禎另有涉及詞體正、變之論
云：「弇州謂蘇、黃、稼軒為詞之變體，是也。謂溫、韋為詞之變體，
非也。夫溫、韋視晏、李、秦、周，譬賦有〈高唐〉、〈神女〉，而後
有〈長門〉、〈洛神〉。」〔註50〕弇州為明人王世貞，其《藝苑巵言》
曾評溫、韋艷而促，為詞之變體，王世貞並不認同此觀點，而認為後
世晏幾道、秦觀、周邦彥等人多與溫、韋有關聯，故應視其為正體，
此線索可就田同之《西圃詞說》載王士禎論詞之語云，進行查考：

　　語其正，則南唐二主為之祖，至漱玉、淮海而極盛，高、
　　史其嗣響也；語其變，則眉山導其源，至稼軒、放翁而盡
　　變，陳、劉其餘波也。有詩人之詞，唐、蜀、五代諸人是
　　也。文人之詞，晏、歐、秦、李諸君子是也。有詞人之詞，
　　柳永、周美成、康與之之屬是也。有英雄之詞，蘇、陸、
　　辛、劉是也。〔註51〕

王士禎認為南唐二主為詞體之正，而李清照、秦觀為詞體鼎盛之代
表，高觀國、史達祖則承繼前人而有所發展；後有蘇軾為變體源頭，
辛棄疾、陸游則為變體之盛，陳亮、劉過等人繼之。王士禎針對派別
源頭及其承繼者，進行爬梳，使其脈絡清晰，對兩派皆予以肯定云：
「詞如少游、易安，固是本色當行，而東坡、稼軒以太史公筆力為詞，
可謂震奇矣！」〔註52〕又云：「詞家綺麗、豪放二派，往往分左右祖。

〔註49〕〔清〕王士禎撰：《花草蒙拾》，收錄於唐圭璋《詞話叢編》，冊 1，
　　　　頁 685。
〔註50〕〔清〕王士禎撰：《花草蒙拾》，收錄於唐圭璋《詞話叢編》，冊 1，
　　　　頁 673。
〔註51〕〔清〕田同之撰：《西圃詞說》，收錄於唐圭璋《詞話叢編》，冊 2，
　　　　頁 1451。
〔註52〕〔清〕王士禎撰：《古夫于亭雜錄》，收錄於任繼愈、傅璇琮總主編

予謂：第當分正變，不當分優劣。」〔註53〕時代稍晚的汪懋麟，亦主秦觀延續正調而達到極致，觀點卻與王士禎有所差異。《棠村詞序》評宋詞派別云：

> 予嘗論宋詞有三派：歐、晏正其始，秦、黃、周、柳、姜、史、李清照之徒備其盛，東坡、稼軒，放乎其言之矣。〔註54〕

汪懋麟（1639～1688），字季用，號蛟門，江都（今江蘇）人，其詩法傳自王士禎，才氣縱橫。王士禎以李清照、秦觀爲宋詞之盛，汪懋麟則增列黃庭堅、周邦彥、柳永、姜夔、史達祖、李清照等人，其視野更加寬闊，論及蘇、辛兩人，則評爲放任、不受拘束者，與王士禎定位兩人屬詞之變體，多所差異，但肯定秦觀之意，大抵相同。王士禎又細膩分判詩人之詞、文人之詞、詞人之詞、英雄之詞，將秦觀與晏殊、歐陽脩、李清照等人同列，評其詞具有文人筆法，與唐至五代仍帶有詩歌氣味的詞，及柳永、周邦彥、康與之等合乎律調的詞人之詞，與蘇、辛等人帶有豪放氣息的英雄之詞，殊多差異。而王士禎的區別方式，非隨心之所至，任意而爲。據《分甘餘話》云：

> 凡爲詩文，貴有節制，即詞曲亦然。正調至秦少游、李易安爲極致，若柳耆卿則靡矣。變調至東坡爲極致，辛稼軒豪於東坡，而不免稍過，若劉改之則惡道矣！學者不可不辨。〔註55〕

足見王士禎心中自有衡量尺度，將詞曲與詩文並提，肯定詞有正、變二體，分別以李清照及秦觀、蘇軾等人爲極致，皆在於三人能有所節制。而相較之下，柳永、辛棄疾、劉過等人，皆因某方面太過而有所偏失。王士禎肯定秦觀、李清照詞爲當行本色，亦肯定蘇軾、辛棄疾

《文津閣四庫全書》，子部，冊288，卷4，頁362。

〔註53〕〔清〕王士禎撰：《香祖筆記》，收錄於任繼愈、傅璇琮總主編《文津閣四庫全書》，子部，冊288，卷9，頁312。

〔註54〕〔清〕汪懋麟撰：《棠村詞序》，收錄於施蟄存《詞集序跋萃編》，頁544。

〔註55〕〔清〕王士禎撰：《分甘餘話》，收錄於任繼愈、傅璇琮總主編《文津閣四庫全書》，子部，冊288，卷2，頁336。

兩人豪放筆法，足見其詞學觀點，並未偏向婉約詞風。又云：

> 「郴江幸自繞郴山，爲誰流下瀟湘去。」千古絕唱。秦歿
> 後。坡公常書此於扇云：「少游已矣，雖萬人何贖？」高山
> 流水之悲，千載而下，令人腹痛。〔註56〕

王士禛評秦觀爲正調、本色，已可充分彰顯其肯定之意，但另可就其
言語窺見追思之情，如《漁洋山人精華錄》載七絕二首云：「寒雨秦郵
夜泊船，南湖新漲水連天。風流不見秦淮海，寂寞人間五百年」、「國
士無雙秦少游，堂堂坡老醉黃州。高臺幾廢文章在，果是江河萬古流。」
〔註57〕王士禛對秦觀的肯定，亦展現於數百年後，對其故迹及文章的
追思緬懷。視秦詞爲婉約之正者，尚有蔣兆蘭《詞說》。謝章鋌（1819
～？），字枚如，長樂（今福建）人，著有《賭棋山集》。宗常州詞派
而折衷浙西詞派要旨，並對浙派末流頗多反省。論及詞體特性云：「詞
宜雅矣，而尤貴得趣。雅而不趣，是古樂府；趣而不雅，是南北曲。
李唐、五代多雅趣並擅之作。雅如美人之貌，趣是美人之態。有貌無
態，如皋不笑，終覺寡情；有態無貌，東施效顰，亦將卻步。」〔註58〕
以雅趣爲衡量標準，並重視情感寄託，云：「情愈至，品愈高，詣愈深，
蘊抱愈厚，激發愈雄。」〔註59〕除了肯定情眞意摯，格調愈高之外，
更提出「詞雖小道，亦當知積學敦品耳！」〔註60〕重視學術修養，足
見謝章鋌詞體觀念清晰，有意識提升詞體地位。曾論宋詞派別云：

> 宋詞三派，曰婉麗，曰豪宕，曰醇雅，今則又益一派曰餖
> 飣。宋人詠物高者摹神，次者賦形，而題中有寄託，題外

〔註56〕〔清〕王士禛撰：《花草蒙拾》，收錄於唐圭璋《詞話叢編》，冊1，
頁679。

〔註57〕〔清〕王士禛撰、金榮箋注：《漁洋山人精華錄箋注》（臺北：廣文，
1968年7月），卷1、3，頁2、40。

〔註58〕〔清〕謝章鋌撰：《賭棋山莊詞話》，收錄於唐圭璋《詞話叢編》，冊
4，卷11，頁3461。

〔註59〕〔清〕謝章鋌撰：〈張玉珊寒松閣詞序〉，收錄於《續修四庫全書》，
集部，頁302。

〔註60〕〔清〕謝章鋌撰：《賭棋山莊詞話》，收錄於唐圭璋《詞話叢編》，冊
4，續編五，頁3559。

有感慨，雖詞實無愧於六義焉！〔註61〕

此處區分詞體爲四派，並將筆法精湛處與六義並提，謝章鋌亦以此觀點審視秦詞云：「少游〈夢揚州〉云：『望翠樓簾捲金鈎。』『樓』與『鈎』協，此句法亦本《毛詩・秦風》『於嗟乎不承權輿』，『乎』與『輿』協也。」〔註62〕言其句法本於《詩經》，頗具推崇之情。謝章鋌評論秦觀，語多肯定，如：

> 北宋多工短調，南宋多工長調。北宋多工軟語，南宋多工硬語。然二者偏至，終非全才。歐陽、晏、秦，北宋之正宗也。〔註63〕

此處明言南、北宋詞體差異，各有所偏，將歐陽脩、晏幾道、秦觀等人視爲北宋正宗，間接肯定諸家工於短調，話語柔和婉轉。秦詞深受肯定，實其來有自：

> 晏、秦之妙麗，源於李太白、溫飛卿。姜、史之清眞，源於張志和、白香山。〔註64〕

標舉晏幾道、秦觀兩人詞風「妙麗」，源自李白、溫庭筠；姜夔、史達祖「清眞」，則受張志和、白居易影響。就此觀點審視謝章鋌所定義的宋詞四派，秦詞當屬於「婉麗」風格者。謝章鋌亦針對李調元之說，進行思考云：

> 羅江李雨村著《詞話》四卷，其於詞用功頗淺，所論率非探源，沾沾以校讎自喜，且時有剿說，更多錯謬。……惟以黃九不及秦七，痛闢其俚鄙諸作，則誠非隨聲附和者比。
>
> 〔註65〕

〔註61〕〔清〕謝章鋌撰：《賭棋山莊詞話》，收錄於唐圭璋《詞話叢編》，冊4，卷9，頁3443。

〔註62〕〔清〕謝章鋌撰：《賭棋山莊詞話》，收錄於唐圭璋《詞話叢編》，冊4，卷12，頁3473

〔註63〕〔清〕謝章鋌撰：《賭棋山莊詞話》，收錄於唐圭璋《詞話叢編》，冊4，卷12，頁3470。

〔註64〕〔清〕謝章鋌撰：《賭棋山莊詞話》，收錄於唐圭璋《詞話叢編》，冊4，卷9，頁3444。

〔註65〕〔清〕謝章鋌撰：《賭棋山莊詞話》，收錄於唐圭璋《詞話叢編》，冊

謝章鋌對李調元論詞之說，予以譏評，深表不以爲然之意，但李氏推崇秦觀，主秦七優於黃九，謝章鋌亦認同此說。胡薇元（1850～1925?），字詩林，又號孝博、壺庵，又署玉津閣主，大興（今北京）人，工於詩書，與宋育仁、方旭，趙熙諸人結詞社，著有《玉津閣詩文集》、《益州書畫錄續編》等，論詞話語多收於《歲寒居詞話》。論及秦觀云：

> 《淮海詞》一卷，宋秦觀少游作，詞家正音也。故北宋惟少游樂府語工而入律，詞中作家，允在蘇、黃之上。少游婿范溫，常在某貴人席上，其侍兒喜歌少游詞，略不顧溫，酒酣，始問此郎何人。溫又手起對曰：「溫乃山抹微雲女婿也。」一座絕倒。其詞爲當時所重如此。〔註66〕

胡薇元評秦詞是「詞家正音」，其特色在於語工入律，將他推崇在蘇軾、黃庭堅之上，應是著重秦詞符合詞體本色。就此觀點審視胡薇元評蘇軾、黃庭堅兩人，論及蘇軾僅言詞集卷數問題，未評論詞風；論及黃庭堅則云：「《山谷詞》一卷，晁補之、陳後山，皆謂今代詞手惟秦七、黃九。然山谷非淮海之比，高妙處只是著腔好詩，而硬用鞋字、屎字，不典。〈念奴嬌〉云：『老子平生，江南江北，愛聽臨風笛。』用方音以笛協北，亦不入韻。」〔註67〕以黃庭堅用字不典雅，並使用方言而不入韻兩大弊病，認爲秦觀詞之高妙處勝於黃庭堅，「典」指風格面；「韻」指格律面，兩者皆爲構成詞體的重要特質，秦詞多能符合，故能滿座絕倒，爲宋人所重視。清人關注秦詞音韻者，尚有費錫璜（1663～?），字滋衡，吳江（今江蘇）人，《漢詩總說》云：「蓋元氣全則元音足，古詩惟〈十九首〉音調最圓，子建、嗣宗猶近之，宋、齊則遼矣。律詩惟沈、宋音調最圓，錢、劉猶近之，中唐則遠矣。

4，卷3，頁3450。

〔註66〕 〔清〕胡薇元撰：《歲寒居詞話》，收錄於唐圭璋《詞話叢編》，冊5，頁4029。

〔註67〕 〔清〕胡薇元撰：《歲寒居詞話》，收錄於唐圭璋《詞話叢編》，冊5，頁4028。

詞家秦、柳最圓，南宋則遠矣！」〔註68〕亦關注秦詞音律。另有蔣兆蘭之評，蔣兆蘭（1855～1938？），字香谷，宜興（今江蘇）人，著《清藙庵詞》四卷、《詞說》一卷。論及詞體云：「詞家正軌，自以婉約爲宗。歐、晏、張、賀，時多小令，慢詞寥寥，傳作較少。逮乎秦、柳，始極慢詞之能事。」又云：「其實北宋慢詞如淮海、屯田，並臻極詣，亦治詞家所不容舍也。戈選不收，猶爲缺憾。」〔註69〕蔣氏論詞體當以婉約爲宗，標舉秦觀、柳永工於長調，並對戈載《宋七家詞選》未錄秦詞，深表遺憾。

（二）李調元、陳廷焯：秦觀為「宋代詞人之冠」、「詞壇領袖」

李調元（1734～1803），字贊庵，號雨村、墨莊，綿州（今四川）人，自幼靈敏好學，治學面向廣泛，爲清代著名文學家及戲曲家。《雨村詞話》卷四關注詞調云：「懷古詞宜用〈望海潮〉調，始於秦少游廣陵諸懷古及越州懷古等闋。」〔註70〕又標舉秦詞地位云：

> 秦少游《淮海集》首首珠璣，爲宋一代詞人之冠。今刊本多以山谷作雜之。黃九之不逮秦七，古人已有定評，豈容混入。如〈畫堂春〉：「東風吹柳……」氣薄語弱，此山谷十六歲作也，不應雜入。〔註71〕

李氏以「珠璣」形容秦詞精妙，更稱揚秦觀爲宋代詞人之冠，而《雨村詞話序》自陳評論特性云：「余之爲詞話也，表妍者少而摘媸者多，如推秦七，抑黃九之類，其彰彰也。」〔註72〕足見李氏肯定秦詞之態

〔註68〕原始檔缺漏。

〔註69〕〔清〕蔣兆蘭撰：《詞說》，收錄於唐圭璋《詞話叢編》，冊5，頁4632、4637。

〔註70〕〔清〕李調元撰：《雨村詞話》，收錄於唐圭璋《詞話叢編》，冊2，卷4，頁1433。

〔註71〕〔清〕李調元撰：《雨村詞話》，收錄於唐圭璋《詞話叢編》，冊2，卷1，頁1396。

〔註72〕〔清〕李調元撰：《雨村詞話序》，收錄於唐圭璋《詞話叢編》，冊2，頁1377。

度，甚爲鮮明。陳廷焯（1853～1892），字亦峰，又字伯與，丹徒（今江蘇）人，編纂《詞則》，選錄前人詞篇；並撰寫《詞壇叢話》、《白雨齋詞話》，闡述詞學觀點云：「本諸風騷，正其情性。溫厚以爲體，沉鬱以爲用，引以千端，衷諸一是。」〔註73〕又強調「沉鬱」之說云：「作詞之法，首貴沉鬱，沉則不浮，鬱則不薄。顧沉鬱未易強求，不根柢風騷，烏能沉鬱」、「若詞則舍沉鬱之外，更無以爲詞」〔註74〕，並定義「沉鬱」要義云：「所謂『沉鬱』者，意在筆先，神餘言外，寫怨夫思婦之懷，寓孽子孤臣之感。凡交情之冷淡，身世之飄零，皆可於一草一木發之，而發之又必若隱若見，欲露不露，反復纏綿，終不許一語道破，匪獨體格之高，亦見性情之厚。」〔註75〕主張沉鬱必須與頓挫結合云：「入門之始，先辨雅俗。雅俗既分，歸諸忠厚。既得忠厚，再求沉鬱。沉鬱之中，運以頓挫，方是詞中最上乘」、「詞則以溫厚和平爲本，而措詞即以沉鬱頓挫爲正。」〔註76〕沉鬱本於風騷之旨，須與頓挫相配合，陳氏亦以此觀點評論秦詞云：「唐五代詞，不可及處正在沉鬱。宋詞不盡沉鬱，然如子野、少游、美成、白石、碧山、梅溪諸家，未有不沉鬱者。」〔註77〕足見沉鬱確實爲不可或缺之要素。此外，陳廷焯亦關注秦詞之情意，如《詞壇叢話》云：「昔人謂東坡詞勝於情，耆卿情勝於詞，秦少游兼而有之」、「秦寫山川之景，柳寫羈旅之情，俱臻絕頂，有不可以語言形容者」〔註78〕肯定秦

〔註73〕〔清〕陳廷焯撰：《白雨齋詞話序》，收錄於唐圭璋《詞話叢編》，冊4，頁3751。

〔註74〕〔清〕陳廷焯撰：《白雨齋詞話》，收錄於唐圭璋《詞話叢編》，冊4，卷1，頁3776。

〔註75〕〔清〕陳廷焯撰：《白雨齋詞話》，收錄於唐圭璋《詞話叢編》，冊4，卷1，頁3777。

〔註76〕〔清〕陳廷焯撰：《白雨齋詞話》，收錄於唐圭璋《詞話叢編》，冊4，卷7、8，頁3943、3967。

〔註77〕〔清〕陳廷焯撰：《白雨齋詞話》，收錄於唐圭璋《詞話叢編》，冊4，卷1，頁3776。

〔註78〕〔清〕陳廷焯撰：《詞壇叢話》，收錄於唐圭璋《詞話叢編》，冊4，頁3721。

詞能兼顧文采及情感，尤以描寫山川之景，最爲精采。又於《白雨齋詞話・自序》亦云：「後人之感，感於文不若感於詩，感於詩不若感於詞。詩有韻，文無韻，詞可按節尋聲，詩不能盡被絃管。飛卿、端己，首發其端，周、秦、姜、史、張、王，曲竟其緒。而要皆發源於《風》、《雅》，推本於《騷》、《辯》，故其情長，其味永，其爲言也哀以思，其感人也深以婉。」〔註79〕此論帶有推尊詞體之意識，更有追溯詞體源流之思考，末兩句標舉溫、韋以來，周邦彥、秦觀等人所作皆本風雅騷辯，故能情味雋永，情感深婉。而陳氏對秦詞稱賞之語甚繁，如卷一云：「少游詞最深厚、最沉著。如『柳下桃蹊，亂分春色到人家』，思路幽絕，其妙令人不能思議，較『郴江幸自繞郴山，爲誰流下瀟湘去』之語，尤爲入妙。世人動訾秦七，其所謂井蛙謗海也。」〔註80〕陳氏稱揚〈望海潮〉（梅英疏淡）、〈踏莎行〉（霧失樓臺）詞句精妙。並標舉秦觀具有承下啓下的關鍵性地位，云：

> 秦少游自是作手，近開美成，導其先路。遠祖溫韋，取其神不襲其貌，詞至是乃一變焉！遂令議者不病其變，而轉覺有不得不變者。後人動稱秦、柳，柳之視秦，爲之奴隸而不足，何可相提並論哉！〔註81〕

此論標舉秦觀在詞史上的重要地位，並對前人將之與柳永並稱之論，大加撻伐；此外，亦對秦觀、黃庭堅齊名之說，深不以爲然云：「黃九於詞，直是門外漢，匪獨不及秦、蘇，亦去耆卿遠甚。」〔註82〕足見秦觀地位，遠在柳、黃兩人之上，陳氏標舉秦詞之語，甚爲繁多，如：

〔註79〕　〔清〕陳廷焯撰：《白雨齋詞話》，收錄於唐圭璋《詞話叢編》，冊4，頁3750。

〔註80〕　〔清〕陳廷焯撰：《白雨齋詞話》，收錄於唐圭璋《詞話叢編》，冊4，卷1，頁3785。

〔註81〕　〔清〕陳廷焯撰：《白雨齋詞話》，收錄於唐圭璋《詞話叢編》，冊4，卷1，頁3785。

〔註82〕　〔清〕陳廷焯撰：《白雨齋詞話》，收錄於唐圭璋《詞話叢編》，冊4，卷1，頁3784。

少游、美成，詞壇領袖也，所可議者，好作艷語，不免於俚耳。故大雅一席，終讓碧山。

南宋白石、梅溪、夢窗、碧山、玉田輩，固是高絕，北宋如東坡、少游、方回、美成諸公，亦豈易及耶？況周、秦兩家，實爲南宋導其先路，數典忘祖，其謂之何？

大抵北宋之詞，周、秦兩家，皆極頓挫沉鬱之妙。而少游託興尤深，……。

千古詞宗，溫、韋發其源，周、秦竟其緒，……。

詞有表裏俱佳，文質適中者，溫飛卿、秦少游、周美成、黃公度、姜白石、史梅溪、吳夢窗、陳西麓、王碧山、張玉田、莊中白是也，詞中之上乘也。熟讀溫、韋詞，則意境自厚；熟讀周、秦詞，則韻味自深。〔註83〕

足見陳氏所評，多以標舉秦觀在詞史上的地位爲主，清代宗北宋、尊南宋之說，甚爲鮮明，浙西詞派推舉南宋詞家，陳廷焯則有意凸顯北宋蘇軾、秦觀、賀鑄、周邦彥等人之特長，調和其說。而秦詞沉鬱頓挫，故託興深遠，符合常州詞派所主之「比興寄託」說，故備受推崇，與周邦彥、姜夔、張炎、王沂孫等人，皆爲「卓絕千古」之詞家。但陳廷焯亦對秦觀「好作艷語」，所產生的俚俗之弊，加以關注云：「少游名作甚多，而俚詞亦不少，去取不可不慎」、「詞法莫密於清眞，詞理莫深於少游，詞筆莫超於白石，詞品莫高於碧山，皆聖於詞者。而少游時有俚語，清眞、白石間亦不免，至碧山乃一歸雅正。」〔註84〕足見「詞雖不避艷冶，亦不可流於穢褻」〔註85〕之思考，始終爲其重要觀點，亦深切影響陳氏對秦詞的接受態度。

〔註83〕〔清〕陳廷焯撰：《白雨齋詞話》，收錄於唐圭璋《詞話叢編》，冊4，卷2、3、5、6、8，頁3808、3814、3825、3877、3909、3953、3968。

〔註84〕〔清〕陳廷焯撰：《白雨齋詞話》，收錄於唐圭璋《詞話叢編》，冊4，卷1、2，頁3785、3814。

〔註85〕〔清〕陳廷焯撰：《白雨齋詞話》，收錄於唐圭璋《詞話叢編》，冊4，卷1，頁3741。

（三）況周頤、王國維：秦觀為宋詞名家

　　常州詞派況周頤（1879～1926），原名周儀，字夔笙，號蕙風，臨桂（今廣西）人。與王鵬運、鄭文焯、朱祖謀等合稱清末詞壇四大家，詞學著作豐碩，有《蕙風詞》二卷，詞選《薇省詞選》、《粵西詞見》，論詞則有《蕙風詞話》五卷、《續編》二卷。《蕙風詞話》論己身詞學觀云：「填詞要天資，要學力。平日之閱歷，目前之境界，亦與有關係。無詞境，即無詞心。矯揉而彊爲之，非合作也。」〔註86〕又云：「吾聽風雨，吾覽江山，常覺風雨江山外有萬不得已者在。此萬不得已者，即詞心也。而能以吾言寫吾心，即吾詞也。此萬不得已者，由吾心醞釀而出，即吾詞之眞。非可強爲，亦無庸強求，視吾心之醞釀何如耳！」〔註87〕況周頤重視學思涵養，更重視眞實生活中的直接感受，寫景與言情合一，強調「詞心」乃醞釀而出，實與比興寄託關係密切，據《蕙風詞話》卷五云：「詞貴有寄託。所貴者流露於不自知，觸發於弗克自已。身世之感，通於性靈即性靈，即寄託，非二物相比附也。」〔註88〕足見況周頤肯定「詞心」、「詞境」，更欣賞作者情志的自然流露，重視學養則是爲了確保作者的人品高潔，以保有深靜清和，以達到「以性靈語詠物，以沉著之筆達出，斯爲無上上乘。」〔註89〕除了對詞境的重視外，況周頤更提出「拙、重、大」，以矯正詞風流於纖弱之弊，足見況周頤詞學思維深刻且獨到。《蕙風詞話》曾論及蘇軾及其門人云：

> 有宋熙豐間，詞學稱極盛。蘇長公提倡風雅，爲一代山斗。黃山谷、秦少游、晁無咎皆長公之客也。山谷、無咎皆工

〔註86〕〔清〕況周頤撰：《蕙風詞話》，收錄於唐圭璋《詞話叢編》，冊5，卷1，頁4407。

〔註87〕〔清〕況周頤撰：《蕙風詞話》，收錄於唐圭璋《詞話叢編》，冊5，卷1，頁4411。

〔註88〕〔清〕況周頤撰：《蕙風詞話》，收錄於唐圭璋《詞話叢編》，冊5，頁4526。

〔註89〕〔清〕況周頤撰：《蕙風詞話》，收錄於唐圭璋《詞話叢編》，冊5，卷5，頁4528。

倚聲，體格於長公爲近。唯少游自闢蹊徑，卓然名家。蓋
其天份高，故能抽秘騁妍於尋常濡染之外，而其所以契合
長公者獨深。張文潛〈贈李德載〉詩有云：「秦文倩麗舒桃
李。」彼所謂文，固指一切文字而言。若以其詞論，直是
初日芙蓉，曉風楊柳，倩麗之桃李，容猶當之有愧色焉。
王晦叔《碧雞漫志》云：「黃、晁二家詞，皆學坡公，得其
七八。」而於少游獨稱其俊逸精妙，與張子野並論，不言
其學坡公，可謂知少游者矣！〔註90〕

況周頤論及宋詞極盛，黃庭堅、秦觀、晁補之等人各有所長，特別
稱揚秦觀「自闢蹊徑，卓然名家」。而秦詞實有所承，對此《蕙風
詞話》亦關注此面向，其卷二云：「唐賢爲詞，往往麗而不流，與
其詩不甚相遠。劉夢得〈憶江南〉云：『春去也，多謝洛城人。……』
流麗之筆，下開北宋子野、少游一派。」〔註91〕此處明言唐人所作
華美卻不流暢，意即尚未明分詩、詞之別，並指出劉禹錫〈和樂天
春詞依憶江南曲拍爲句〉，文句流暢，風格華美，對張先、秦觀等
人有所影響。

王國維（1877～1927），初名國楨，後改爲國維，字靜安（或作
靜庵），別號初爲禮堂，後因其宅爲「永觀堂」，又改爲觀堂，開封（今
河南）人，爲近代著名學者，研究面向多元，舉凡中國文學、古文字
學、考證學、西方哲學等，皆有傑出成就，對詞體之貢獻深厚，創作
《苕華詞》及撰寫論詞專書《人間詞話》，而備受詞壇關注。王氏評
論秦詞之語繁多，茲就所評面向，探析如次：

1、詞境最爲深婉

「境界說」，爲王國維論詞之思考核心，王國維試圖進行解釋云：
「境非獨謂景物也。喜怒哀樂，亦人心中之一境界。故能寫眞景物、

〔註90〕〔清〕況周頤撰：《蕙風詞話》，收錄於唐圭璋《詞話叢編》，冊5，
卷2，頁4426～4427。
〔註91〕〔清〕況周頤撰：《蕙風詞話》，收錄於唐圭璋《詞話叢編》，冊5，
卷2，頁4423。

真感情者，謂之有境界；否則謂之無境界。」〔註92〕寫景、抒情皆必
須真切自然，強調作家的主觀精神，又兼顧客觀物性。又云：「境界
有大小，然不以是而分高下。「細雨魚兒出，微風燕子斜」，何遽不若
「落日照大旗，馬鳴風蕭蕭」，「寶簾閒掛小銀鉤」，何遽「霧失樓臺，
月迷津渡」也。」〔註93〕境界有其大小之分，卻不可用以評斷其優劣
高下，王國維舉秦詞為例，如〈浣溪沙〉（漠漠輕寒上小樓）末句「寶
簾閒掛小銀鉤」，雖僅寫閨中女子之微小動作，卻蘊含無限情思，故
與〈踏莎行〉「霧失樓臺，月迷津渡」之寫夜霧重重，漫天蓋地，月
色昏暗，渡口深隱之境不同，前者描寫僅一小樓，後者則為孤館之景，
兩者本有差異，秦觀皆能細膩掌握，故並臻高妙。王氏又云：

> 有有我之境，有無我之境。「淚眼問花花不語，亂紅飛過
> 秋千去」，「可堪孤館閉春寒，杜鵑聲裡斜陽暮」，有我之
> 境也。「採菊東籬下，悠然見南山」，「寒波澹澹起，白鳥
> 悠悠下」，無我之境也。有我之境，物皆著我之色彩。無
> 我之境，不知何者為我，何者為物。古人為詞，寫有我之
> 境者為多，然非不能寫無我之境，此在豪傑之士能自樹立
> 耳。〔註94〕

此論流傳甚為廣泛，「有我」、「無我」之分，乃深受「造境」、「寫境」
兩大創作方法所影響，而呈現不同的藝術美感。秦詞〈踏莎行〉（霧
失樓臺）末二句「可堪孤館閉春寒，杜鵑聲裡斜陽暮」，與歐陽脩〈蝶
戀花〉（庭院深深深幾許）末句「淚眼問花花不語，亂紅飛過秋千去」，
同為有我之境，前者寫己身獨處孤館，淒涼之意倍增；後者將情感託
附於景致，淚眼問花，心緒悲涼，花兒默默無語，無奈之情更是深濃。
秦觀、歐陽脩兩人所作，以我觀物之色彩深濃，皆以客觀之物態寄託，
襯顯人物主觀之情感，運用此法者，必須細膩觀察外在景物變化，因
而物之狀態，也隨詞人情感而有所變化，正如王國維所說「物皆著我

〔註92〕王國維撰：《人間詞話》，收錄於唐圭璋《詞話叢編》，冊5，頁4240。
〔註93〕王國維撰：《人間詞話》，收錄於唐圭璋《詞話叢編》，冊5，頁4241。
〔註94〕王國維撰：《人間詞話》，收錄於唐圭璋《詞話叢編》，冊5，頁4239。

之色彩」，故可謂「一切景語皆情語也」〔註95〕。而陶潛〈飲酒詩〉
第五首及元好問〈潁亭留別〉兩作，不以主觀立場觀察物態，乃因物
我之間已巧妙融合，難以分辨。王國維又評秦詞境界云：

> 少游詞境最爲淒婉，至『可堪孤館閉春寒，杜鵑聲裡斜陽
> 暮』，則變而淒厲矣。〔註96〕

秦詞以景寄情，故顯深婉，後因身世遭遇而轉爲深沉。王國維又以「氣
象」探究秦詞云：「『風雨如晦，雞鳴不已』、『山峻高以蔽日兮，下幽
晦以多雨。霰雪紛其無垠兮，雲霏霏而承宇』、『樹樹皆秋色，山山盡
落暉』，『可堪孤館閉春寒，杜鵑聲裏斜陽暮』，氣象皆相似。」〔註97〕
「風雨如晦，雞鳴不已」爲《詩經・鄭風・風雨》之句，寫期待情人
之心緒；「山峻高以蔽日兮，下幽晦以多雨」爲《楚辭・九章・涉江》
之句，寫屈原放逐所見之景，用以呈顯心境；「樹樹皆秋色，山山盡
落暉」，則爲王績〈野望〉詩句，描寫歸隱時的憂鬱心情。上述三者
皆以景致烘托情感，與秦觀〈踏莎行〉（霧失樓臺）末句，大抵相近。

2、秦詞最爲工巧

王國維論詞家云：「大家之作，其言情也必沁人心脾，寫景也必豁
人耳目。其辭脫口而出，無矯揉妝束之態。以其所見者眞，所知者深
也。詩詞皆然，持此以衡古今之作者，可無大誤矣！」〔註98〕論詞標
舉五代、北宋詞人，輕視南宋詞人之觀點，甚爲清晰，如「詞之最工
者，實推後主、正中、永叔、少游、美成。」〔註99〕此處標舉後主、
馮延巳及北宋歐陽脩、秦觀、周邦彥等人，帶有個人主觀之好誤存在，
於《人間詞話・附錄》又云：「予於詞，五代喜李後主、馮正中，而不
喜《花間》。宋喜同叔、永叔、子瞻、少游而不喜美成。南宋只愛稼軒

〔註95〕王國維撰：《人間詞話》，收錄於唐圭璋《詞話叢編》，冊5，頁4257。
〔註96〕王國維撰：《人間詞話》，收錄於唐圭璋《詞話叢編》，冊5，頁4245
　　　～4246。
〔註97〕王國維撰：《人間詞話》，收錄於唐圭璋《詞話叢編》，冊5，頁4246。
〔註98〕王國維撰：《人間詞話》，收錄於唐圭璋《詞話叢編》，冊5，頁4252。
〔註99〕王國維撰：《人間詞話》，收錄於唐圭璋《詞話叢編》，冊5，頁4264。

一人，而最惡夢窗、玉田。」〔註100〕又云：「唐五代之詞，有句而無篇。南宋名家之詞，有篇而無句。有篇有句，唯李後主降宋後之作，及永叔、子瞻、少游、美成、稼軒數人而已」〔註101〕、「詩至唐中葉以後，殆爲羔雁之具矣。故北宋五代之詩，佳者絕少，而詞則爲其極盛時代。即詩詞兼擅如永叔、少游者，亦詞勝於詩遠甚。以其寫之於詩者，不若寫之於詞者之眞也。」王國維標舉秦觀爲北宋詞人之代表，並直言秦觀「詞勝於詩遠甚」，皆可見其肯定秦詞最爲工巧之意。論及北宋詞家，王國維尙以主觀意識進行分判，評秦觀、周邦彥之差異云：「美成詞深遠之致不及歐、秦。」〔註102〕又云：「詞之雅鄭，在神不在貌。永叔、少游雖作艷語，終有品格。方之美成，便有淑女與倡妓之別。」〔註103〕王國維主張探討詞體雅俗之分，應就內容查考，不應僅從外在表象判定，並列舉歐陽脩、秦觀兩人雖有描寫男歡女愛之語，但格調仍屬高尙，而周邦彥卻較爲低下；又評秦觀與晏幾道之優劣云：「馮夢華《宋六十一家詞選序》謂：『淮海、小山古之傷心人也。其淡語皆有味，淺語皆有致，余謂此淮海足以當之。小山矜貴有餘，但可方駕子野、方回，未足抗衡淮海也。」〔註104〕秦觀與晏幾道，皆擅長描寫心緒，故被馮煦稱爲「古之傷心人也」，而王國維卻認爲僅有秦觀當之無愧，且就《人間詞話》肯定秦詞之語數量，遠勝於周邦彥、晏幾道，可見秦觀在王國維心中的地位，遠在兩人之上。

清代詞壇最爲特殊之處，乃是詞派的建立，其間雲間、浙西、常州各詞派繼起，皆有其詞學理論，關注兩宋詞的不同風貌，龍榆生〈兩宋詞風轉變論〉曾云：「詞以兩宋爲極則，論者或主北宋，或主南宋。此皆域於門戶之見，未察風氣轉變之由，而妄爲軒輊者也。」〔註105〕

〔註100〕王國維撰：《人間詞話》，收錄於唐圭璋《詞話叢編》，冊5，頁4274。
〔註101〕王國維撰：《人間詞話》，收錄於唐圭璋《詞話叢編》，冊5，頁4265。
〔註102〕王國維撰：《人間詞話》，收錄於唐圭璋《詞話叢編》，冊5，頁4246。
〔註103〕王國維撰：《人間詞話》，收錄於唐圭璋《詞話叢編》，冊5，頁4246。
〔註104〕王國維撰：《人間詞話》，收錄於唐圭璋《詞話叢編》，冊5，頁4245。
〔註105〕龍榆生：〈研究詞學之商榷〉，見《龍榆生詞學論文集》（上海：上

清人論詞多標榜兩宋，並試圖區分派別，標舉名家，形成宗北宋、崇南宋之爭，然評論秦詞之語，大抵皆具肯定之意，亦多標舉秦觀在北宋詞家中的獨特地位。

第二節　論秦詞之藝術筆法

陳匪石《聲執》卷上云：「珠玉、小山、子野、屯田、東山、淮海、清眞，其詞皆神於鍊。」〔註106〕針對秦詞藝術筆法，清人亦頗爲關注，如李佳《左庵詞話》卷上云：「秦少游詞：『斜陽處，寒鴉數點，流水繞孤村』、『郴江幸自繞郴山，爲誰流下瀟湘去』、『雨打梨花深閉門』……皆佳。」〔註107〕拈出秦詞佳句，或如朱彝尊、彭孫遹、焦循、周濟、陳廷焯、許昂霄、秦元慶、黃蘇等人，直言妙處爲何。茲就諸家所論，探析如次：

一、遣詞用字

（一）朱彝尊

朱彝尊（1629～1709），字錫鬯，號竹垞，晚年又稱小長蘆釣魚師，秀水（今浙江）人。早年致力經史，〈書東田詞卷後〉曾云：「予少日不喜作詞，中年始爲之，爲之不已，且好之，……」〔註108〕更肯定詞體特質云：「詞雖小技，昔之通儒鉅公，往往爲之。蓋有詩所難言者，委曲倚之於聲。其辭愈微，而其旨益遠。善言詞者，假閨房兒女子之言，通之於離騷變雅之義，此尤不得志於時者，所宜寄情焉耳！」〔註109〕

海古籍出版社，2009 年 10 月），頁 251。

〔註106〕陳匪石撰：《聲執》，收錄於唐圭璋《詞話叢編》，卷上，冊 5，頁 4948。

〔註107〕〔清〕李佳撰：《左庵詞話》，收錄於唐圭璋《詞話叢編》，冊 4，卷上，頁 3117。

〔註108〕〔清〕朱彝尊撰：《曝書亭集》，收錄於《文津閣四庫全書》，集部，冊 440，卷 53，頁 135。

〔註109〕〔清〕朱彝尊撰：《曝書亭集》，收錄於《文津閣四庫全書》，集部，

足見詞體深具感發力量，抒情更顯精微。朱氏甚為關注秦詞用語，如《詞綜發凡》云：

> 「山抹微雲秦學士」、「露華倒影柳屯田」、「曉風殘月柳三變」、「滴粉搓酥左與言」，一句之工，形諸口號。當日風尚，所存甄藻，自爾不爽。〔註110〕

此論稱揚詞人創作技巧，秦觀〈滿庭芳〉（山抹微雲）、柳永〈破陣樂〉（露花倒影煙蕪蘸）及〈雨霖鈴〉（寒蟬淒切）、左譽「滴粉搓酥」等句，特別出色，上述秦、柳所作皆為長調，字數較為繁多，實難字字工巧，故以精采話語，使人牢記，而不致於通篇平淡無奇，佳句妙語撼動人心，更有助於流傳。此外，朱氏又針對秦詞語句，加以評論：

> 只用平澹意寫法，卻酸酸楚楚。「寒鴉」二句，雖用隋煬帝句，恰當自然，真色見矣！（評〈滿庭芳〉（山抹微雲））〔註111〕

> 壯麗，非此不稱。此調懷古，「廣陵」、「越州」及「別意」一首，皆當錄。（評〈望海潮〉（梅英疏淡））〔註112〕

> 通體勻細輕倩，學者須從此門入，亦最不易到此境也。（評〈水龍吟〉（小樓連苑橫空））〔註113〕

> 「謾道愁須殢酒，酒未醒、愁已先回」，佳句也。（評〈滿庭芳〉「碧水驚秋」）〔註114〕

> 「自在」二句，何減「無可奈何花落去」二句，似《花間》。（評〈浣溪沙〉（漠漠輕寒上小樓））〔註115〕

「平澹」即風格自然，不加雕琢之意，看似尋常景語，卻寄寓悲涼心緒，而取用隋煬帝詩句，融於其中，亦能自然生動，此乃秦詞高妙之

冊440，卷40，頁87。
〔註110〕〔清〕朱彝尊、清・汪森編：《詞綜》（上海：上海古籍出版社，2005年11月），頁13。
〔註111〕轉引自宋・秦觀著、徐培均箋注：《淮海居士長短句箋注》，頁55～56。
〔註112〕轉引自宋・秦觀著、徐培均箋注：《淮海居士長短句箋注》，頁12。
〔註113〕轉引自宋・秦觀著、徐培均箋注：《淮海居士長短句箋注》，頁22。
〔註114〕轉引自宋・秦觀著、徐培均箋注：《淮海居士長短句箋注》，頁60。
〔註115〕轉引自宋・秦觀著、徐培均箋注：《淮海居士長短句箋注》，頁60。

處。而〈望海潮〉一調本用於懷古,(梅英疏淡)一詞頗爲壯麗;評〈水龍吟〉(小樓連苑橫空),則針對通篇佈局及境界,予以肯定;評〈滿庭芳〉(碧水驚秋)、〈浣溪沙〉(漠漠輕寒上小樓)兩詞中,皆有出色佳句。

(二)彭孫遹、焦循

彭孫遹(1631～1700),字駿孫,號羨門,又號金粟山人,海鹽(今浙江)人。康熙己未舉博學鴻詞,召試擢第一,與兄彭孫貽皆具文名,著《延露詞》三卷、《金粟詞話》一卷。《金粟詞話》載其詞學觀云:「詞以自然爲宗,但自然不從追琢中來,便率易無味。如所云絢爛之極,乃造平澹耳!若使語意澹遠者,稍加刻畫,鏤金錯繡者,漸近天然,則駸駸乎絕唱矣!」〔註116〕彭孫遹主張詞應本乎自然,卻不反對添加人工刻畫之美。「追琢」指雕琢修飾,用於填詞筆法,多所斟酌更可顯其精妙。就此觀點審視彭孫遹對秦詞的關注,確實以筆法爲夥,其言云:

> 耆卿『卻傍金籠教鸚鵡,念粉郎言語』,《花間》之麗句也;辛稼軒『驀然回首,那人卻在燈火闌珊處』,秦、周之佳境也;少游『怎得香香深處,作個蜂兒抱』,亦近似柳七語矣!」〔註117〕

> 秦少游〈踏莎行〉云:『霧失樓臺……郴江幸自繞郴山,爲誰流下瀟湘去』東坡絕愛尾二句,余謂不如『杜鵑聲裡斜陽暮』,尤堪腸斷。〔註118〕

> 少游贈歌妓陶心兒〈南歌子〉……,末句暗藏『心』字,子瞻誚其恐爲他姬廝賴也。〔註119〕

〔註116〕 〔清〕彭孫遹撰:《金粟詞話》,收錄於唐圭璋《詞話叢編》,冊1,頁721。

〔註117〕 〔清〕彭孫遹撰:《金粟詞話》,收錄於唐圭璋《詞話叢編》,冊1,頁722。

〔註118〕 〔清〕彭孫遹撰:《金粟詞話》,收錄於唐圭璋《詞話叢編》,冊1,頁964。

〔註119〕 〔清〕彭孫遹撰:《金粟詞話》,收錄於唐圭璋《詞話叢編》,冊1,

詞人用語助入詞者甚多，入豔詞者絕少。惟秦少游「悶則
和衣擁」新奇之甚。用「則」字亦僅見此詞。〔註120〕

彭氏所評，前三例多承前人所云，而關注虛字之使用，則爲獨到之見。
據張相《詩詞曲語辭匯釋》云：「則，猶即也；就也。……秦少游〈桃
源憶故人〉詞：『羞見枕衾鴛鳳，悶則和衣擁』，汲古閣本《淮海詞》，
悶則作悶即。」〔註121〕秦詞寫清夜淒冷，使用俚語，與一般雅詞不同，
更顯眞摰。關注秦詞使用俚語者，尚有李調元《雨村詞話》云：「秦少
游〈品令〉後段云：『須管啜持，教笑又也何須肐織。衙倚賴臉兒得人
惜，放軟頑道不得』，肐織、衙、倚賴，皆俳語。衙音諄，西廂『一團
衙是嬌』，又一首云：『掉又矁，天然個品格，於中壓一』，掉又矁、壓
一，皆彼時歌伶語氣也。末云：『語低低，笑咭咭』即乞乞，皆笑聲。」
〔註122〕；焦循（1763～1820），字理堂，晚號理堂老人，有「通儒」
之譽，對詞體亦多所肯定，嘗云：「談者多謂詞不可學，以其妨詩、古
文，尤非說經尙古者所宜。余謂非也。人稟陰陽之氣以生，性情中所
寓之柔氣，有時感發，每不可遏。有詞曲一途分洩之，則使清純之氣，
長流行於詩古文。且經學須深思默會，或至抑塞沉困，機不可轉。詩
詞是以移其情而豁其趣，則有益於經學者正不淺。」〔註123〕論秦詞用
語云：「毛大可稱詞本無韻，是也。偶檢唐、宋人詞，……秦觀〈品令〉
云：『掉又矁，天然箇品格，於中壓一。簾兒下、時把鞋兒踢。語低低、
笑咭咭。』……凡此皆用當時鄉談里語，又何韻之有？」〔註124〕又云：

　　　　　頁 966。

〔註120〕〔清〕彭孫遹撰：《金粟詞話》，收錄於唐圭璋《詞話叢編》，冊 1，
　　　　　頁 722。

〔註121〕張相著：《詩詞曲語辭匯釋》（北京：中華書局，2008 年 11 月第 20
　　　　　次印刷），頁 20。

〔註122〕〔清〕李調元撰：《雨村詞話》，收錄於唐圭璋《詞話叢編》，冊 2，
　　　　　卷 1，頁 1395。

〔註123〕〔清〕焦循撰：《雕菰樓詞話》，收錄於唐圭璋《詞話叢編》，冊 2，
　　　　　頁 1491。

〔註124〕〔清〕焦循撰：《雕菰樓詞話》，收錄於唐圭璋《詞話叢編》，冊 2，
　　　　　頁 1493。

「秦少游〈品令〉：『掉又矓，天然個品格。』此正秦郵土音，用『個』字作語助，今秦郵人皆然也。《三百篇》如『其虛其邪，狂童之狂也且』，古人自操土音，北宋如秦、柳，尚有此種。南宋姜白石、張玉田一派，此調不復存有矣。」〔註125〕李調元、焦循評論秦觀〈品令〉，該詞寫男女相悅之情，李氏認爲秦詞多採用當時歌伶之語，而焦氏則認爲秦詞使用高郵土音，以聲韻進行查考，此乃無韻之作，與彭孫遹之思考，有所差異。

（三）周　濟

除了關注秦詞風格，周濟亦對秦詞進行眉批：

> 隱括一生，結語遂作藤州之識。造語奇警，不似少游尋常手筆。（〈好事近〉〈春路雨添花〉）〔註126〕

> 將身世之感打幷入艷情，又是一法。（評〈滿庭芳〉〈山抹微雲〉）

> 君子因小人而斥（評上片）。「秋千」二句，一筆挽轉。（評下片）。應首句不忘君也（評末句）。（評〈滿庭芳〉〈曉色雲開〉）

> 兩兩相形，以整見動。以兩「到」字作眼，點出「換」字精神。（評〈望海潮〉〈梅英疏淡〉）

> 神來之作。（評〈八六子〉〈倚危亭〉）

> 此詞最明快，得結語神味便遠。（評〈金明池〉〈瓊苑金池〉）

周濟論詞作法曾云：「夫詞，非寄託不入，專寄託不出。一物一事，引而申之，觸類多通，驅心若游絲之冒飛英，含毫如郢斤之斲蠅翼。」〔註127〕重視情感與景物的結合，構思巧妙，可透過作者的藝術筆法加

〔註125〕〔清〕焦循撰：《雕菰樓詞話》，收錄於唐圭璋《詞話叢編》，冊2，頁1494。

〔註126〕〔清〕周濟撰：《宋四家詞選》，收錄於唐圭璋《詞話叢編》，冊2，頁1646～1657。爲省篇幅，不再贅注。

〔註127〕〔清〕周濟撰：《宋四家詞選目錄序論》，收錄於唐圭璋《詞話叢編》，冊2，頁1643。

以呈現，而形成特有的意境。周濟評〈好事近〉（春路雨添花），評「造語奇警」；又評〈八六子〉（倚危亭）為「神來之筆」，足見周濟頗重視秦詞用語新奇之處。此外，秦詞擅長以男女情感寄寓身世遭遇，周氏所評「將身世之感打并入艷情」，亦頗能掌握秦詞筆法深蘊含蓄之特質。

（四）陳廷焯

《白雨齋詞話》強調讀詞之要云：「熟讀溫、韋詞，則意境自厚；熟讀周、秦詞，則韻味自深；熟讀蘇、辛詞，則才氣自旺；熟讀姜、張詞，則格調自高。」〔註 128〕又云：「讀古人詞，貴取其精華，遺其糟粕。且如少游之詞，幾奪溫、韋之席，而亦未嘗無纖俚之語。讀《淮海集》，取其大者高者可矣！若徒賞其『怎得香香深處，作箇蜂兒抱』等句，則與山谷之『女邊著子，門裏安心。』鄙俚纖俗，相去亦不遠矣。少游真面目何由見乎？東坡、稼軒、白石、玉田，高者易見；少游、美成、梅溪、碧山，高者難見，而少游、美成尤難見。美成意餘言外，而痕跡消融，人苦不能領略。少游則蘊言中，韻流絃外，得其貌者，如鼴鼠之飲河，以為果腹矣！而不知滄海之外，更有河源也。喬笙巢謂：『他人之詞詞才也，少游詞心也。』可謂卓識。」〔註 129〕此論深切肯定秦詞意蘊，亦可見陳廷焯主張應多讀名家詞篇，方能有所得，故編有《詞則》，擇錄佳詞，對秦詞筆法出色處亦加以評點，詞話中亦多所強調；其所論面向有三，茲探析如次：

1、字句精巧，筆勢飛舞

秦詞字句精工，自宋以降備受推崇，陳廷焯亦關注此一面向，云：「煉字琢句，原屬詞中末技。然擇言貴雅，亦不可不慎。古人詞有竟體高妙，而一句小疵，致令通篇減色。」〔註 130〕足見琢磨字句，實

〔註 128〕〔清〕陳廷焯撰：《白雨齋詞話》，收錄於唐圭璋《詞話叢編》，冊 4，卷 7，頁 3953。

〔註 129〕〔清〕陳廷焯撰：《白雨齋詞話》，收錄於唐圭璋《詞話叢編》，冊 4，卷 8，頁 3959。

〔註 130〕〔清〕陳廷焯撰：《白雨齋詞話》，收錄於唐圭璋《詞話叢編》，冊 4，

有其必要性。又云：「少游〈滿庭芳〉諸闋，大半被放後作。戀戀故國，不勝熱中，其用心不逮東坡之忠厚，而寄情之遠，措語之工，則各有千古。」〔註131〕陳氏肯定〈滿庭芳〉情意及語句高妙，又評：

> 飛絮九字淒咽，以下盡情發洩，卻終未道破（〈江城子〉（西城楊柳弄春柔））警絕！（〈滿庭芳〉（紅蓼花繁）「金鈎細」三句）筆勢飛舞！（〈好事近〉（春路雨添花））

〈江城子〉（西城楊柳弄春柔），情調淒婉，深摯動人。上片以楊柳引起愁緒，描寫昔日之景，下片則寫今日傷感之情。「飛絮落花時節一登樓」九字，柳絮、落花飛舞，春日也將隨之逝去，雖看似為描寫景致之筆，卻深蘊令人動容之情，其後末三句「便作春江都是淚，流不盡，許多愁」，感情宣洩而出，以水喻愁仍帶有含蓄之意；〈滿庭芳〉（紅蓼花繁）一詞，「金鈎細，絲綸慢卷，牽動一潭星」，前兩句描寫物況，合於情理，其妙處在於金鈎入水，誘魚上鈎，絲綸卷動，魚兒躍動，但詞人卻言受牽動者為「一潭星」，看似悖於常理，實乃詞人描寫夜晚繁星映照於水潭中，點點銀光閃耀，畫面靈動，新奇感倍增；〈好事近〉（春路雨添花）一詞，上片寫詞人夢魂漫遊山路，景致奇麗，下片「飛雲當面舞龍蛇，夭矯轉空碧」，以龍蛇姿態描寫飛雲，「筆勢飛舞」亦是就此而發。足見陳氏關注秦詞筆法，多能肯定其蘊含情感，卻含蓄深婉，而奔騰超邁之氣勢，雖非秦詞主調，但其表現卻絲毫不遜色。

2、情景交融，境界幽深

秦詞擅長融情入景，陳廷焯對此亦加以關注，如評〈浣溪沙〉（漠漠輕寒上小樓）云：「宛轉幽怨，溫、韋嫡派」，該詞描寫深閨女子心緒，藉由外在環境烘托，以「飛花」、「絲雨」等外在景物，寫詞人之夢及愁，傳達微妙情思，筆法含蓄曲折，境界幽深。又評：

卷5，頁3903。

〔註131〕〔清〕陳廷焯輯：《詞則》（上海：上海古籍出版社，1984年5月）。陳廷焯詞選評點秦詞之語，皆據此本，為省篇幅，不再贅注。

寄慨無端。（〈八六子〉（倚危亭））詩情畫景，情詞雙絕，
此詞之作，其在坐貶後乎？（〈滿庭芳〉（山抹微雲））亦疏
落，亦沈鬱。（〈江城子〉（南來飛燕北歸鴻））

秦觀〈八六子〉（倚危亭）一詞，爲離情絕唱，《靈谿詞說》亦云：「秦
觀這首〈八六子〉，論藝術是很精美的。他寫離情並不直說，而是融
情於景，以景襯情，也就是說，把景物融於感情之中，使景物更加鮮
明而具有生命力，把感情附托在景物之上，使感情更爲含蓄深邃。」
〔註132〕正因情景交融，看似通篇寫景，實乃句句蘊含深情，故陳氏
所評，亦肯定寄托感慨之情，隨處可見；〈滿庭芳〉（山抹微雲），寫
秋日風物，蕭颯至極，隱含離思。上片末兩句「寒鴉萬點，流水繞孤
村」，以寒鴉、流水、孤村構成一幅生動畫作，卻將無限感傷之情融
入其中，故陳氏亦予以佳評；〈江城子〉（南來飛燕北歸鴻），此詞描
寫詞人與蘇軾久別重逢後的心緒，「南來飛燕北歸鴻」，套用古詩句
式，以比興手法描寫兩人相見，似有刻意擺落濃重傷懷之情。「偶相
逢，慘愁容」數句，寫兩人受盡遷謫之苦，歷盡艱辛，末句「別後悠
悠君莫問，無限事，不言中」，詞人並非無語相對，或因受政治壓迫
而不敢言，或是難以盡訴，故乾脆「不言」，濃厚無奈之情流露而出。
下片結語「煙浪遠，暮雲重」，詞人遠望江面煙霧繚繞，暮雲重疊，
看似寫景，卻蘊含無限深情，故陳氏評之曰「亦疏落，亦沉鬱」，乃
深切體會此詞精妙之語。

3、章法構局，前後照應

陳廷焯重視詞體章法，亦以此觀點爲鑒賞秦詞之標準云：「周、
秦詞以理法勝，姜、張詞以骨韻勝。」〔註133〕「理法」指義理和章
法，爲謀篇佈局之準則，陳氏評點秦詞，亦關注此一面向，如：

起伏照應，六章如一章，彷彿飛卿〈菩薩蠻〉遺意。（〈如

〔註132〕繆鉞、葉嘉瑩合著：《靈谿詞說》（臺北：正中書局，1993 年 8 月），
　　　　頁 36。
〔註133〕〔清〕陳廷焯撰：《白雨齋詞話》，收錄於唐圭璋《詞話叢編》，冊 4，
　　　　卷 6，頁 3909。

夢令〉(〈門外鴉啼楊柳〉)思路雋絕,其妙直令人不可思議。
(〈望海潮〉(梅英疏淡))雙關巧合,再過則傷雅矣!(〈南
歌子〉(玉漏迢迢盡))

陳廷焯全面關注秦觀所作〈如夢令〉,分別爲「門外鴉啼楊柳」、「遙
夜迢迢如水」、「幽夢匆匆破後」、「樓外殘陽紅滿」、「池上春歸何處」、
「鶯嘴啄花紅溜」等六首,與溫庭筠所作〈菩薩蠻〉串聯諸闋之旨趣,
頗爲近似;〈望海潮〉(梅英疏淡)一詞,藉由時空不斷交錯轉換,反
映時局變遷及身世遭遇,故陳氏評之曰「思路雋絕」;評〈南歌子〉
(玉漏迢迢盡)末句:「天外一鈎殘月帶三星」,以句與秦觀所眷營妓
陶心兒之名有關,陳氏充分肯定其雙關之巧妙,寫月夜星辰之美,極
具美感,亦可見秦詞筆法拿捏,恰到好處。就上述陳氏關注秦詞用字、
境界、章法等面向可知,陳氏對秦詞多能正面予以肯定。然就評〈水
龍吟〉(小樓連苑橫空):「前後闋起處醒『樓』、『東』、『玉』三字,
稍病纖巧。」及〈海棠春〉(流鶯窗外啼聲巧):「『睡未足』,終嫌俚
淺。」可見陳氏對秦詞俚俗之作,並不喜愛。

(五)許昂霄

許昂霄《詞綜偶評》頗多關注秦詞用語之討論,如云:《詞綜偶
評》云:「〈南柯子〉『一鈎殘月照三星』,『照』當作『帶』」〔註 134〕
或云:「〈憶秦娥〉『暮雲碧,佳人不見愁如織。』古詩『日暮碧雲合,
佳人殊未來』。」〔註 135〕更評:「〈畫堂春〉,高麗,直可使耆卿、美
成爲輿臺矣!」〔註 136〕「輿臺」亦作「輿儓」,指古代十等人中兩個
低微等級的名稱,輿爲第六等,臺爲第十等,此句意即秦詞風格高超
華美,可凌駕柳永、周邦彥兩人之上。此外,許氏更就〈滿庭芳〉,

〔註134〕〔清〕許昂霄撰:《詞綜偶評》,收錄於唐圭璋《詞話叢編》,冊 2,
頁 1553。

〔註135〕〔清〕許昂霄撰:《詞綜偶評》,收錄於唐圭璋《詞話叢編》,冊 2,
頁 1553。

〔註136〕〔清〕許昂霄撰:《詞綜偶評》,收錄於唐圭璋《詞話叢編》,冊 2,
頁 1553。

進行分析云：

> 〈滿庭芳〉『空回首，煙靄紛紛』，四字引起下文。又自起
> 至換頭數語，俱是追敘，玩結處自明。『晚色雲開』三句，
> 天氣；『高台芳樹』，景物。『東風里』三句，漸說到人事。
> 『珠鈿翠蓋』二句，會合。『漸酒空金榼』四句，離別。『疏
> 煙淡日』二句，與起處反照作收。〔註137〕

歷來讀者討論此詞，多標舉首二句「山抹微雲，天黏衰草」，發端精
妙；或云上片末三句「斜陽外，寒鴉萬點，流水繞孤村」，出語自然，
鮮少有讀者能就他句進行討論，許氏便是其中一位，另關注其二（晚
色雲開）之構局，亦頗能體會秦詞特色。

（六）黃蘇《蓼園詞評》

　　黃蘇（生卒年不詳），原名道溥，號蓼園，臨桂（今廣西）人，
著有《蓼園詞選》。論詞體之本質云：「詞之爲道，貴乎有性情、有襟
抱。」〔註138〕足見黃氏認爲詞體應有個人性情及懷抱，方能顯其珍
貴。曾編選《蓼園詞選》，目的在於擇取佳作，便於後學師法，故對
詞篇亦進行細膩評點，如評〈如夢令〉（門外綠陰千頃）云：「沈際飛
曰：『不勝情』三字，包裹前後。秦少游又有春景一闋曰：『鶯嘴啄花
紅溜……』，沈際飛深賞其琢句奇峭，然細玩終不如此首韻味清遠。『不
勝情』，從『千頃』字、『相應』生出。因『不勝情』而行行而無人，
只見『風弄一枝花影』，更難爲情。『一枝』字幽雋。〔註139〕又評〈阮
郎歸〉（春風吹雨遶殘枝）云：「沈際飛曰：『諱愁無奈，想深且慧。』
又曰：『既已翻身整頓，終不禁應劫之遲。』寫生手應劫，猶言應敵。
按此詞疑少游坐黨被謫後作。言己被謫而眾謗尚交搆也。『遶』字有

〔註137〕〔清〕許昂霄撰：《詞綜偶評》，收錄於唐圭璋《詞話叢編》，冊2，
　　　　頁1552。

〔註138〕〔清〕黃蘇撰：《蓼園詞評》，收錄於唐圭璋《詞話叢編》，冊4，頁
　　　　3023。

〔註139〕〔清〕黃蘇撰：《蓼園詞評》，收錄於唐圭璋《詞話叢編》，冊4，頁
　　　　3023。

糾纏不已之意。風雨相逼，至『花無可飛』，則慘悴甚矣！『池』『欲
生漪』，亦『吹縐一池』之意也。『日西』言日已暮，而時已晚也。『整
頓殘棋』而『應劫遲』，言欲求伸而無心於應敵也。辭旨清婉悽楚。
結末『沉吟』二字，妙在尚有含蓄。」〔註140〕、〈桃源憶故人〉（碧
紗影弄東風曉）云：「沈際飛曰：『海棠開了』下，轉出『啼鳥』粧點，
趣溢不窮。奇筆。按第一闋言春色明艷，動閨中春思耳。次闋言抑鬱
無聊，青春已老，羞望恩澤耳。託興自娟秀」〔註141〕、又如〈蝶戀
花〉（鐘送黃昏雞報曉）云：「沈際飛曰：『朱顏綠髮，變爲雞皮老人，
能不感慨繫之？』又曰：後段占多許地步，開多許眼光，詞之得致亦
在此。前闋言世事無窮，忙者自相促迫，人自催老而物自循環也。次
闋言天下惟閑中日長耳。『登樓望青山一點』，正是閑處所。此詞似屬
閱歷有得之言。」〔註142〕足見黃氏所論，深受沈際飛評點《草堂詩
餘》之語所影響，就此另陳己見。又如：

> 按『匝』字從『轉』字生來。匝月由東而西，轉於高樓之
> 上者已匝也。通首亦清微澹遠。〔註143〕（評〈菩薩蠻〉（金
> 風簌簌驚黃葉））

> 按一篇主意只是時已過而世少知己耳，說來自娟秀無匹，
> 末二句尤爲切摯。花之香，比君子德之芳也，所以撚者以
> 此，所以無語而對斜暉者以此。既無人知，惟自愛自解而
> 已。語意含蓄，清氣遠出。〔註144〕（〈畫堂春〉（落紅鋪徑水平
> 池））

〔註140〕〔清〕黃蘇撰：《蓼園詞評》，收錄於唐圭璋《詞話叢編》，冊4，頁
3035。

〔註141〕〔清〕黃蘇撰：《蓼園詞評》，收錄於唐圭璋《詞話叢編》，冊4，頁
3039。

〔註142〕〔清〕黃蘇撰：《蓼園詞評》，收錄於唐圭璋《詞話叢編》，冊4，頁
3052。

〔註143〕〔清〕黃蘇撰：《蓼園詞評》，收錄於唐圭璋《詞話叢編》，冊4，頁
3039。

〔註144〕〔清〕黃蘇撰：《蓼園詞評》，收錄於唐圭璋《詞話叢編》，冊4，頁
3094。

> 此乃少游謫虔州思京中友人而作也。起從虔州寫起，自寫
> 情懷落寞也。『人不見』，即指京中友。故下闋直接『憶昔』
> 四句。『日邊』，東京友也。『夢斷』、『顏改』、『愁如海』，
> 俱自嘆也。〔註145〕（〈千秋歲〉（柳邊沙外））

黃蘇細究詞語之間的緊密性及深刻性，亦多關注作者之身世遭遇，如評〈鵲橋仙〉（纖雲弄巧）云：「按〈七夕歌〉，以雙星會少別多爲恨。少游此詞，謂『兩情若是久長』，不在『朝朝暮暮』，所謂化臭腐爲神奇。凡詠古題，須獨出新裁，此固一定之論。少游以坐黨被謫，思君臣際會之難，因託雙星以寫意。而慕君之念，婉惻纏綿，令人意遠矣！」〔註146〕黃氏認爲秦觀遭貶，以牽牛、織女星辰相會之難，暗陳懷抱，更顯淒惻纏綿，寓意深遠。又評〈踏莎行〉（霧失樓臺）云：「少游坐黨籍，安置郴州。首一闋是寫在郴，望想玉堂天上，如桃源不可尋。而自己意緒無聊也。次闋言書難達意，自己同郴水自繞郴山，不能下瀟湘以向北流也。語意淒切，亦自蘊藉，玩味不盡。霧失月迷，總是被讒寫照。」〔註147〕黃氏論及秦詞，多以身世遭遇解讀其內容，將「霧失」、「月迷」視爲受讒害之描寫，爲獨特見解。又如〈滿庭芳〉（曉色雲開）云：

> 此必少游被謫後作。雨過還晴，承恩未久也。『燕蹴紅英』，
> 喻小人之讒搆也。『榆錢』，自喻也。『綠水平橋』，喻隨所
> 適也。『朱門』、『秦箏』，彼得意者自得意也。前一闋敘事
> 也，後一闋則事後追憶之詞。『行樂』三句，追從前也。『酒
> 空』二句，言被謫也。『豆蔻』三句，言爲日已久也。『憑
> 欄』二句結。通首黯然自傷也，章法極綿密。〔註148〕

〔註145〕〔清〕黃蘇撰：《蓼園詞評》，收錄於唐圭璋《詞話叢編》，冊4，頁3059。

〔註146〕〔清〕黃蘇撰：《蓼園詞評》，收錄於唐圭璋《詞話叢編》，冊4，頁3045。

〔註147〕〔清〕黃蘇撰：《蓼園詞評》，收錄於唐圭璋《詞話叢編》，冊4，頁3048。

〔註148〕〔清〕黃蘇撰：《蓼園詞評》，收錄於唐圭璋《詞話叢編》，冊4，頁3067。

黃蘇評點秦詞，眼光深刻入微，除細究詞語之運用外，更重視意象所具有的言外之意，如「燕蹴紅英」，為小人讒搆。此外，更重視章法安排，細膩觀照詞人對身世遭遇之感慨，如評〈八六子〉（倚危亭）：「寄託耶？懷人耶？詞旨纏綿，音調淒婉如此。」〔註149〕足見其評論角度，較為細膩多元。

二、承襲化用

　　自宋以降，討論秦詞承襲借鑒前人之語，已不乏其人，對此清人亦多所關注，如賀貽孫《詩筏》、吳衡照《蓮子居詞話》、杜文瀾《憩園詞話》等，皆有所討論，茲分述其觀點如次：

（一）賀貽孫：秦詞具有點化之神

　　賀貽孫（生卒年不詳），字子翼，《詩筏》云：「詩語可入填詞，如詩中『楓落吳江冷』、『思發在花前』、『天若有情天亦老』等句，填詞屢用之，愈覺其新。獨填詞語無一字可入詩料，雖用意稍同，而造語迥異。如梁郡陵王綸〈見姬人詩〉云：『卻扇承枝影，舒衫受落花』，與秦少游詞『照花有情聊整鬢，倚欄無語更兜鞋』，同一意致。然邵陵語可入填詞，少游語絕不可入詩，賞鑒家自知之。」〔註150〕

　　此語評論〈浣溪沙〉（香靨凝羞一笑開），該詞描寫女子情態柔媚，賀氏主張該詞不可入詩，乃深受詩詞之別所影響。此外，賀氏又評秦詞陳襲之語云：「秦少游『斜陽外，寒鴉萬點，流水繞孤村』，晁无咎云：『此語雖不識字者，亦知是天生好言語』。漁隱云：『無咎不見煬帝詩耳』，蓋以隋煬帝有『寒鴉千萬點，流水繞孤村』之句也。余謂此語在煬帝詩中，袛屬平常，入少游詞，特為妙絕。蓋少游之妙，在『斜陽外』三字，見間空幻。又『寒鴉』、『流水』，煬帝以五言劃為

〔註149〕〔清〕黃蘇撰：《蓼園詞評》，收錄於唐圭璋《詞話叢編》，冊4，頁3065。

〔註150〕〔清〕賀貽孫撰：《水田居文集》（臺北：新文豐出版公司，1989年7月），頁370～371。

兩景，少游詞用長短句錯落，與『斜場外』三景合爲一景，遂如一幅佳圖。此乃點化之神，必如此乃可用古語耳。」〔註 151〕秦觀〈滿庭芳〉（山抹微雲）取用隋煬帝詩，前人已多所討論，但賀貽孫卻深入探討其差異，賀氏認爲秦詞「斜陽外」三字最妙，原因在於隋煬帝詩以五言兩句，寫「寒鴉千萬點，流水繞孤村」二景間似無直接相關，但秦觀變化爲長短句式，增入「斜陽」一景後，寒鴉、流水在斜陽的映照下，彷彿畫作般意境幽深，層次頓顯。

（二）吳衡照、杜文瀾、王國維：秦觀巧融前作入詞

　　吳衡照（1771～？），字夏治，號子律，仁和（今浙江）人，撰《蓮子居詞話》，卷一云：「詞有襲前人語而得名者，雖大家不免。如方回『梅子黃時雨』，耆卿『楊柳岸曉風殘月』，少游『寒鴉數點，流水繞孤村』，幼安『是他春帶愁來，春歸何處，卻不解、帶將愁去』等句，惟善於調度，正不以有藍本爲嫌。」〔註 152〕吳氏指出詞體陳襲前人話語而得名者，不乏大家，如賀鑄〈青玉案〉（凌波不過橫塘路）、柳永〈雨霖鈴〉（寒蟬凄切）、秦觀〈滿庭芳〉（山抹微雲）、辛棄疾〈祝英臺近〉（寶釵分）等作品，諸家特能調整轉變，使原作巧融於己創中，故吳氏亦予以肯定。而杜文瀾《憩園詞話》卷一云：「詩之幽瘦者，宋人均以入詞，如『曲終人不見，江上數峰青』一聯，秦少游直錄其語。若是者不少，是在填詞家善於引用，亦須融會其意，不宜全錄其文。總之，詞以纖秀爲佳，凡使氣、使才、矜奇、矜僻，皆不可一犯筆端。」〔註 153〕此處亦肯定詩之用語入詞，須融會其意，不可全錄；此外，更必須符合詞體纖細秀麗之本質，方可爲之。王國維《人間詞話‧附錄》亦云：「溫飛卿〈菩薩蠻〉『雨後卻斜陽，杏花零落香』。少游之『雨餘芳草斜陽，杏

〔註 151〕〔清〕賀貽孫撰：《水田居文集》（臺北：新文豐出版公司，1989 年
　　　　7 月），頁 378～379。
〔註 152〕〔清〕吳衡照撰：《蓮子居詞話》，收錄於唐圭璋《詞話叢編》，冊 3，
　　　　頁 2414～2415。
〔註 153〕〔清〕杜文瀾撰：《憩園詞話》，收錄於唐圭璋《詞話叢編》，冊 3，
　　　　卷 1，頁 2860。

花零落燕泥香』。雖自此脫胎，而實有出藍之妙。」〔註154〕

三、以秦詞爲衡量標準

清人對秦詞評價甚高，詞話亦多見以秦詞爲典範，用以品評王子貽、徐瑤、王時翔、張宏軒、佟多白、徐電發、徐湘蘋、孫家穀、吳偉業、況周頤、朱彝尊等人詞篇，藉此亦可窺見清人對秦詞的接受態度。

（一）間接評論秦詞風格者：唐允甲、王昶、馮金伯、徐珂、蔡嵩雲……

唐允甲〈清詞別集百三十四種·衍波詞序〉云：「同盟王子貽上，文宗兩漢，詩儷初盛。束其鴻博淹雅之才，作爲花間雋語，極哀豔之深情，窮倩盼之逸趣。其旖旎而穠麗者，則景、煜、清照之遺也；其芊綿而俊爽者，則淮海、屯田之匹也。」〔註155〕足見唐氏定位秦詞爲「芊綿俊爽」；王昶《詞綜》評徐瑤云：

> 徐瑤，字天璧。……狄立人云：「天璧才擅眾長，詞不一格，
> 或瑰瑋如夢窗，或清勁如白石，或綺麗婉約如美成、少游」。

〔註156〕

王昶（1724～1806），字德甫，又字潛琴，號蘭泉，晚號述庵，江蘇青浦人。從沈德潛學，與王鳴盛、吳泰來、錢大昕、趙文哲、曹仁虎、黃文蓮等人，並稱「吳中七子」，平生著作繁多，有《春融堂集》六十八卷，且編有《湖海詩傳》、《湖海文傳》、《青浦詩傳》及《琴畫樓詞鈔》、《明詞綜》、《國朝詞綜》等，並有《琴畫樓詞》、《紅葉江村詞》等詞集。王昶對詞學的貢獻主要呈現在選編匯集的工作上，雖無詞論專著，但仍見散見評論秦觀之語。此評引狄立人之言論周邦彥、秦觀

〔註154〕 王國維撰：《人間詞話·附錄》，收錄於唐圭璋《詞話叢編》，冊5，頁4273。

〔註155〕 〔清〕唐允甲撰：《衍波詞序》，收錄於楊家駱主編《清詞別集百三十四種》（臺北：鼎文書局，1976年8月），冊3，頁1581。

〔註156〕 〔清〕王昶撰：《國朝詞綜》，收錄於《續修四庫全書》，集部，冊1731，卷18，頁142。

兩人風格爲「綺麗婉約」，與姜夔「清勁」、吳文英「瑰瑋」，殊不相同。又云：「王時翔，字抱翼，號小山。……小山自跋云：「余年七五，愛歐文忠、晏小山、秦淮海之作，摹其艷，製得二百餘首。」〔註157〕王昶透過序跋，得知王時翔愛好歐陽脩、晏幾道、秦觀詞之意。馮金伯《詞苑萃編》卷八云：「佟東白詞，纏綿婉約，當與柳屯田、秦淮海爭長。」〔註158〕又云：「詞之佳者，正以本色漸近自然，不在縷金錯采爲工也。讀電發諸作，故得此意。至『一片殘陽在客衣乞』直是神到語，雖秦七復生，亦當絕倒。」〔註159〕又云：「徐湘蘋才鋒遒麗，生平著小詞絕佳，蓋南宋以來，閨房之秀，一人而已。其詞娣視淑眞，姒蓄清照。……纏綿辛苦，兼撮屯田、淮晦諸勝。」〔註160〕上述馮氏所論，間接肯定秦詞風格婉約纏綿，語句精妙。另有徐珂《近詞叢話》評吳偉業云：「而太倉吳偉業尤爲之冠，其詞學屯田、淮海，高者直逼東坡。……豐垣字遹聲，其詞柔麗，源出於秦淮海、賀方回。」〔註161〕蔡嵩雲《柯亭詞論》論況周頤云：「蕙風詞，才情藻麗，思致淵深。小令得淮海、小山之神；……」〔註162〕上述諸家所云，多陳述清人詞風足以媲美秦觀，實乃間接肯定秦詞風格。

（二）間接肯定秦詞特質者：李調元、吳衡照、謝章鋌

　　李調元《雨村詞話》評張榘云：「人謂張榘《芸窗詞》饒貧氣，

〔註157〕〔清〕王昶撰：《國朝詞綜》，收錄於《續修四庫全書》，集部，冊1731，卷24，頁186。

〔註158〕〔清〕馮金伯撰：《詞苑萃編》，收錄於《續修四庫全書》，集部，冊1732～1733，卷8，頁488。

〔註159〕〔清〕馮金伯撰：《詞苑萃編》，收錄於《續修四庫全書》，集部，冊1732～1733，卷8，頁489。

〔註160〕〔清〕馮金伯撰：《詞苑萃編》，收錄於《續修四庫全書》，集部，冊1732～1733，卷8，頁496。

〔註161〕〔清〕徐珂撰：《近詞叢話》，收錄於唐圭璋《詞話叢編》，冊5，頁4222。

〔註162〕〔清〕蔡嵩雲撰：《柯亭詞論》，收錄於唐圭璋《詞話叢編》，冊5，頁4914。

今觀其全集，……，俱不減少游丰韻。」〔註163〕吳衡照《蓮子居詞話》卷三云：「吾浙詞派三家，羨門有才子氣，於北宋中。最近小山、少游、耆卿諸公，格韻獨絕。」〔註164〕李調元稱揚秦詞丰韻，吳衡照則隱約將秦觀與晏幾道、柳永等人，視爲格韻獨絕之代表。而謝章鋌《賭棋山莊詞話》標舉朱彝尊云：「國初詞場諸老，蘊藉端推竹垞，即紙醉金迷，亦復令人意遠。如〈贈女郎細細〉、〈逢呂二梅〉……，莫不關注遙深，閑情自永。至於〈紅橋尋歌者沈西〉云：『石橋西。板橋西。遙指平山日未西。舟來蓮葉西。　人東西。水東西。十里歌聲起竹西。西施更在西。』〈倩人寄靜憐札〉云：『瓦市寒雲涼。封書遠寄將。小樓前一樹垂楊。縹緲試聽樓上曲，……」比之『小樓連苑』、『一鈎斜月』，使君英雄，何讓秦七！」〔註165〕意即朱彝尊所作，與秦觀頗有相近之處；黃燮清《國朝詞綜續編》卷五云：「孫家穀，字曙舟，一字幼蓮。……姚野橋曰：『先生之詞，情婉意約，的宗秦、柳，其穠麗俊雅處，又與夢窗、西麓爲近。』」〔註166〕黃氏肯定秦觀「情婉意約」，顯然可見。

第三節　清人以韻文形式論秦觀詞

　　王師偉勇〈清代論詞絕句之整理、研究及價值〉云：「就詞人『接受史』之研究而言，欲具體掌握其研究材料，宜自十方面著手：一曰他人和韻之作，二曰他人仿擬之作，三曰詩話，四曰筆記，五曰詞籍（集）序跋，六曰詞話，七曰論詞長短句，八曰論詞絕句，九曰評點

〔註163〕〔清〕李調元撰：《雨村詞話》，收錄於唐圭璋《詞話叢編》，冊2，頁1429。

〔註164〕〔清〕吳衡照撰：《蓮子居詞話》，收錄於唐圭璋《詞話叢編》，冊3，卷3，頁2459。

〔註165〕〔清〕謝章鋌撰：《賭棋山莊詞話》，收錄於唐圭璋《詞話叢編》，冊4，卷2，頁3342。

〔註166〕〔清〕黃燮清撰：《國朝詞綜續編》，收錄於《續修四庫全書》，集部，冊1731，卷5，頁489。

資料，十日詞選。」〔註167〕藉此可知詞人受關注之面向及評論者所
標舉之詞學觀。秦觀為北宋名家，其詩、文、詞、賦各體兼擅，尤以
詞體特出。自宋以降，秦詞地位備受關注，歷代評論不絕如縷，以韻
文形式對詞人進行評論，至清乃大行其道，近來研究者多戮力蒐羅，
貢獻甚為卓著，目光多關注於「論詞絕句」及「論詞長短句」，實為
確立詞人經典地位所不可或缺之重要資料。

一、清代論詞絕句論秦觀詞

　　論詩絕句濫觴於〔唐〕杜甫〈戲為六絕句〉、〔金〕元好問〈論詩
絕句三十首〉，尤多繼作，影響後世深遠。以絕句論詞，宋人已開其
先河，自清代蔚然成風，多見大型組詩問世，品評視野嚴謹，觀點緊
密完善。據孫克強《清代詞學批評史論・附錄二》所載「清代論詞絕
句組詩」進行歸納，可得鄭方坤、江昱、汪筠、沈初、沈道寬、宋翔
鳳、周之綺、程恩澤、王僧保、譚瑩、華長卿、陳澧、馮煦、潘飛聲、
高旭、朱依真、姚錫均、張峋亭等十八家評述秦觀之二十九首論詞絕
句，秦詞深獲清人推崇，由此亦可見一斑。本節試圖探析清代論詞絕
句評騭秦觀之論點，並援引詞話、詞集序跋、評點、史傳、筆記等評
論資料為佐證，進而勾勒清代秦詞所具有之典範地位。

（一）標舉秦詞地位

　　婉約風格為詞體正宗，名家輩出，受〔明〕張綖《詩餘圖譜》論
秦詞風格影響，後世多以「婉約」定義秦詞。清人論詞絕句常提及秦
詞地位，各有偏重，茲分述如次：

1、鄭方坤

　　鄭方坤（1693～？），字則厚，號荔鄉，建安（福建）人，著有

《蔗尾詩集》、《青衫詞》。鄭方坤有〈論詞絕句〉三十六首，第十首論秦觀云：

> 小樓連苑傷春意，高蓋妨花吊古懷。獨把瓣香奉淮海，壽陵余子漫肩差。〔註 168〕

鄭方坤另於此詩末云：「海虞毛氏合刻《秦張詩餘》，生乃與噲等伍，竊爲淮海抱不平矣！張名綖，萬曆間人。」《秦張詩餘》指《秦張詩餘合璧》二卷，明人王象晉合秦觀《淮海詞》、張綖《南湖詞》爲一編，乃因兩人皆出自高郵，且張綖心慕先賢秦觀，兩人雖相隔久遠，但後世常將兩人相提並論，如〔明〕朱曰藩《南湖詩餘序》云：「能獨步於絕響之後，稱再來登少游。」〔註 169〕對此，鄭方坤深表不以爲然，故言「生乃與噲等伍」，此語典出《史記・淮陰侯列傳》，意即韓信不屑與樊噲爲伍，後世遂將「噲伍」引申爲平庸之輩。《欽定四庫全書》評《秦張詩餘合璧》云：「是書乃以宋秦觀《淮海詞》、明張綖《南湖詞》合爲一編，以兩人皆產於高郵也。然一古人、一時人，越三四百年，而稱爲合璧，已自不倫。綖詞何足以匹，觀是不亦老子、韓非同傳乎？」〔註 170〕亦明白指出張綖不足以和秦觀相提並論。鄭方坤首二句摘自秦詞〈水龍吟〉（小樓連苑橫空）及〈望海潮〉（梅英疏淡）下片「有華燈礙月，飛蓋妨花」，前者描繪春景，傷懷無限；後者今昔疊印，感慨深沉，皆可見秦詞之獨特處；鄭氏後二句則著重於凸顯秦觀之地位，「瓣香」本爲佛家語，此處則用以表達崇敬仰慕之情；末句「壽陵餘子」猶言「壽陵失步」，典出自《莊子・秋水》：「且子獨不聞，夫壽陵餘子之學行於邯鄲與？未得國能，又失其故行矣，直匍匐而歸耳。」〔註 171〕

〔註 168〕〔清〕鄭方坤〈論詞絕句三十六首〉之十，收錄於孫克強《清代詞學批評史論》（上海：上海古籍出版社，2008 年 11 月），頁 371。

〔註 169〕〔明〕朱曰藩：《南湖詩餘序》，收錄於《四庫全書存目叢書》（臺南：莊嚴文化事業有限公司，1997 年 2 月），頁 287。

〔註 170〕〔清〕永瑢撰：《欽定四庫全書總目》（臺北：臺灣商務印書館，1983 年 10 月），集部，冊 5，頁 4481～4482。

〔註 171〕莊周撰：《莊子・秋水》，收錄於《文津閣四庫全書》，子部，冊 352，頁 119。

後用以比喻仿效不成，反失其本能。此處鄭方坤以此典故評論張綖，結合序言觀之，足見鄭氏不認同秦、張兩人並論，更可凸顯秦觀地位之獨特。另有第十四首論賀鑄之作，亦旁及秦觀云：

> 賀家梅子句通靈，學士屯田比尹邢。只字單詞足千古，不
> 將畫壁羨旗亭。〔註172〕

鄭方坤於此詩末云：「賀鑄有『梅子黃時雨』之句，號稱『賀梅子』。東坡云：『山抹微雲秦學士，露花倒影柳屯田』。」賀鑄以〈清玉案〉（凌波不過橫塘路）末句「梅子黃時雨」聞名，人稱「賀梅子」，鄭方坤首句專論其精妙。秦觀〈滿庭芳〉（山抹微雲）與柳永〈破陣樂〉（露花倒影）詞皆出眾，蘇軾將兩人相提並論。鄭氏云：「學士屯田比尹邢」，「學士」指秦觀，「屯田」即柳永，並用《史記・外戚世家》之典，漢武帝寵幸尹夫人、邢夫人，因同時受寵，故有詔令兩人不得相見。〔註173〕此處以尹、邢二夫人之美貌喻秦、柳詞，結合首句可見鄭氏標榜柳永、秦觀、賀鑄三人，妙擅詞篇，皆以妙句佳語聞名於世。

2、張崎亭

張崎亭有〈論詞絕句三首〉，論及李白、張先、秦觀，顯見三人於其心中之地位，自有其特殊處，第三首論秦觀云：

> 辭情兼勝合推秦，我念高郵寂寞濱。三十六家誰可誦？中
> 間指屈爲斯人。〔註174〕

歷來詞家多審視「辭」、「情」兩面向，以評論秦詞風格，如孫競《竹坡詞序》云：「昔□□先生蔡伯世評近世之詞，謂蘇東坡辭勝乎情，柳耆卿情勝乎辭，辭情兼稱者，惟秦少游而已。世以爲善評。」〔註175〕

〔註172〕〔清〕鄭方坤〈論詞絕句三十六首〉之十四，收錄於孫克強《清代詞學批評史論》，頁372。

〔註173〕〔漢〕司馬遷撰、瀧川龜太郎考證：《史記會注考證》（臺北：文史哲出版社，1997年10月），卷49，頁762。

〔註174〕〔清〕姚錫均〈論詞絕句三首〉之三，收錄於孫克強《清代詞學批評史論》，頁499。

〔註175〕〔清〕孫競：《竹坡詞序》，收錄於吳熊和《唐宋詞彙評・兩宋卷》，冊1，頁679。

另《四庫全書總目》云:「觀詩格不及蘇、黃,而詞則情韻兼勝,在蘇、黃之上。流傳雖少,要為倚聲家一作手。」〔註176〕夏敬觀《淮海詞跋》亦云:「少游詞清麗婉約,辭情相稱,誦之迴腸蕩氣,自是詞中上品。」〔註177〕綜觀上述三者所言,可見秦詞「辭」、「情」兼俱。孫鏡與秦觀同為高郵人,仰慕之情流露無遺,並以「辭情兼稱」肯定秦詞語言工巧,感情深摯,辭情拿捏恰到好處,張峋亭亦採此觀點。「我念高郵寂寞濱」則為遙想之句,「寂寞」二字則為緬懷詞人之身世遭遇;第三句「三十六家誰可誦」,三十六為約計之詞,言其繁多,此處用指歷代詞人數量難以勝數,用以凸顯秦觀為屈指可數之優秀詞人。藉此可見張峋亭心中,秦詞地位實乃不容小覷。

3、程恩澤

程恩澤(1785～1837),字雲芬,號春海,歙縣(今安徽)人,著《程侍郎遺集》。《程侍郎遺集》卷六載〈題周稚圭前輩《金梁夢月詞》〉八首,第七首論秦觀云:

> 難賡春月夫人調,怕讀微雲女婿書。憶向紅牙雙顧誤,當年公瑾定何如?〔註178〕

首句「賡」有承繼之意,「春月夫人」指李煜〈虞美人〉一詞;第二句「怕讀微雲女婿書」,指秦觀〈滿庭芳〉(山抹微雲)一詞。第一、二句程氏肯定李煜、秦觀兩人,一為南唐五代,一為北宋,各擅其能,皆有名作傳世。後兩句應是程氏對詞樂或詞律之思考,未涉及秦詞,暫且不論。程恩澤另有〈高郵湖即事〉二首之一云:「甓瓦湖中弄明月,一彈指頃廿餘秋。大珠已別孫莘老,小令空懷秦少游。紅葉打頭何處樹,白鷗飛盡一扁舟。而今重憶任公釣,知有潛

〔註176〕〔清〕永瑢:《四庫全書總目》(臺灣:臺灣商務印書館,1983 年 10 月),集部,冊 5,卷 198,頁 4424。

〔註177〕夏敬觀《淮海詞跋》,收錄於吳熊和《唐宋詞彙評‧兩宋卷》,冊 1,頁 675。

〔註178〕〔清〕程恩澤〈題周稚圭前輩《金梁夢月詞》〉之七,見孫克強《清代詞學批評史論》,頁 428。

蛟伏巨湫。」〔註179〕此詩作於高郵，藉以緬懷前賢孫莘老、秦觀，
深具推崇之意。

（二）論秦觀才學及詞篇特質

清人論詞絕句亦不乏論及秦觀才學及其詞篇特質者，如江昱、宋
翔鳳、王僧保等人，論述觀點各不相同，茲就諸家大要分述如次：

1、江　昱

江昱（1706～1775），字賓谷，號松泉，儀徵（今江蘇）人，著有
《松泉詩集》、《梅鶴詞》等。江昱幼有神童之名，勤學好問，尤喜金
石文字，亦精通《尚書》。有〈論詞絕句〉十八首，第三首論秦觀云：

> 紅杏尚書艷齒牙，郎中更與助聲華。天生好語秦淮海，流
> 水孤村數點鴉。〔註180〕

前二句論宋祁、張先，據范正敏《遯齋閒覽》云：「張子野郎中，
以樂章擅名一時。宋子京尚書奇其才，先往見之，遣將命謂曰：『尚
書欲見『雲破月來花弄影』郎中」乎，子野屏後呼曰：『得非『紅
杏枝頭春意鬧』尚書耶？』遂出，置酒，甚歡。蓋兩人所舉，皆其
警策也。」〔註181〕宋祁官至工部尚書，以〈玉樓春〉（東城漸覺風
光好）上片末句「紅杏枝頭春意鬧」，最為知名；張先曾任都官郎
中，以〈天仙子〉（水調數聲持酒聽）下片「雲破月來花弄影」，最
為得意。〔註182〕末二句專論秦詞，援引晁補之所言：「近來作者皆

〔註179〕〔清〕程恩澤：〈高郵湖即事〉，見《程侍郎遺集》（北京：中華書
　　　　局，1985年）卷3，頁55。

〔註180〕〔清〕江昱有〈論詞絕句〉十八首之三，見孫克強《清代詞學批評
　　　　史論》，頁379。

〔註181〕〔宋〕范正敏：《遯齋閒覽》，收錄於徐釚撰、王百里校箋《詞苑叢
　　　　談校箋》，卷3，頁149。

〔註182〕據《古今詩話》載：「有客謂張三影曰：『人皆謂公張三中，即心中
　　　　事，眼中淚，意中人也』公曰：『何不目我三影？』客不曉。公曰：
　　　　『『雲破月來花弄影』、『嬌柔懶起，簾壓卷花影』、『柳徑無人，墮
　　　　風絮無影』此予平生所得意也。」收錄於胡仔纂集、廖德明校點：
　　　　《苕溪漁隱叢話》前集卷37，頁253。

不及少游，如『斜陽外，寒鴉數點，流水遶孤村』，雖不識字人，
亦知是天生好語。」〔註183〕肯定秦觀〈滿庭芳〉（山抹微雲）上片
末三句「斜陽外，寒鴉數點，流水繞孤村」，自然天成。〔宋〕胡仔
《苕溪漁隱叢話》卷三十三引嚴有翼《藝苑雌黃》之語云：「『寒鴉
萬點，流水繞孤村』之句，人皆以為少游自造此語，殊不知亦有所
本。予在臨安，見《平江梅知錄》云：『隋煬帝詩云：寒鴉千萬點，
流水繞孤村』，少游用此語也。」〔註184〕此處明言秦觀化用隋煬帝
「寒鴉千萬點，流水繞孤村」詩句，而秦詞妙處乃在易以長短句式，
添入斜陽一景，而成意境融合之佳構，故後世多不論其襲用之弊，
而多採肯定態度。江氏並論宋祁、張先、秦觀三人，實乃肯定其煉
字之功，構思巧妙。

2、宋翔鳳

宋翔鳳有〈論詞絕句〉二十首，第七首論秦觀云：

> 一鈎殘月夜迢迢，玉佩丁東意更消，總為斜陽渾易暮，不
> 關好色是無聊。〔註185〕

詩中「一鈎殘月」、「玉珮丁東」皆摘自秦詞〔註186〕，詩末自注云：「秦
詞『杜鵑聲裏斜陽暮』，按『斜陽』是日斜時，『暮』是日沒時。『暮』
說文作莫日且冥也。言自日斜至日沒，杜鵑之聲亦云苦矣。山谷未解暮
字之義，以『斜陽暮』為重出，非也。」宋翔鳳關注秦詞筆法，對〈踏
莎行〉（霧失樓臺）上片末句「杜鵑聲裡斜陽暮」，進行查考。其《樂府

〔註183〕〔宋〕晁補之撰：《无咎詞·提要》，見於吳曾《能改齋漫錄》，收
　　　　錄於唐圭璋《詞話叢編》，冊1，卷16，頁125。

〔註184〕〔宋〕嚴有翼撰：《藝苑雌黃》，胡仔纂集、廖德明校點：《苕溪漁
　　　　隱叢話》，後集卷33，頁248。

〔註185〕〔清〕宋翔鳳〈論詞絕句〉二十首之七，收錄於孫克強《清代詞學
　　　　批評史論》，頁416。

〔註186〕「一鈎殘月」摘自秦觀〈南歌子〉之一（玉漏迢迢盡）末句「一鈎
　　　　殘月帶三星」（《全宋詞》，冊1，頁468）；「玉珮丁東」摘自秦觀〈水
　　　　龍吟〉（小樓連苑橫空）下片首句「玉珮丁東別後」（《全宋詞》，冊
　　　　1，頁455～456）。

餘論》亦云：「《漁隱叢話》曰：『少游〈踏莎行〉，爲郴州旅館作。』黃
山谷曰：『此詞高絕，但斜陽暮爲重出，欲改斜陽爲簾櫳。』范元實曰：
『只看孤館閉春寒』，似無簾櫳。山谷曰：『亭傳雖未有簾櫳，有亦無礙。』
范曰：『詞本摹寫牢落之狀，若曰簾櫳，恐損初意。』今《郴州志》竟
改作『斜陽度』。余謂斜陽屬日，暮屬時，不爲累，何必改。東坡『回
首斜陽暮』，美成『雁背斜陽紅欲暮』，可法也。按引東坡、美成語是也。
分屬日時，則尚欠明析。《說文》：莫，日且冥也，從日在草中。是斜陽
爲日斜時，暮爲日入時，言自日昃至暮，杜鵑之聲，亦云苦矣。山谷未
解暮字，遂生轇轕。」〔註187〕歷來此課題眾說紛紜，僵持不下，宋氏
援引《說文》爲證，頗具經學家本色。但就此詩末句觀之，宋氏更關注
詞體本身所具有的藝術美感，即「好色」之呈顯。第八首又云：

> 寒鴉數點正斜陽，淮海當年獨斷腸。何意西湖湖水上，尊
> 前重改〈滿庭芳〉。〔註188〕

首句化用秦詞〈滿庭芳〉（山抹微雲）上片末三句「斜陽外，寒鴉數
點，流水繞孤村」；第二句則緊扣此詞創作之心緒，感嘆詞人之身世
遭遇，綜觀一、二句帶有緬懷之意；第三、四句所記之事，據吳曾《能
改齋漫錄》云：「杭之西湖，有一倅閒唱少游〈滿庭芳〉，偶然誤舉一
韻云：『畫角聲斷斜陽。』妓操琴在側云：『畫角聲斷譙門』，非『斜
陽』也。倅因戲之曰：『爾可改韻否？』琴即改作『陽』字韻云：『山
抹微雲，天連衰草，畫角聲斷斜陽。暫停征轡，聊共飲離觴。多少蓬
萊舊侶，頻回首、烟靄茫茫。孤村裡，寒鴉萬點，流水繞低墻。　　魂
傷。當此際，輕分羅帶，暗解香囊。漫贏得青樓，薄倖名狂。此去何
時見也，襟袖上、空有餘香。傷心處，長城望斷，燈火已昏黃。』東
坡聞而稱賞之。」〔註189〕所記乃西湖倡女改唱秦詞之事，可展現秦

〔註187〕　〔清〕宋翔鳳撰：《樂府餘論》，收錄於唐圭璋《詞話叢編》，冊3，
　　　　　　頁2497。

〔註188〕　〔清〕宋翔鳳〈論詞絕句〉二十首之八，收錄於孫克強《清代詞學
　　　　　　批評史論》，頁416。

〔註189〕　（宋）吳曾撰：《能改齋漫錄·樂府》，收入唐圭璋《詞話叢編》，

詞流傳甚爲廣泛，改用陽韻雖不違詞律，但宋翔鳳認爲，秦詞帶有濃烈身世之感，實非他人可任意替代。

3、王僧保

王僧保（1792～1853），字西御，號秋蓮子，著《詞林叢書》。《餐櫻廡詞話》引〈論詞絕句〉三十首，第十八首論秦觀云：

> 淮海詞人思斐然，春風熨帖上吟箋。輸君坐領湖山長，消
> 受鶯花几席前。〔註190〕

首句云「淮海詞人思斐然」，「思斐然」指才學及思致顯著貌，據〔清〕金長福《淮海詞鈔跋》亦云：「先生以異思逸才，爲趙宋詞人第一。」〔註191〕第二句「春風熨帖上吟箋」，乃針對秦詞內容而論，「熨帖」指妥貼、貼切，「吟箋」本指詩稿，此處泛指創作文稿，意即秦觀好以春風入詞，如〈望海潮〉其一（星分牛斗）：「花發路香，鶯啼人起，珠簾十里東風」、其二（梅英疏淡）：「梅英疏淡，冰澌溶洩，東風暗換年華」、〈水龍吟〉（小樓連苑橫空）：「朱帘半卷，單衣初試，清明時候。破暖輕風，弄晴微雨，欲無還有」、〈八六子〉（倚危亭）：「夜月一簾幽夢，春風十里柔情」、〈風流子〉（東風吹碧草）、〈夢揚州〉（晚雲收）：「小欄外，東風軟」、〈減字木蘭花〉（天涯舊恨）：「黛蛾長斂，任是東風吹不展」、〈河傳〉其二（恨眉醉眼）：「雲雨未諧，早被東風吹散」、〈滿庭芳〉（曉色雲開）：「東風里，朱門映柳，低按小秦箏」、〈調笑令〉（戀戀）：「春風重到人不見，十二闌干倚遍」、〈調笑令〉（離魂記）：「重來兩身復一身，夢覺春風話心素」、〈行香子〉（樹繞村莊）：「倚東風，豪興徜徉」、〈阮郎歸〉（春風吹雨繞殘枝）等，或單純寫景，或暗藏心緒。「熨帖上吟箋」意即秦觀擅長描摹景致，春風栩栩生動，蘊含情意無限。末二句「輸君坐領湖山長，消受

冊1，卷16、17，頁138。

〔註190〕 〔清〕王僧保〈論詞絕句〉三十首之十八，收錄於孫克強《清代詞學批評史論》，頁433。

〔註191〕 〔清〕金長福：〈淮海詞鈔跋〉，收錄於吳熊和主編《唐宋詞彙評・兩宋卷》（杭州：浙江教育出版社，2004年12月），頁673。

鶯花几席前」，「鶯花」意即鶯啼花開，泛指春日景致。此二句乃承接前緒，肯定秦觀擅長描摹景致，若使之長久居處於山明水秀之地，必能徜徉其中，盡情揮灑。

4、姚錫均

姚錫均（1893～1954），又名鵷雛，字宛若，著《蒼雪詞》。撰〈示了公論詞絕句〉十二首，第十首論清代納蘭性德，亦提及秦觀云：

> 湖海流傳飲水詞，情深筆眇自多奇。千年骨髓秦淮海，除
> 卻斯人那得知？〔註192〕

首句「湖海」本指湖泊、海洋，此處用以泛指四方各地，言其廣闊，《飲水詞》為納蘭性德詞集。納蘭性德本名成德，字容若，天資聰慧，博通經史，〔清〕顧貞觀〈納蘭詞序〉云：「非文人不能多情，非才子不能善怨。騷雅之作，怨而能善，惟其情之所鍾為獨多也。容若天資超逸，翛然塵外，所為樂府小令，婉麗清淒，使讀者哀樂不知所主，如聽中宵梵唄，先淒惋而後喜悅，定其前身，此豈尋常文人所得到者？」〔註193〕納蘭性德被稱為「滿清第一詞人」，其詞向以愁緒傷感聞名，真情流露，憂淒低迴。詩句第三提及秦觀，「骨髓」指詩文之核心要旨，此處專指詞之精要處。綜觀此詩首二句論清代納蘭性德，言其詞之流傳及其詞篇特質；末二句緊扣秦觀與納蘭兩人，因帶有身世遭遇之淒，而倍顯幽怨傷感。

（三）秦詞與諸詞家相較

歷代諸家論詞，亦好採行比較方式進行評述，最常與秦觀相提並論者，為柳永、黃庭堅兩人，各家所持觀點不同，評述話語多有論及高低優劣者，如沈初、潘飛聲、高旭、朱依真等，皆評論秦、柳；汪筠、沈道寬、周之綺、譚瑩、華長卿等，則涉及秦、黃。茲就各家所

〔註192〕〔清〕姚錫均〈示了公論詞絕句十二首〉之十，收錄於孫克強《清代詞學批評史論》，頁498。

〔註193〕〔清〕顧貞觀：《納蘭詞序》，收錄於施蟄存《詞籍序跋萃編》，頁548。

論，分述如次：

1、秦觀、柳永相較

據《詞苑叢談》卷三所載：「秦少游善樂府，取隋煬帝『寒鴉萬點，流水遶孤村』之句，以爲〈滿庭芳〉詞。而首言『山抹微雲，天黏衰草』，尤爲當時所傳。子瞻戲之云：『山抹微雲秦學士，露花倒影柳屯田』。」〔註194〕蘇軾曾並論柳永、秦觀兩人，又曾執疑秦觀學柳詞云：「不意別後，公卻學柳七。」〔註195〕柳詞向有俚俗之譏，但因兩人詞風皆婉約纏綿，歷來不乏論其高下優劣者，茲分述如次：

（1）沈初、潘飛聲

沈初（1729～1799），字景初，號雲椒，一號萃岩，平湖（今浙江）人，著有《蘭韻堂詩集》。沈初〈編舊詞存稿作論詞絕句〉十八首之六，論秦觀云：

> 山抹微雲秦學士，露花倒影柳屯田。就中氣韻差分別，始
> 信文章品最先。〔註196〕

首二句乃逕引自蘇軾之評，首句「山抹微雲秦學士」，〔宋〕胡仔《苕溪漁隱叢話》後集卷三十三引《藝苑雌黃》亦云：「程公關守會稽，……所謂多少蓬萊舊事，空回首，煙靄紛紛也。其詞即爲東坡所稱道，取其首句，呼之爲山抹微雲君。」〔註197〕足見秦觀以〈滿庭芳〉（山抹微雲）一詞，聞名當代；第二句「露花倒影柳屯田」，指柳永〈破陣子〉一詞。後兩句沈初著眼於比較秦、柳高下優劣，標舉「品」爲準繩。以「品」之觀念評論文學創作或作家，自鍾嶸《詩品》始，區分爲上中下三品；後有司空圖《二十四詩品》，列舉二十四種風格，二者皆用於論詩風格。以「品」論詞者，以〔明〕楊慎《詞品》最早，

〔註194〕 〔清〕徐釚撰、王百里校箋《詞苑叢談校箋》，卷3，頁209。
〔註195〕 〔清〕徐釚撰、王百里校箋《詞苑叢談校箋》，卷3，頁209。
〔註196〕 〔清〕沈初〈編舊詞存稿作論詞絕句〉十八首之六，參見孫克強《清代詞學批評史論》，頁392。
〔註197〕 〔宋〕胡仔纂集、廖德明校點：《苕溪漁隱叢話》，後集卷33，頁248。

後有歐陽漸《詞品甲序》云：

> 《花間》、大晟、秦、黃、耆卿，後夢窗而前美成，此一品
> 也；浩氣超塵，東坡、薌林，此一品也；仙風清爽，世外
> 希眞，此一品也；胸中不平，議論縱橫，稼軒、後村，此
> 一品也；去國哀思，羈愁沉鬱，李煜而後，遺山、彥高之
> 倫，一品也。〔註198〕

此說列舉五品，將秦觀與黃庭堅、柳永、周邦彥等人並列，標舉婉約
柔麗特質。清代以「品」論詞者甚夥，如沈雄《古今詞話》別列《詞
品》門、徐釚《詞苑叢談》則有《品藻》門，帶有品評高低之意味。
〔清〕杜詔《清名家詞‧彈指詞序》亦云：「緣情綺靡，詩體尚然，
何況乎詞。彼學姜、史者，輒屏棄秦、柳諸家，一掃綺靡之習，品則
超矣，或者不足於情。」〔註199〕杜氏以風格論秦、柳，因其浮艷柔
弱，故難超逸。沈初定義「品」之標準爲「氣韻」，以風格、意境及
韻味爲判別要旨，此標準來源有二：一爲人品所流露之格調，一爲詞
篇所蘊含之深意。〔清〕宋翔鳳《樂府餘論》曾云：「耆卿失意無俚，
留連坊曲，遂盡收俚俗語言，編入詞中，以便妓人傳習。」〔註200〕
柳永因少年失意科舉，又流連於歌妓，向有薄於操行之名，且詞多俚
俗，難免譏評；秦詞寄寓身世，婉轉淒惻，〔明〕李攀龍《草堂詩餘
雋》評之曰：「按景綴情，最有餘味。謂筆能生花，信然！」〔註201〕
秦詞韻味深遠，詞語清麗，故較之柳詞，實乃勝之。另有潘飛聲所作：

> 孤村流水夕陽時，怕落耆卿格調卑。一抹微雲禪意在，只
> 應琴操續填詞。

〔註198〕〔明〕歐陽漸撰：《詞品甲序》，民國二十二年（1933）支那內學院
　　　　刊本，現藏於國家圖書館。

〔註199〕〔清〕杜詔撰：《清名家詞‧彈指詞序》，收錄於施蟄存《詞籍序跋
　　　　萃編》，頁542。

〔註200〕〔清〕宋翔鳳撰：《樂府餘論》，收錄於唐圭璋《詞話叢編》，冊3，
　　　　頁2499。

〔註201〕〔明〕李攀龍撰：《草堂詩餘雋》，收錄於周義敢、周雷編《秦觀資
　　　　料彙編》（北京：中華書局，2001年5月），頁180。

首句化用秦觀〈滿庭芳〉「斜陽外，寒鴉萬點，流水繞孤村」，用以代表秦詞；第二句「怕落耆卿格調卑」，「格調」意即品格，此句明白道出柳永詞之品格較低，已帶有優劣之分。足見沈初、潘飛聲兩人皆以詞品爲準繩，藉此評價秦、柳。

（2）高　旭

高旭（1877～1925），字天梅，號劍公，別號自由齋主人，金山（今江蘇）人，著《天梅遺集》。〈論詞絕句〉三十首之十三，論秦觀、柳永云：

> 流水寒鴉秦學士，霜風殘照柳屯田。兩家才思眞淒絕，似
> 向空山聞杜鵑。〔註202〕

首句「流水寒鴉」，係指秦觀〈滿庭芳〉「寒鴉萬點，流水繞孤村」；次句「霜風殘照」則爲柳永〈八聲甘州〉「對瀟瀟莫雨灑江天，一番洗清秋。漸霜風淒緊，關河冷落，殘照當樓」。第三句品評二家才思「淒絕」，「眞」字肯定意味十足，「淒絕」似有悲涼之意，實乃緊扣兩人身世遭遇論之。王國維《人間詞話》云：「少游詞境最爲淒婉。」〔註203〕秦詞寫景寓情，嘆身世悲涼；〔清〕鄭文焯批校〈樂章集序〉云「耆卿詞以屬景切情，綢繆婉轉……」〔註204〕柳詞工於羈旅行役，淒寂傷懷。末句「空山」指幽深人煙罕至之山林，「杜鵑」春末夏初常晝夜啼鳴，其聲哀絕。高氏以此意境論兩家詞，極爲生動。高旭另有〈十大家詞〉採六言絕句形式，論南唐至清代，共十位詞人。第三首論秦觀云：

> 耆卿曉風殘月，十分名重當時；婉約該推秦七，紅牙少女
> 歌之。〔註205〕

〔註202〕〔清〕高旭〈論詞絕句〉三十首之十三，收錄於孫克強《清代詞學批評史論》，頁492。

〔註203〕〔清〕王國維撰《人間詞話》，收錄於唐圭璋《詞話叢編》，冊5，頁4245。

〔註204〕〔清〕鄭文焯批校〈樂章集序〉，收錄於吳熊和主編《唐宋詞彙評‧兩宋卷》，冊1，頁46。

〔註205〕〔清〕高旭〈十大家詞題詞〉之三，收錄於孫克強《清代詞學批評史論》，頁495。

首二句提及柳永〈雨霖鈴〉（寒蟬淒切）〔註206〕名聞當代，據俞文豹《吹劍續錄》所載：「東坡在玉堂日，有幕士善謳，因問：『我詞何如柳詞？』對曰：『柳郎中詞，只好十七八女孩兒，執紅牙拍板，唱「楊柳外、曉風殘月」；學士詞，須關西大漢執鐵板，唱「大江東去」。』公為之絕倒。」〔註207〕此處可見柳永、蘇軾風格迥異，蘇詞豪氣盈懷，氣概卓犖；柳詞情意繾綣，含蓄婉轉，融情入景暗陳別意，實乃婉約詞中之佳構。高旭首二句旨在肯定柳詞，後二句則論及秦詞地位，柳永、秦觀詞皆柔美婉轉，卻有高下之分，據〔宋〕吳曾《能改齋漫錄》云：「仁宗留意儒雅，務本理道，深斥浮豔虛薄之文。初，進士柳三變，好為淫冶謳歌之曲，傳播四方。」〔註208〕柳詞流於俗豔，歷來評價不一，相較之下秦詞婉轉淒惻，融情入景，頗饒餘韻，如〈八六子〉（倚危亭）：「正銷凝，黃鸝又啼數聲。」（《全宋詞》，冊1，頁456）、〈滿庭芳〉（山抹微雲）：「斜陽外，寒鴉萬點，流水繞孤村。」（《全宋詞》，冊1，頁458）、〈鵲橋仙〉（纖雲弄巧）：「兩情若是久長時，又豈在朝朝暮暮。」（《全宋詞》，冊1，頁459）故高旭直陳「婉約該推秦七」，乃是對秦詞地位之高度肯定。

（3）朱依真

> 貧家好女自嬌妍，彤管譏評豈漫然。若向詞家角優劣，風
> 流終勝柳屯田。〔註209〕

〔註206〕柳永〈雨霖鈴〉（寒蟬淒切）：「寒蟬淒切。對長亭晚，驟雨初歇。都門帳飲無緒，留戀處、蘭舟催發。執手相看淚眼，竟無語凝噎。念去去、千里煙波，暮靄沉沉楚天闊。　　多情自古傷離別。更那堪、冷落清秋節。今宵酒醒何處，楊柳岸、曉風殘月。此去經年，應是良辰好景虛設。便縱有、千種風情，更與何人說。」《全宋詞》，冊1，頁21。

〔註207〕〔宋〕俞文豹：《吹劍續錄》，引自元・陶宗儀：《說郛三種》（上海：上海古籍出版社，1988年10月），頁429。

〔註208〕〔宋〕吳曾：《能改齋漫錄》（臺北：木鐸出版社：1982年5月），卷16，頁480。

〔註209〕〔清〕朱依真撰：〈論詞絕句二十二首〉，收錄於況周頤《蕙風叢書・粵西詞見》。

首句引自李清照〈詞論〉之說法：「秦即專主情致，而少故實，譬如貧家美女，雖極妍麗豐逸，而終乏富貴態。」〔註 210〕朱氏云「貧家好女自嬌妍」，與李清照觀點不同，朱氏肯定秦詞以柔婉艷麗爲本色。次句「彤管」本指古代女史記事所用杆身漆朱之筆，此處應指李清照之論。朱氏以「譏評」二字，顯然對李氏所論並不認同。「豈漫然」意即並非全然，秦詞亦有如〈望海潮〉（星分牛斗）此類氣勢豪放之作。末二句著重於優劣品評，「角」意即比較，朱氏認爲秦詞之風雅灑逸終究勝過柳永。

2、秦觀、黃庭堅相較

自〔宋〕陳師道推崇黃庭堅、秦觀爲「今之詞手」，後世多將兩人相提並論，更有論其高下者，如〔宋〕韓淲《澗泉日記》卷上云：「少游在黃、陳之上。黃魯直意趣極高；陳後山文氣短，所可尚者，步驟雅潔爾。」〔註 211〕〔明〕王象晉《秦張兩先生詩餘合璧序》云：「淮海一鳴，即蘇、黃且爲遜席。」〔註 212〕又如〔清〕馮金伯《詞苑萃編》引陳師道所云：「詞家以秦、黃並稱，秦能曼聲以合律，形容處亦少刻肌入骨語。黃時出俚淺，可稱傖父。然黃如『春未透。花枝瘦。正是愁時候』，峭健亦非秦所能作。」〔註 213〕足見秦、黃之高下優劣，深受關注，清人論詞絕句所持觀點爲何？茲就汪筠、沈道寬、周之綺、譚瑩、華長卿等人所論，分析如次：

（1）汪　筠

汪筠（1715～？），字珊立，號謙谷，爲《詞綜》編輯者汪森之

〔註210〕 〔宋〕李清照：〈詞論〉，收錄於胡仔纂集、廖德明校點：《苕溪漁隱叢話》，後集卷33。

〔註211〕 〔宋〕韓淲撰：《澗泉日記》，收錄於《文津閣四庫全書》，子部，冊286，卷下，頁418。

〔註212〕 〔明〕張綖撰、王象晉編：《詩餘圖譜》三卷附《秦張兩詩餘合璧》二卷，收錄於《四庫全書存目叢書》，集部，冊425。

〔註213〕 〔清〕馮金伯輯：《詞苑萃編》，收錄於唐圭璋《詞話叢編》，冊2，卷4，頁1842。

孫，著有《謙谷集》。汪筠有〈讀《詞綜》書後〉二十首，論及唐、五代、宋、金、元代詞人，尤以宋人爲夥，第七首論秦觀云：

　　黃九何如秦七佳，莫教犂舌泥金釵。東堂略與東山近，風雨江南各惱懷。〔註214〕

首句明白道出秦優於黃，第二句「莫教犂舌泥金釵」，黃庭堅〈小山集序〉云：「余少時間作樂府，以使酒玩世，道人法秀獨罪余以筆墨勸淫，於我法中，當下犂舌之獄。」〔註215〕「犂舌」之典，自宋流傳至清，甚爲廣泛，釋惠洪《冷齋夜話》亦載：「法雲秀關西，鐵面嚴冷，能以理折人。魯直名重天下，詩詞一出，人爭傳之。師嘗謂魯直曰：「詩，多作無害；豔歌小詞，可罷之。」魯直笑曰：「空中語耳。非殺非偷，終不至坐此墮惡道。」師曰：「若以邪言蕩人淫心，使彼逾禮越禁，爲罪惡之由。吾恐非止墮惡道而已！」魯直領之，自是不復作詞曲。」〔註216〕又如〔明〕俞彥《爰園詞話》云：「佛有十戒，口業居四，綺語、誑語與焉。詩詞皆綺語，詞較甚。山谷喜作小詞，後爲泥犂獄所懾，罷作，可笑也。」〔註217〕〔清〕朱彝尊《詞綜・發凡》云：「法秀道人語涪翁曰：『作艷詞當墮犂舌地獄』，正指涪翁一等體製而言耳！」〔註218〕《詞苑叢談》亦云：「黃魯直少時喜造纖淫之句，法秀訶曰：『應墮犂舌地獄』，魯直答云：『空中語耳』！」〔註219〕可知黃庭堅少時偶作艷歌小詞，俚俗粗鄙，風格輕薄浮艷。就汪筠詩意觀之，「金釵」爲金屬首飾，用於婦女髮髻，後多借代爲

〔註214〕　〔清〕汪筠〈讀《詞綜》書後〉二十首之七，收錄於孫克強《清代詞學批評史論》，頁382。

〔註215〕　〔宋〕黃庭堅：〈小山集序〉，《豫章黃先生文集》，卷16，頁163。

〔註216〕　〔宋〕釋惠洪：《冷齋夜話》，收錄於吳文治主編：《宋詩話全編》，冊4，卷10，頁2469。

〔註217〕　〔明〕俞彥撰：《爰園詞話》，收錄於唐圭璋《詞話叢編》，冊1，頁403。

〔註218〕　〔清〕朱彝尊撰：《詞綜・發凡》（上海：上海古籍出版社，2008年3月第二次印刷），頁14。

〔註219〕　〔清〕徐釚撰、王百里校箋《詞苑叢談校箋》（北京：人民文學出版社，2005年12月第二次印刷），卷3，頁190。

婦女或女性，以「金釵」標舉詞體本具之「女性化的柔婉精微的特美」
〔註 220〕此處用於比擬秦詞特質，情意幽微深婉，融情入景，餘韻無
窮，如〈浣溪沙〉（漠漠輕寒上小樓）下片：「自在飛花輕似夢，無邊
絲雨細如愁。」、〈畫堂春〉（落紅鋪徑水平池）下片：「柳外畫樓獨上，
憑闌手撚花枝。放花無語對斜暉，此恨誰知？」皆帶有女性幽微細膩
的行動描繪與感觸。秦詞膾炙人口之作不少，內容多涉及男女情愛、
離愁別緒，難免流於艷情，但其高妙處乃在寄寓身世之感，更顯精妙，
其傑出處歷代已有定論，與黃庭堅之作大不相同。「泥」意即不變通，
可引申為拘限。該句強調勿以黃庭堅鄙俚俗艷之作與秦觀婉約清麗之
作相比較，兩者並論實有損秦詞之地位。末兩句論毛滂、賀鑄，故暫
且不論。與汪筠採相近觀點者。

（2）沈道寬

　　沈道寬（1772～1853），字栗仲，鄞縣（今浙江）人，著有《話
山草堂雜著》。沈道寬有〈論詞絕句〉四十二首，第十六首云：

> 後山談藝舉秦黃，詭俊輕圓各擅場。綺語任他犁舌獄，尊
> 前且唱〈小秦王〉。

首句指明陳師道《後山詩話》並論秦、黃，第二句則以「詭俊」、「輕
圓」定義兩人詞風，「擅場」意即技藝超群，此乃肯定兩人各有所長。
第三句論及「綺語」，本為佛家用語，指涉及閨門、愛慾，甚至是辭
藻華艷流於淫穢之語皆屬之，後引申為纖柔言情之辭。此處提及「犁
舌獄」，乃指法秀道人語黃庭堅曰：『作艷詞當墮犁舌地獄』之事。第
四句語出蘇軾〈書林次中所得李伯時歸去來陽關二圖後〉詩：「兩本
新圖寶墨香，樽前獨唱〈小秦王〉，為君翻作〈歸來引〉，不學〈陽關〉
空斷腸。」〔註 221〕「尊前」同「樽前」，指歌席酒宴；〈小秦王〉，據

〔註 220〕語出葉嘉瑩撰：《靈谿詞說・論秦觀詞》，云：「『詞』這種韻文體式，
　　　　是從開始就結合了一種女性化的柔婉精微之特美，足以喚起人心中
　　　　某一種幽約深婉之情意。」（臺北：正中書局，1993 年 8 月），頁
　　　　246。
〔註 221〕〔宋〕蘇軾〈書林次中所得李伯時歸去來陽關二圖後〉詩，收錄於

王十朋《東坡詩集註》云：「次公〈小秦王〉曲即〈陽關〉遺聲也，傳先生〈哨遍〉即此〈歸去來引〉也。」〔註222〕王氏認爲〈小秦王〉即〈陽關曲〉，然據近人王兆鵬、劉尊明主編《宋詞大辭典》查考：〈小秦王〉本爲唐教坊曲，七言四字，格調與〈陽關曲〉不同。〔註223〕綜觀全詩，沈氏標舉秦、黃各有所擅，未論高下，並隱約可知沈氏並不排斥綺麗柔婉之詞。

（3）周之琦

周之琦（1782～1862），字稚圭，號耕樵，又號退庵，祥符（今福建）人，著有《心日齋詞》。《心日齋十六家詞錄》附下卷，載〈題《心日齋十六家詞》〉十六首，第七首云：

> 淮海風流舊有名，紅梅香韻本天生。癡人不解陳無己，黃
> 九如何得抗衡？〔註224〕

周氏首句云「淮海風流舊有名」，指出秦詞超逸高妙，聞名已久；次句「紅梅香韻」意即詞之韻味，「本天生」乃肯定秦詞符合詞體本質。末二句評論秦、黃優劣。陳無己，即陳師道，字履常，曾並論秦、黃爲「詞手」，此處周之綺以「癡人」評陳師道，指出陳氏並論秦、黃，有所不妥。

（4）譚瑩

譚瑩（1800～1871），字兆仁，號玉生，南海縣捕屬（今廣東佛山市）人，〈論詞絕句一百首〉第三十一首云：

> 詞凭法秀浪相誇，迥脱恒蹊玉有瑕。黃九定非秦七比，後
> 山仍未算詞家。

首句據釋惠洪《冷齋夜話》云：「黃魯直作艷語，人爭傳之，秀呵曰：

　　蘇軾：《東坡全集》，《景印文津閣四庫全書》本，冊 1107，頁 265。
〔註222〕王十朋：《東坡詩集註》，《景印文淵閣四庫全書》本，冊 1109，頁 521。
〔註223〕王兆鵬、劉尊明主編：《宋詞大辭典》（南京：鳳凰出版社，2003 年9 月），頁 100。
〔註224〕〔清〕周之綺〈題《心日齋十六家詞》〉十六首之七，見孫克強《清代詞學批評史論》，頁 424。

『翰墨之妙,甘施於此乎?』魯直笑曰:『又當置我於馬腹中邪?』秀曰:『公艷語蕩天下淫心,不止於馬腹中,正恐生泥犁耳。』魯直頷應之。故一時公卿伏師之善巧也。」〔註225〕第二句語意與陳廷焯《白雨齋詞話》所言,極爲近似:「秦七、黃九,並重當時。然黃之視秦,奚啻砥砆之與美玉。詞貴纏綿,貴忠愛,貴沉鬱,黃之鄙俚者無論矣。即以其高者而論,亦不過於倔強中見姿態耳。於倔強中見姿態,以之作詩,尚未必盡合,況以之爲詞耶。」〔註226〕「砥砆」爲似玉之石,然終非美玉,以此喻山谷詞,譚瑩亦採此看法,認定秦優於黃,而陳師道則不算詞家。

（5）華長卿

華長卿（1804～1881），本名長楙,字枚宗,號梅莊,著《梅莊詩鈔》、《黛香館詞鈔》。華長卿有〈論詞絕句〉三十六首,論及唐宋詞人五十三人,第十六首論秦觀云:

> 殘楊鴉點水邊村,目不知丁亦斷魂。黃九哪如秦七好?休
> 將學士抹微雲。〔註227〕

首句化用〈滿庭芳〉（山抹微雲）之句,第二句引晁氏所云,意即「雖不識字人,亦知是天生好語」。華氏對秦詞之定位,落於末兩句,直言黃庭堅不如秦觀,亦強調不可將秦詞如微雲般一筆帶過。

（四）論秦觀身世及其軼聞

秦觀風流韻事不少,清人論詞絕句亦不乏關注此課題者,顯見秦觀已成傳奇人物。軼事流傳,以長沙義倡殉情、詞讖、詩遣邊朝華、西湖倅改秦詞韻等,最爲廣泛;此外,清代論詞絕句亦不乏憐惜秦觀身世遭遇者,茲分述如次:

〔註225〕 〔宋〕釋惠洪撰:《冷齋夜話》,收錄收錄於胡仔纂集、廖德明校點:《苕溪漁隱叢話》,前集卷57,頁390。
〔註226〕 〔清〕陳廷焯:《白雨齋詞話》,收錄於唐圭璋《詞話叢編》,冊4,卷1,頁3784。
〔註227〕 〔清〕華長卿〈論詞絕句〉三十六首之十六,收錄於孫克強《清代詞學批評史論》,頁437～468。

1、譚　瑩

譚瑩（1800～1871），字兆仁，別字玉生，南海（今廣東）人，著《樂志堂集》三十三卷，詩集十二卷，續集一卷。詩集中有〈論詞絕句一百首〉，實有 101 首，專論唐宋詞人，多達八十五人，大抵一詞人一首，重要詞家則有二首，如蘇軾、秦觀、周邦彥各有二首。另有三十六首專論嶺南詞人及四十首論清代詞人，總數多達一百七十餘首。第三十二首、三十三首兩處，專論秦觀云：

> 天生好語阿㜷同，不礙詩詞句各工。流下瀟湘常語耳，萬身
> 奚贖過推崇。

首句「天生好語」援引晁補之所言，不再贅述；「阿㜷」爲隋煬帝小字〔註228〕，故首句意即秦觀化用隋煬帝「寒鴉飛數點，流水繞孤村」詩句爲〈滿庭芳〉（山抹微雲）詞句。第二句則帶有肯定意味，不強以詩詞畛域限制創作，正如〔明〕王世貞所云：「語雖蹈襲，入詞尤是當家。」〔註229〕第三、四句論及秦詞〈踏莎行〉（霧失樓臺）末句「爲誰流下瀟湘去」，據胡仔《苕溪漁隱叢話》前集卷五十引《冷齋夜話》云：「『郴江幸自遶郴山，爲誰流下瀟湘去』，東坡絕愛其尾兩句，自書於扇曰：『少游已矣，雖萬人何贖！』」〔註230〕古有「百身莫贖」之典，意即一身百死亦難以補償，蘇軾云「萬人何贖」，倍顯悲切與不捨。「過推崇」三字則展現譚瑩並不認同蘇軾稱揚之舉。第三十三首又云：

> 山抹微雲都下唱，獨憐知己在長沙。一代盛名公論協，揄
> 揚翻出蔡京家。

「都下」即京都，據〔宋〕黃昇《唐宋諸賢絕妙詞選》收蘇子瞻〈永

〔註228〕〔唐〕魏徵等撰：《隋書·煬帝紀上》云：「煬皇帝諱廣，一名英，小字阿㜷，高祖第二子。」收錄於《文津閣四庫全書》，冊 91，卷 3，頁 305。

〔註229〕〔明〕王世貞撰：《藝苑卮言》，收錄於唐圭璋《詞話叢編》，冊 1，頁 387。

〔註230〕〔宋〕釋惠洪撰：《冷齋夜話》，收錄於胡仔纂集、廖德明校點：《苕溪漁隱叢話》，前集卷 50，頁 339。

遇樂・夜登燕子樓夢盼盼因作此詞〉，其附注云：「秦少游自會稽入京，見東坡，坡云：『久別當作文甚勝，都下盛唱公『山抹微雲』之詞。」〔註231〕言其流傳之廣；次句化用〈踏莎行〉（霧失樓臺）之本事，據〔清〕趙翼《陔餘叢考》云：「秦少游南遷至長沙，有妓生平酷愛秦學士詞，至是知其為少游，請於母，願托以終身。少游贈詞，所謂「郴江幸自繞郴山，為誰流下瀟湘去」者也。會時事嚴切，不敢偕往貶所。及少游卒於藤，喪還，將至長沙，妓前一夕得諸夢，即逆於途，祭畢，歸而自縊以殉。」〔註232〕此妓對秦觀實乃用情良深；末二句多著重於秦詞聲名之傳播，據《四庫全書・淮海詞提要》云：「蔡絛《鐵圍山叢談》記觀壻范溫常預貴人家會，貴人有侍兒喜歌秦少游長短句，坐間略不顧溫，酒酣歡洽始問此郎何人？溫遽起又手對曰：『某乃山抹微雲女壻也』」聞者絕倒云云。絛，蔡京子。而所言如是，則觀詞為當時所重可知矣！」〔註233〕譚瑩詩句「一代盛名公論協」，「協」字有符合之意，強調秦觀盛名世所公認，末句則認為此佳名並不侷限於蔡京家。另有四首論李煜、蘇軾、呂賓老、辛棄疾者，亦旁及秦觀，茲別列探析如次：

> 傷心秋月與春花，獨自憑欄度歲華。便作詞人秦柳上，如何偏屬帝王家。海風天雨極壯觀，教坊本色復誰看。楊花點點離人淚，卻恐周秦下筆難。周柳居然有替人，聖求詩在益心酸。人言未減秦淮海，名字流傳竟不真。小晏秦郎實正聲，詞詩詞論亦佳評。此才變態真橫絕，多恐端明轉讓卿。

上述作品皆視秦詞為典範，第一首「傷心秋月與春花」，提及李煜〈虞美人〉（春花秋月何時了），「憑欄度歲華」則為〈浪淘沙〉（簾外雨潺潺）詞句，末二句則慨嘆李煜身世，稱揚其詞乃在柳永、秦觀之上，

〔註231〕 〔宋〕黃昇輯：《唐宋諸賢絕妙詞選》，收錄於唐圭璋《唐宋人選唐宋詞》（上海：上海古籍出版社，2004 年 10 月），頁 601。
〔註232〕 〔清〕趙翼撰：《陔餘叢考》（石家莊：河北人民文學出版社，2003 年 12 月），頁 869。
〔註233〕 〔清〕永瑢：《四庫全書總目提要》，集部，冊 5，頁 285。

卻無奈生於帝王之家；第二首論及蘇軾豪放詞風一出，與教坊婉約本
色大不相侔，而蘇軾〈念奴嬌・次韻章質夫楊花詞〉末兩句「細看來
不是楊花，點點是離人淚」，語意纏綿，即使婉約能手秦觀、周邦彥，
下筆尚難爲，藉此肯定蘇軾婉約詞亦精善。第三首評呂賓老，字聖求，
言其詞風「未減秦淮海」，爲秦詞風格之承繼者；末首論辛棄疾，兼
論晏幾道、秦觀爲婉約正聲。

2、馮　煦

　　馮煦（1844～1927），原名熙，字夢華，號蒿盦、蒿叟，金壇（今
江蘇）人。少時秉姿英特，於書無所不覽。後遊覽楚、蜀諸地，學識
見地越富，晚年將平生所著，合爲《蒿盦類稿》，其中有〈論詞絕句
十六首〉，第六首專論秦觀云：

> 楚天涼雨破寒初，我亦迢迢清夜徂；淒絕郴州秦學士，衡
> 陽猶有雁傳書。〔註234〕

此詩除第三句外，皆摘錄自秦觀〈阮郎歸〉詞：「湘天風雨破寒初。深
沉庭院虛。麗譙吹罷小單于。迢迢清夜徂。　　鄉夢斷，旅魂孤。崢嶸
歲又除。衡陽猶有雁傳書。郴陽和雁無。」（《全宋詞》，頁 463）此詞
作於郴州旅舍，秦觀遭貶南徙，心境愁苦。次句加入「我亦」二字，似
有感同身受之意。馮煦以「淒絕」二字慨嘆秦觀之遭遇，並於《蒿庵類
稿》亦云：「少游以絕塵之才，早與勝流，不可一世，而一謫南荒，遽
喪靈寶。故所爲詞，寄慨身世，閑雅有情思，酒邊花下，一往而深，而
怨悱不亂，悄乎得《小雅》之遺。後主而後，一人而已。昔張天如論相
如之賦云：『他人之賦，賦才也；長卿，賦心也。』」〔註235〕予於少游之
詞亦云：「他人之詞，詞才也；少游、詞心也。得之於內，不可以傳。
雖子瞻之明雋，耆卿之幽秀，猶若有瞠乎後者，況其下邪？」〔註236〕

〔註234〕〔清〕馮煦〈論詞絕句十六首〉之一，收錄於孫克強《清代詞學批
　　　　評史論》，頁 476。
〔註235〕〔清〕馮煦撰：《蒿庵類稿》，收錄於唐圭璋《詞話叢編》，冊 4，頁
　　　　3586。
〔註236〕〔清〕馮煦撰：《蒿庵類稿》，收錄於唐圭璋《詞話叢編》，冊 4，頁

又云：「淮海、小山，真古之傷心人也。其淡語皆有味，淺語皆有致，求之兩宋詞人，實罕其匹。」〔註237〕然兩人身世遭遇、描寫題材有所不同，鄭騫先生〈成府談詞〉云：「小山詞傷感中見豪邁，凄清中有溫暖，與少游之凄厲幽遠異趣。小山多寫高堂華燭、酒闌人散之空虛；淮海則多寫登山臨水、淒遲零落之苦悶。兩人性情家世環境遭遇不同，故詞境亦異，其為自寫傷心則一也。」〔註238〕馮煦以「詞心」稱許秦觀，乃因其心思體察細微，情意纏綿俳惻，詞語凝煉幽深，性靈寄託真切，故能撼動讀者內心深處。

3、潘飛聲

潘飛聲（1858～1934），字蘭史，別號老蘭，番禺（今廣東）人，有《說劍堂詩集》。秦國璋輯《淮海先生詩詞叢話》載潘飛聲〈題淮海詞〉四首〔註239〕，第二、三、四首論及秦觀軼事，茲分析如次：

> 樓頭燕子屬誰家，天女維摩好散花。不信先生偏薄幸，修
> 真何事遣朝華。

據〔宋〕張邦基《墨莊漫錄》云：「秦少游侍兒朝華，姓邊氏，京師人也。元祐癸酉歲納之嘗為詩云：『天風吹月入欄杆，烏鵲無聲子夜闌。織女明星來枕上，了知身不在人間時。』朝華年十九也，後三年少游欲修真斷世緣，遂遣朝華歸父母家，資以金帛而嫁之。朝華臨別泣不已，少游作詩云：『月霧茫茫曉柝悲，玉人揮手斷腸時。不須重向燈前泣，百歲終當一別離。』朝華既去二十餘日，使其父來云不願嫁卻乞歸，少游憐而復取。歸明年，少游出倅錢唐，至淮上因與道友論議，嘆光景之遄，歸謂華曰：『汝不去，吾不得修真矣！』亟使人

3586～3587。
〔註237〕〔清〕馮煦撰：《蒿庵類稿》，收錄於唐圭璋《詞話叢編》，冊4，頁3587。
〔註238〕鄭騫先生撰：〈成府談詞〉，《景午叢編》（臺北：臺灣中華書局，1972年3月），上編，頁252。
〔註239〕〔清〕潘飛聲〈題淮海詞〉四首，見孫克強《清代詞學批評史論》，頁489～490。不再贅注。

走京師，呼其父來遣，朝華隨去，復作詩云：『玉人前去却重來，此度分攜更不迴。腸斷龜山離別處，夕陽孤塔自崔嵬。』時紹聖元年五月十一日，少游嘗手書記此事，未幾遂竄南荒去。」〔註240〕道教謂學道修行之事爲「修眞」，秦觀亦甚熱衷此事，欲遣朝華，歷來多受批判，據〔明〕俞弁《逸老堂詩話》云：「秦少游侍兒朝華，年十九。少游欲修眞…。余友唐子畏閱《墨莊漫錄》，偶見此事，以詩嘲少游云：『淮海修眞黜麗華，他言道是我言差。金丹不了紅顏別，地下相逢兩面沙』。」〔註241〕王世禎《香祖筆記》亦云：「秦少游有姬邊朝華，極慧麗，恐妨其學道，賦詩遣之。至再後南遷過長沙，乃眷一妓，有『郴江幸自繞郴山，爲誰留下瀟湘去』之句，何前後矛盾如此？」〔註242〕〔清〕吳衡照《蓮子居詞話》則站在邊朝華立場思考，云：「秦少游姬人邊朝華極慧麗，恐礙學道，賦詩遣之，……有妓平生酷慕少游詞，至是託終身焉。少游有『郴江幸自繞郴山，爲誰流下瀟湘去』云云，繾綣甚至，豈情之所屬，遽忘其前後之矛盾哉？藉令朝華聞之，又何以爲情？」〔註243〕可見歷朝詰問之語不絕，但潘飛聲思考迥然不同，以「天女散花」之典〔註244〕，強調秦觀非爲薄倖之人。潘氏另關注長沙妓殉情之事，云：

> 雙鬟傳唱感龍標，哪似詩魂入夢遙？千古佳人殉才子，情
> 根入地恐難銷。

此詩涉及長沙義倡殉情之事，潘氏關注長沙義倡用情之深切。另有緬

〔註240〕　〔宋〕張邦基撰：《默莊漫錄》（臺北：臺灣商務印書館，1966 年10 月）《四部叢刊續編》本，卷 3，頁 7～9。

〔註241〕　〔明〕俞弁撰：《逸老堂詩話》，收錄於何文煥等編：《歷代詩話統編》（北京：北京圖書館出版社，2003 年 5 月），冊 3，上卷，頁 793。

〔註242〕　〔明〕王世禎撰：《香祖筆記》，收錄於胡正娟編：《筆記小說大觀》（揚州：廣陵書社，2007 年 12 月），冊 8，頁 5898。

〔註243〕　〔清〕吳衡照：《蓮子居詞話》，收錄於唐圭璋《詞話叢編》，冊 3，卷 2，頁 2432。

〔註244〕　《維摩經・觀眾生品》（臺北：新文豐圖書公司，1981 年）第七，頁 33。

懷秦觀之作云：「述祖文章兩代雄，藤花開落怨東風。千年不見秦淮
海，繞扇歌云想像中。」首句以「述祖」肯定秦詞地位，第二句著重
感慨秦觀身世，末二句則為遙想之句，深具緬懷之情。

綜觀上述諸家所述，多著重標舉秦詞特質，亦對秦觀之詞史地位
進行探討。論詞絕句採用齊言句式，以簡短話語概括評論，所論觀點
雖受字數限制，而難細膩詳盡。但以絕句形式對詞人進行評論，至清
代乃大行其道，堪稱清代特殊之評論資料，故研究清代秦觀接受史，
此資料之關注實有其必要；透過詞話、詞集序跋、評點、史傳、筆記
等評論資料為佐證，更可得見清人對秦詞之推崇及標榜。

二、清代論詞長短句論秦觀詞

以長短句論詞人及其生平，宋代已有之，如張輯〈淮甸春·寓念
奴嬌，丙申歲遊高沙，訪淮海事迹〉〔註245〕，清人更以長短句為評
論的重要載體，象徵詞體發展的成熟，其中亦不乏論及秦觀者。筆者
判別其標準有二：一為詞題明言追懷秦觀者，如凌廷堪〈木蘭花慢·
高郵弔秦七〉、杜詔〈闌干萬里心·秦郵弔淮海先生〉；二為詞句內容
論及秦觀者，如傅燮詷〈沁園春·讀古詞〉、杜詔〈三姝媚·朱竹垞
先生為余品隲宋人詞有作〉等，評論觀點雖有不同，卻一致呈現清人
對秦觀的接受態度，茲略述如次：

（一）詞題明言追懷秦觀者

清代論詞長短句題序提及秦觀者，數量甚繁，就其關注面向，可
區分為兩大類：一類為遊訪途中憶秦觀，以高郵最為多見；一類則論
秦詞風格特質，帶有優劣評價，茲就此二端分述如次：

〔註245〕　〔宋〕張輯撰：〈淮甸春·寓念奴嬌，丙申歲遊高沙，訪淮海事迹〉：
　　　　　「短鬢懷古，更文遊臺上，秋生吟興。聞說坡仙來把酒，月底頻留
　　　　　清影。極目平蕪，孤城四水，畫角西風勁。曲闌猶在，十分心事誰
　　　　　領。　　詞卷空落人間，黃樓何處，回首愁深省。斜照寒鴉知幾度，
　　　　　夢想當年名勝。只有山川，曾窺翰墨，彷彿餘風韻。舊遊休問，柳
　　　　　花淮甸春冷。」《全宋詞》，冊4，頁2552。

1、遊訪途中憶秦觀

秦觀一生仕途多舛，生於高郵，後遭貶至處州（今浙江麗水）、郴州（今湖南）、橫州（今廣西橫縣）、雷州（今廣東海康縣）等地，最終死於藤州（今廣西藤縣），流離各地，軼事隨之流傳，引發後人無限追思。如杜詔〈闌干萬里心·秦郵弔淮海先生〉：「嫻拈詞筆笑攜壺。何處扁舟著酒徒。一抹微雲甓社湖。悵模糊。此際魂銷解得無。」〔註246〕詞中化用秦觀詞句，如「一抹微雲甓社湖」，為〈滿庭芳〉「山抹微雲」之句；「此際魂銷解得無」，則為「銷魂，當此際」之語。足見訪高郵追思秦觀，緬懷之情濃厚。另有宋琬、萬樹、凌廷堪、馮煦等人所作，茲探析如次：

（1）宋　琬

宋琬（1614～1673），字玉叔，號荔裳，萊陽（今山東）人，際遇坎坷，詩詞多淒涼激宕之風，著《安雅堂集》三十卷、詞集《二鄉亭》。宋琬〈念奴嬌·高郵懷秦少游〉：

> 武安湖畔，問當日秦七，遺踪何處。水齧城根葭葦亂，鵝鴨紛紛無數。詞客云亡，無人解道，山抹微雲句。停橈沽酒，一樽欲酹君墓。　　樂府名擅無雙，烏絲寫罷，檀板高金縷。同調東坡居士在，高唱大江東去。紅豆拋殘，白楊凋盡，郭外漁舟鼓。流螢千點，月明還繞烟樹。〔註247〕

宋琬〈念奴嬌〉一詞，上片訪遊秦觀故地，欲尋遺蹤，「詞客云亡」，該句似感嘆當時已無擅詞之人，故秦觀〈滿庭芳〉（山抹微雲）之巧妙，無人能深切體會，而宋琬應是將己身視為秦觀知音，故有沽酒酹墓之舉。下片標舉秦觀擅詞之名，無人能敵，與蘇軾志趣相合，彷彿得見當年蘇、秦兩人逸情，而末二句「流螢千點，月明還繞烟樹」似化用秦觀〈滿庭芳〉（山抹微雲）上片末句「寒鴉萬點，流水繞孤村」

〔註246〕　〔清〕杜詔〈闌干萬里心·秦郵弔淮海先生〉，收錄於《全清詞》，冊19，頁11166。

〔註247〕　〔清〕宋琬：〈念奴嬌·高郵懷秦少游〉，收錄於《全清詞·順康卷》，冊2，頁907。

之境界。足見宋琬所作通篇詠景，卻蘊含無限緬懷之情

（2）萬　樹

萬樹（生卒年不詳），字花農，一字紅友，號山翁，宜興（今江蘇）人。工於詞曲，著《堆絮園集》、《香膽詞》、《璇璣碎錦》、《詞律》等書，尤以《詞律》最爲士林推崇。萬樹曾以〈鷓鴣天・謁淮海先生祠，在錫山秦氏里中〉，論秦觀云：

> 文彩千秋響未沉。玉盂微笑悵藤陰。再生猶剩詞翁手，一死能甘美女心。　　坡蹟在，蜀山岑。知公雲際共登臨。鶯花亭子今存否，香火高堂草樹深。〔註248〕

上片首句「文彩千秋響未沉」，認爲千百年來秦觀詞名並未消沉，萬氏此言帶有肯定之意。「玉盂微笑悵藤陰」則遙想秦觀軼事，據徐釚《詞苑叢談》載：「少游嘗於夢中作〈好事近〉詞曰：『山路雨添花，花動一山春色。行到小溪深處，有黃鸝千百。　　飛雲當面化龍蛇，夭矯轉空碧。醉臥古藤陰下，杳不知南北。』其後南遷，北歸逗留於藤州光華亭下，時方醉起以玉杯汲泉，欲飲笑視而化。」〔註249〕正因該詞末兩句「醉臥古藤陰下，杳不知南北」，後世遂以秦觀死於藤州，且遷葬處有巨藤覆其墓，將之視爲詞讖，廣爲流傳。下片緬懷蘇、秦兩人情誼，末二句提及「鶯花亭」，該亭之名乃因秦觀〈千秋歲〉（水邊沙外）上片「花影亂，鶯聲碎」而來，成於南宋時期，范成大〈次韻徐子禮提舉鶯花亭〉詩已詳載，其後多有文人墨客至此，賦鶯花亭詩，該處已成秦觀遺蹟。

（3）凌廷堪

凌廷堪（1755～1809），字次仲，又號仲子先生，歙縣（今安徽）人，爲清代著名經學家、音律學家。工於詩文，兼爲長短句，曾作〈木蘭花慢・高郵弔秦七〉一詞：

〔註248〕〔清〕萬樹：〈鷓鴣天・謁淮海先生祠，在錫山秦氏里中〉，收錄於《全清詞・順康卷》，冊10，頁5530。

〔註249〕〔清〕徐釚著、王百里校箋：《詞苑叢談校箋》，卷7，頁398。

挂蒲帆十幅，趁春色、過秦郵。看水繞孤村，天黏芳草，景
倩誰收。溫柔。泥人句好，正輕塞、惻惻尚如秋。何處東風
乍起，畫橈搖到前洲。　　悠悠。過客偶停舟。慨古意難休。
笑黨籍碑中，干卿甚事，也預清流。故山夢冷，問風光、可
似古藤州。寂寂吟魂未返，覽湖烟柳生愁。〔註250〕

凌氏所作，上片以遊覽高郵所見，與秦詞所描寫之景相對照，「看水
繞孤村，天黏芳草」，化用〈滿庭芳〉（山抹微雲）「天黏衰草」、「流
水繞孤村」之句；下片以過客身分，懷古之意縈繞胸懷，同情秦觀身
世遭遇，藉由上片吟詠之景，遙憶秦觀，帶有物是人非之感。

（4）馮　煦

馮煦（1842～1927），字夢華，號蒿庵，金壇（今江蘇）人，論
詞承常州遺緒，輯有《唐五代詞選》、《宋六十家詞選》等，並撰有《蒿
庵類稿》。工詩詞，曾作〈一枝花·曉經秦郵過故居作〉：

帆影收殘驛，問訊鷗邊消息。未黃寒柳下，曉風急。湖水
湖煙，一抹傷心碧。甚處尋秦七，衰草微雲，依然舊日詞
筆。　　霜重城陰濕，歸路暗驚非昔。東偏三五畝，薜蘿
宅。十載塵顏，算只有頽波識。俊遊忘不得，認禿樹荒祠，
乳鴉猶帶離色。〔註251〕

此詞上片前數句，多為寫景之語，「一抹傷心碧」則由景入情，藉此
遙憶秦觀。秦詞以〈滿庭芳〉「山抹微雲，天黏衰草」最為知名，馮
煦亦標舉此詞為秦觀之代表作。下片馮氏則紀錄眼前所見秦觀故宅之
景，薜蘿指薜荔和女蘿等植物，攀爬於屋壁之上，昔日宅院已衰廢，
馮氏遊覽難忘秦觀，故藉禿樹、荒祠辨認之。

（5）王　度

王度，以〈水龍吟〉一調，追憶秦觀之詞有兩首，前者題序標明

〔註250〕〔清〕凌廷堪〈木蘭花慢·高郵弔秦七〉，收錄於《清詞別集百三
　　　　十四種》，冊7，頁17。
〔註251〕〔清〕馮煦：〈一枝花·曉經秦郵過故居作〉，收錄於《全清詞鈔》，
　　　　卷36。

「惠山懷秦少游先生，先生葬惠山上」，詞云：

> 惠山幾度維舟，二泉亭上勾留住。……秦郵太史，文孫移
> 葬，松楸茲土。　曠代才人，揮毫對客，風流千古。借
> 泉香七碗，生芻一束，學邯鄲步。〔註252〕

上片先交代遊覽惠山之況，再標舉秦觀為絕代才人，引黃庭堅所評「對
客揮毫秦少游」之語，指秦觀才思敏捷，詞篇風行千古，充分肯定秦觀
才思。末三句則為弔祭之詞，隱含欲學步之意。另一首題序為「讀淮海
集」，詞云：「吾郵國士秦郎，揮毫對客如珠走。何人耳食，齊驅分席，
柳三黃九。便是眉山，大江東去，瞠乎其後。看湖光百里，水天一色，
應難比，心如繡。小妓郴陽邂逅。獨憐才、殷勤紅袖。金雞初放，玉樓
旋赴，綵雲歸岫。造物無情，古今同歎，何須眉皺。向騷壇俎豆，風流
淮海，五百年後。」〔註253〕此詞首二句肯定秦觀才思，其後三句「何
人耳食，齊驅分席，柳三黃九」，「耳食」謂不加省察，徒信流言，語出
《史記・六國年表序》：「學者牽於所聞，見秦在帝位日淺，不察其終始，
因舉而笑之，不敢道，此與以耳食無異。」司馬貞索隱：「言俗學淺識，
舉而笑秦，此猶耳食不能知味也。」〔註254〕王度運用此典，顯見並不
認同前人將秦觀、柳永、黃庭堅等人並提之舉。此外，又云蘇軾「瞠乎
其後」，意即對秦觀之存在，另眼看待。仰望天際，美景當前，王度更
深入體會秦詞心緒細密，情意綿長。下片提及秦觀軼事，與歌妓之情事
流傳久遠，王度亦予以關注，末三句「騷壇」即文壇，「俎豆」指祭祀，
足見時隔雖數百年，王度緬懷秦觀之情，仍舊濃厚。

（6）李繼燕

李繼燕，作〈南歌子・雷陽旅舍弔秦少游〉云：

〔註252〕〔清〕王度〈水龍吟・惠山懷秦少游先生，先生葬惠山上〉，收錄
　　　　　於《全清詞・順康卷》，冊13，頁7867。

〔註253〕〔清〕王度〈水龍吟・讀淮海集〉，收錄於《全清詞・順康卷》，冊
　　　　　13，頁7867。

〔註254〕〔漢〕司馬遷撰、瀧川龜太郎考證：《史記會注考證》（臺北：文史
　　　　　哲出版社，1997年10月），卷15，268。

　　畫角吹徂夜，梨花獨掩門。天教詞客黯銷魂。斷送天涯芳
　　草，幾黃昏。　　小苑東樓玉，三星枕畔痕。淒涼舊曲算
　　誰聞。只有青山無數，抹微雲。〔註255〕

首句濃縮秦觀〈阮郎歸〉（湘天風雨破寒初）上片末二句「麗譙吹罷
小單于，迢迢清夜徂」，秦觀描寫己身幽居孤館，耳聽從城門樓上傳
來的淒楚畫角聲響，更顯長夜漫漫；「梨花獨掩門」則化用〈鷓鴣天〉
（枝上流鶯和淚聞）下片末句「雨打梨花深閉門」；上片末三句則囊
括〈滿庭芳〉（山抹微雲）、「天黏衰草」、「銷魂，當此際」、「傷情處，
高樓望斷，燈火已黃昏」等句意。下片首二句「小苑東樓玉」、「三星
枕畔痕」，皆涉秦詞用語，前者為〈水龍吟〉（小樓連苑橫空），詞中
藏有樓琬（字東玉）二字；後者為〈南歌子〉（玉漏迢迢盡）末句「天
外一鈎殘月帶三星」，隱含「心」字。〔清〕郭麐《靈芬館詞話》卷一
評之曰：「以人名字隱寓詞中，始於少游之『一鈎斜月帶三星』、『小
樓連苑橫空』，無名氏之『夢也有頭無尾』，雖遊戲筆墨，亦自有天然
妙合之趣。」〔註256〕兩者皆為贈妓詞，卻蘊含無限情意。李氏所作
下片末三句，意指秦觀將微妙情意都蘊含於景致中，餘韻無窮。

2、關注秦詞風格特質

　　秦詞風格特質，備受歷代文人關注，清人創作論詞長短句亦熱
衷探討此課題，如盛本栴作〈鷓鴣天・秦少游〉云：「才調還應擬
謫仙。不從御座徹金蓮。可憐衰草微雲句，只在歌樓舞榭間。　　悲
鵬鳥，濕青衫。人生何處似尊前。銀鈎寫就紅牙譜，總是蕭郎白雪
篇。」〔註257〕一、二句論秦觀才氣出眾，有如謫居世間之仙人，
已帶有肯定之意。三、四句標舉秦觀〈滿庭芳〉（山抹微雲）詞句，

〔註255〕〔清〕李繼燕〈南歌子・雷陽旅舍弔秦少游〉，收錄於《全清詞・
　　　　順康卷》，冊17，頁9721。
〔註256〕〔清〕郭麐撰：《靈芬館詞話》，收錄於唐圭璋《詞話叢編》，冊2，
　　　　卷1，頁1523。
〔註257〕〔清〕盛本栴〈鷓鴣天・秦少游〉，收錄於《全清詞・順康卷》，冊
　　　　19，頁10971。

廣爲流播歌館樓臺間，下片則指秦詞深婉動人；另有宋翔鳳〈念奴嬌‧絨庭山抹微雲館圖〉：

> 寫成寒景，記蓬萊閣裡，少游曾住。從古才人同韻事，傳
> 得筵前新句。子舍春溫，婿鄉雲遠，回首山多處。闌干拍
> 遍，此情應待重譜。　　須認翠箔精簾，牙籤鈿鈿，一任
> 經年去。庭院好留清影在，風月那時相許。書本攜將，吟
> 懷未獨，莫說人如樹。故園消息，綠楊抱盡千縷。〔註258〕

宋翔鳳以〈念奴嬌〉詞詠懷秦觀，上片側重〈滿庭芳〉（山抹微雲）
一詞所流傳之韻事，凸顯其風格特質；下片則著重描寫眼前所見山抹
微雲館圖，緬懷故人秦觀。

（二）詞句內容論及秦觀者

　　除了詞序提及秦觀之外，尚有詞句中論及秦觀者，數量甚夥；且
各秉己見，追懷之情深濃，如陳維崧〈念奴嬌‧春日讀京少梧月新詞，
寄題一闋并呈尊甫慎齋給諫〉云：

> 斜風細雨，算心情一往、柔如春水。梧月新詞剛入手，脱
> 帽忽然狂喜。鸚鵡、雕籠，螴磯古廟，字字俱精綺。高才
> 妙作，定摩秦柳墻壘。　　寄語尊甫先生，陳生別後，憔
> 悴吾哀矣。舊日酒徒零落盡，相隔雲泥朝市。樊嚢孤城，
> 夜郎遠宦，歸況今何似。傳柑家讌，道余問訊如此。〔註259〕

陳維崧（1625～1682），字其年，號迦陵，宜興（今江蘇）人，詩詞
皆工，爲清初陽羨派領袖。陳氏讀他人所作新詞，評之爲「字字精綺」，
屬「高才妙作」，故能凌步於秦觀、柳永兩人之上；又如蔣光祖〈水
調歌頭‧席上贈柯南陔〉云：

> 詞場誰跋扈，愛爾腹便便。手把玉簫親譜，題滿碧桃箋。
> 下筆提秦扳柳，振紙掀梁簸宋，落句最清圓。那識千秋業，

〔註258〕〔清〕宋翔鳳：〈念奴嬌‧絨庭山抹微雲館圖〉，收錄於《清詞別集
　　　　百三十四種‧浮谿精舍詞》。

〔註259〕〔清〕陳維崧〈念奴嬌‧春日讀京少梧月新詞，寄題一闋并呈尊甫
　　　　慎齋給諫〉，收錄於《全清詞》，冊7，頁4107。

早擅妙英年。　斠綠酒，燃紅燭，疊青編。胸中懊惱無
限，試與説當筵。君爲飄零荨棣，我爲摧殘萱樹，有淚幾
時乾。君健看鴻舉，我老只鷗眠。〔註260〕

蔣氏此詞用以讚美柯煜，字南陔，號實庵，嘗受業於朱彝尊，詩詞駢
體俱工。此處蔣氏云「提秦扨柳」，以柯煜詞篇出色處能與秦、柳兩
人較量，藉此隱約可見陳維崧、蔣光祖兩人對秦、柳之地位之肯定。
而焦袁熹所作，稱揚秦觀之情，更爲深切：

才名秦七齊黃九，餘子紛紛。齒頰生芬。山抹微雲女婿聞。
　　女郎詞筆流傳久，吾亦云云。醉死紅裙。作女人身定
是君。〔註261〕

焦袁熹（1661～1736），字廣期，號南浦，金山（今江蘇）人，以經
學家之名著稱於世，亦工詩文，著述甚豐。焦氏《此木軒直寄詞》二
卷，品評唐至清代人之詞，如李白、和凝、韋莊、馮延巳、晏殊、晏
幾道、歐陽脩、張先、蘇軾……，共數十闋，以〈采桑子〉一調，數
量最夥。此詞上片標舉秦觀才名，並提及〈滿庭芳〉（山抹微雲）詞，
藉此可知焦氏對秦觀的推崇；下片則以探討秦詞風格爲主，「女郎詞
筆」用以形容秦詞彷彿女子所作，可窺見焦氏對秦詞風格的掌握。此
外，〈采桑子‧蒲江、竹屋〉亦云：

周秦死後尋遺響，太半粗疏。吠狗鳴驢。一卷清詞八米盧。
　　詞人結習成癡語。竹屋咿唔。細膩工夫。抵得梅溪一
半無。〔註262〕

周邦彥、秦觀兩人詞風婉約秀美，後世追尚者衆多，卻不得其門而入。
「吠狗鳴驢」，語出〔唐〕張鷟《朝野僉載》：「南人問庾信曰：『北方
文士如何？』信曰：『唯有韓陸山一片石堪共語，薛道衡、盧思道少

〔註260〕〔清〕蔣光祖〈水調歌頭‧席上贈柯南陔〉，收錄於《全清詞‧順
康卷》，冊17，頁9900。

〔註261〕〔清〕焦袁熹〈采桑子‧秦少游〉，收錄於《全清詞‧順康卷》，冊
17，頁10581。

〔註262〕〔清〕焦袁熹〈采桑子‧蒲江、竹屋〉，收錄於《全清詞‧順康卷》，
冊18，頁10584。

解把筆，自餘驢鳴犬吠，聒耳而已。』〔註263〕焦氏以「粗疏」、「吠狗鳴驢」形容周、秦之後，無出色詞家，並標舉周、秦兩人所作爲「八米盧」，語出《隋書》載盧思道之事云：「盧思道，字子行，范陽人也。……文宣帝崩，當朝文士各作挽歌十首，擇其善者而用之。魏收、陽休之祖孝徵等，不過得三首，唯思道獨得八首，故時人稱爲『八米盧郎』。」〔註264〕後用以形容創作豐富。焦氏評論秦觀之語，主要集中於上片，可見秦觀、周邦彥兩人，地位之獨特。杜詔〈三姝媚·朱竹垞先生爲余品隲宋人詞有作〉亦云：

> 風流消未盡。侍先生朝來，側聞高論。屈指詞人，自南唐而後，幾多名儁。第一歐秦，歌婉約、蘇黃俱遜。總在天然，色淡紅嫣，語幽香潤。　　誰擷清眞餘韻。只白石梅溪，夢窗無分。淨洗鉛華，算解人唯有，玉田差近。一笛蘋州，夸絕妙、還輸公謹。說甚曉風殘月，揉酥滴粉。〔註265〕

杜詔上片標舉歐陽脩、秦觀兩人，爲名儁第一，詞風婉約，其妙處在於出語天然，無矯揉造作之痕。「色淡紅嫣」、「語幽香潤」則細膩形容兩人詞篇優美之處。另如徐珂〈減字木蘭花〉云：

> 微雲衰草，曲水亭邊秋漸老。祖研留傳，鉛槧慇勤不計年。　　綠深文字，斷錦零縑憑料理。珍重吟身，淮海風流有替人。〔註266〕

徐珂（1869～1928），原名昌，字仲可，爲光緒年間舉人。另有龐樹柏〈減字木蘭花〉詞亦云：

> 風流淮海，老去投荒名尚在。千里瀟湘，聽到鵑聲更斷腸。　　叢殘重理，堪喜劫灰寒不死，莫對秋鐙，彈淚秋風哭

〔註263〕〔唐〕張鷟撰：《朝野僉載》（臺北：臺灣商務印書館，1966年）卷6，頁80。

〔註264〕〔唐〕長孫無忌等撰：《隋書》，收錄於《文津閣四庫全書》，史部，冊15，卷57，頁454。

〔註265〕〔清〕杜詔〈三姝媚·朱竹垞先生爲余品隲宋人詞有作〉，收錄於《全清詞》，冊19，頁11146。

〔註266〕〔清〕徐珂撰：〈減字木蘭花〉，收錄於周義敢、周雷編《秦觀資料彙編》，頁386。

古藤。〔註267〕

徐珂、龐樹柏所作，俱標舉秦詞之流風遺韻，龐氏又云「老去投荒名
尚在」，「投荒」意即貶謫流放至荒遠之地，追憶秦觀之情深濃。而劉
炳照〈踏莎行〉云：

> 皓月當時，微雲絕調。東流淘盡詞人少。扁舟幾度訪秦郵，
> 文游臺下惟衰草。　　梅驛孤吟，藤陰幽抱。和天也瘦誰
> 知道？銅駝巷陌換年華，乘風歸去懷坡老。〔註268〕

劉氏上片記載遊覽高郵所見，追思秦觀，「微雲絕調」指千古名作〈滿
庭芳〉（山抹微雲）一詞。下片化用秦詞佳句，取用詞境而成，如「梅
驛孤吟」，爲〈踏莎行〉（霧失樓臺）「驛寄梅花，魚傳尺素，砌成此恨
無重數」，指詞人居孤館之心緒；「藤陰幽抱」爲〈好事近〉（春路雨添
花）「醉臥古藤陰下，了不知南北」，帶有靜寂孤獨之情懷；「和天也瘦」
爲〈水龍吟〉（小樓連苑橫空）之句，該詞雖用李賀「天若有情天亦老」
之句，卻以「瘦」字易「老」字，別具思考，宋時洛派學者以理學思
維觀之，曾大力抨擊，乃未能掌握此詞之深切意涵；「銅駝巷陌換年
華」，截取〈望海潮〉之三（梅英疏淡）「東風暗換年華」、「銅駝巷陌」
兩句，該詞今昔交錯，反映個人遭遇及時局變化；「乘風歸去懷坡老」
則指明蘇軾、秦觀兩人情誼深厚。綜觀劉氏詞篇，多能深究秦詞意蘊，
濃縮化用其句，頗爲自然生動。談九敘〈穆護沙·自題詞草〉云：

> 十載金臺住。問吟場、風流誰許。看崔盧門第，金張衣馬，
> 那數郤枚詞賦。能幾個、黃壚高筑侶。多半逐、斷萍飛絮。
> 梁苑病、故人羞薦，飯穎瘦、終年自苦。學劍無成，吹竽
> 未慣，平生涕淚儘揮殘，且偎香昵醉，消魂欲死，聊作韋
> 溫語。　　莫悵知音難遇。倚新聲、秦觀賀鑄。更幽花旖
> 旎，閒雲靉靆，供我粉牋題句。笑紅豆、江東春已暮。短

〔註267〕〔清〕龐樹柏撰：〈減字木蘭花〉，收錄於周義敢、周雷編《秦觀資
　　　　料彙編》，頁397。
〔註268〕〔清〕劉炳照撰：〈踏莎行〉，收錄於周義敢、周雷編《秦觀資料彙
　　　　編》，頁397。

笛裏、飄零空訴。縱博得、當筵迴盼，還只怕、歌兒易誤。
斑管頻攜，錦囊滿貯，總然不信客途窮，又何須、尊罍秋
風，束牛腰歸去。〔註269〕

談氏上片言己身生平，下片「倚新聲、秦觀賀鑄。更幽花旖旎，閒雲
靉靆，供我粉牋題句」等句，標舉秦觀、賀鑄，如「幽花」、「閒雲」
之狀，「旖旎」「靉靆」俱指多盛美好；「供我粉牋題句」則可見談氏
喜愛秦、賀詞句，常題寫於箋紙上賞玩，皆帶有肯定之意。陳世宜〈聲
聲慢〉亦云：

微雲情緒，小石宗風，蟲絲夜吐秋深。月冷鉤殘，天涯無
限傷心。瀟湘帶愁流後，賸黃鸝、長伴孤吟。寥落感，是
人和天瘦，又到而今。　　重把珍聞收拾，對飛花片片，
獨弔藤陰。劫火灰平，人間享帚千金。方回一般斷腸，更
西河、墨淚盈襟。芳草恨，算江南幽夢未沉。〔註270〕

陳氏標舉「微雲情緒」，乃深契〈滿庭芳〉（山抹微雲）一詞中的纏綿
情意。「小石宗風，蟲絲夜吐秋深」則著重探討秦觀詩風，〔宋〕魏慶
之《詩人玉屑》曾云：「少游詩甚麗，如『翡翠側身窺綠酒，蜻蜓偷
眼避紅粧』，又『海棠花發麝香眠』，又『青蟲相對吐秋絲』之句是也。」
〔註271〕因秦詩綺麗過甚，人多戲言可入小石調。「月冷鉤殘」為秦觀
〈南歌子〉（玉漏迢迢盡）下片末句「天外一鉤殘月帶三星」，「天涯
無限傷心」似是〈減字木蘭花〉「天涯舊恨，獨自淒涼人不問」。此外，
陳氏其後上片數句，仍多關注秦詞用語；下片提及「飛花片片」，為
〈八六子〉（倚危亭）「那堪片片飛花弄晚」之句，「獨弔藤陰」則透
過〈好事近〉（春路雨添花）中「古藤陰下」之景，追悼秦觀。「方回
一般斷腸」諸句，黃庭堅作〈寄賀方回〉一詩云：「少游醉臥古藤下，

〔註269〕〔清〕談九敘撰：〈穆護沙・自題詞草〉，收錄於《全清詞・順康卷》，
　　　　冊18，頁10498。
〔註270〕〔清〕陳世宜撰：〈聲聲慢〉，收錄於周義敢、周雷編《秦觀資料彙
　　　　編》，頁398。
〔註271〕〔宋〕魏慶之撰：《詩人玉屑》（臺北：世界書局，2005年5月七版），
　　　　卷18，頁398。

誰與愁眉唱一盃。解作江南斷腸句，只今唯有賀方回。」〔註272〕足
見陳氏認同黃庭堅之說，標舉賀鑄所作與秦詞抒情遣懷之意蘊，頗爲
契合。裘凌仙〈千秋歲・謹步淮海公樓霞寺題壁原韻〉亦云：

> 溪邊林外，紅雨隨波退。思往事，心堪碎。微風飄鬢絲，
> 清露沾襟帶。愁懷最，春殘花落孤雲墜。　　舊雨何由會，
> 客路誰傾蓋。盥酒處，遺容在。古今時代異，俯仰滄桑改。
> 姜山下，漁樵猶說秦淮海。〔註273〕

此詞步韻秦觀〈千秋歲〉（水邊沙外），內容帶有追懷秦觀之情。以上
所引清代諸家所作長短句，就形式論之，所擇詞調多爲慢詞，如〈念
奴嬌〉、〈木蘭花慢〉、〈水調歌頭〉、〈水龍吟〉、〈聲聲慢〉…等；就內
容論之，多係遊訪途中追憶秦觀，或讀詞篇所帶有之緬懷，且能巧妙
化用秦詞語句，融入篇中，藉此表達追思之情。

小　結

　　清代詞話數量遠勝前朝，內容愈加廣泛深厚，理論綱要清晰健
全。除涉及詞體本事、風格評價等常見課題之外，亦對詞體本質、創
作筆法進行探討，並企圖架構詞史，追溯源流，顯見清人以嚴謹認眞
的態度，看待詞體發展，亦深切影響清人對秦詞的接受態度。茲就其
評論特點，歸納如次：

　　其一、評論觀點較多元健全：清人評論秦詞風格、境界，並不受
明代張綖之說所囿，反而以多元視野探討秦詞風格，如「清華」、「婉
媚」、「幽艷」、「蘊藉」、「清遠」、「妍婉」、「清麗婉約」等說法，亦可
見以「品」、「韻」、「情」等觀點討論秦詞者，所論往往帶有相應之詞
學觀，較諸前人偶評之語，更爲嚴密健全。

〔註272〕〔宋〕黃庭堅撰：〈寄賀方回〉，收錄於《山谷集》（北京：商務印
　　　　書館，《文津閣四庫全書》，2005年），集部，冊372，卷11，頁192。
〔註273〕〔清〕裘凌仙撰：〈千秋歲〉，收錄於周義敢、周雷編《秦觀資料彙
　　　　編》，頁410。

　　其二、推尊秦觀爲宋詞名家：宋人視秦詞爲「當行」、「本色」，已帶有肯定之情，明代確立秦觀「婉約正宗」之地位，更成爲通說。清人在此基礎上，又受詞派崇北宋、宗南宋之意識影響，推舉宋詞名家，區分宋詞派別之語，甚爲繁多。而秦觀多能名列其中，更將他標舉爲「宋代詞人之冠」、「詞壇領袖」，足見清人對秦觀的推崇之情。

　　其三、以詞史眼光定位秦觀：清人評騭秦詞，往往針對其風格、地位進行探討，如謝章鋌認爲秦詞「妙麗」，乃源自李太白、溫飛卿；或如陳廷焯云「近開美成，導其先路」、「遠祖溫韋」，則標舉秦觀承上啓下的關鍵地位。可窺見清人有意追溯詞體風格源流，並具有嘗試建構詞史之意圖。

　　其四、標舉秦詞爲清人典範：清人探討秦詞用語、借鑒，肯定之情多與前人相去不遠。較爲特殊之處，乃清代詞話中多見以秦詞爲典範，用以品評時人，如王子貽、徐瑤、王時翔、張宏軒、佟多白、徐電發、徐湘蘋、孫家穀、吳偉業、況周頤、朱彝尊等，可間接了解清人對秦詞風格、特質的掌握。

　　其五、韻文爲評論重要載體：清人以絕句、長短句兩種形式評論秦觀，數量甚夥，面向多元，評論秦詞厥有幾大特性：一爲多承前人遺緒，撰寫者多吸收前人觀點，如秦觀軼事或就詞學地位之確立等，多爲歷來廣泛討論之議題；二爲肯定秦詞構思巧妙，詞語精湛：其中以〈滿庭芳〉（山抹微雲）最受青睞，評論者多化用此句來標榜秦詞，足見此詞至清代已成秦觀代表作；三爲秦詞允在黃、柳之上：透過比較可得見清人對秦詞之推崇，大抵皆正面肯定秦優於黃、柳兩人；四爲慨嘆秦觀遭遇，深深寄予同情，追憶之情盈滿胸懷，雖時空阻隔，亦難以抑止欽慕之情。

第六章　歷代秦觀詞的創作接受
——仿擬、和韻、集句等

　　王國維《人間詞話》云：「最工之文學，非徒善創，亦且善因。」
〔註1〕此處所言「善因」，乃是善於因襲或仿效他人作品。作品於歷史
洪流中，不斷受到關注，方可謂之經典，透過評論、編選，已可窺見
受關注的程度，但不斷模仿、借鑒，或以各類手法襲用，亦可視爲接
受面向之一，因此透過歷代詞人仿效秦詞的情況，可探析秦詞被接受
的又一面向。歷代以來，對於秦詞所採行的創作接受方式，甚爲多元，
厥有和韻（兼有次韻、依韻、用韻等）、仿擬（包含效、擬、改、作）、
集句（包含整引、截取、增損、化用、檃括）等方式。

　　和韻側重聲律要素，劉勰《文心雕龍・聲律》云：「吟詠滋味，流
於字句，氣力窮於和韻。異音相從謂之和，同聲相應謂之韻」，范文瀾
注云：「異音相從謂之和，指句內雙聲疊韻及平仄之合調；同聲相應謂
之韻，指句末所用之韻。」〔註2〕此一形式，詩歌已有之，據〔明〕徐

〔註1〕 王國維著、施議對譯注：《人間詞話譯注》（臺北：貫雅出版社，1995
　　　　年5月），頁447。
〔註2〕 〔梁〕劉勰撰、范文瀾注：《文心雕龍注》（北京：人民文學出版社，
　　　　2006年1月），卷7，頁553。

師曾《詩體明辨》云:「和韻詩有三類,一曰依韻,為同在一韻中,而不必用其字也;二曰次韻,謂和其原韻,而先後次第皆因之也;三曰用韻,謂用其韻,而先後不必次也。」〔註3〕徐氏區分和韻形式有三,一為依韻,意指所用韻字皆屬同部即可,不必盡如原作;二為次韻,要求最為嚴格,必用原作之韻字,且依序排列;三為用韻,用原作之韻部,先後順序不必相次。除形式有所要求外,風格、內容與原作之間,也必須有相關性存在,故和韻之作,誠屬不易。而詞體亦多見此法,方式大抵與和韻詩之規範相近。秦詞情意深遠,歷代唱和者眾,更可凸顯其特殊。和秦詞韻之對象厥有以下兩端:一為相近時代,秦觀與師友的酬唱;二為超越時空,後人對秦觀的追和。前者相互唱和,可見互動頻繁;後代追隨唱和者愈夥,則愈可見原作之經典地位。

「集句」之方式,乃集用前人詩文句以成篇章。據〔宋〕沈括《夢溪筆談》云:「古人詩有『風定花猶落』之句,以謂無人能對;王荊公以對『鳥鳴山更幽』。『鳥鳴山更幽』,本宋王籍詩……。荊公始為集句詩,多者至百韻,皆集合前人之句。」〔註4〕集句成篇之方式,始自王安石。〔宋〕嚴羽《滄浪詩話》細分詩體云:「有擬古,有連句,有集句,有分題。」〔註5〕足見集句乃為特殊體式。針對集句之形式,王師偉勇《詞學專題研究》云:「以整引、截取、增損、化用、檃括等方式,雜集古句;間或雜入一、二今人或個人作品以成詞也。」〔註6〕足見集句側重取用他人作品,進行變化,亦隱含接受態度。故本章著重歷代詞人對秦觀作品的仿效、追和,更就集用秦詞之句,進行討論。以《全

〔註3〕 〔明〕徐師曾撰:《詩體明辨》(臺北:廣文書局,1972年4月),下冊,卷14,頁1039。

〔註4〕 〔宋〕沈括撰:《夢溪筆談・藝文一》(北京:中華書局,1985年北京第一版)。

〔註5〕 〔宋〕嚴羽撰、郭紹虞校釋:《滄浪詩話》(北京:人民文學出版社,2006年6月),頁74。

〔註6〕 王師偉勇撰:《詞學專題研究》(臺北:文史哲出版社,2003年4月),頁330。

宋詞》、《全金元詞》、《全明詞》、《全明詞・補編》、《全清詞・順康卷》
及《全清詞順康卷・補編》、《清詞別集百三十四種》〔註7〕等書籍，進
行歸納探討，藉此略窺歷代作者對秦觀詞的創作接受。

第一節　宋金元人對秦詞的創作接受

就《全宋詞》、《全金元詞》進行統計，和秦詞之作數量最夥，共
有七人和作；仿擬之作，僅兩闋，分別為黃庭堅、葛長庚所作；集句
秦詞者，多關注名作佳句，充分展現時人對秦詞的愛好。

一、宋金元人和韻秦詞

宋金元三朝，已見和秦觀詞韻者，計有蘇軾、李之儀、黃庭堅、
王之道、董穎、仲并、岳甫等人，所和詞調厥有〈千秋歲〉、〈滿庭芳〉、
〈畫堂春〉等，尤以〈千秋歲〉最為熱門，多數僅標明為和韻，其餘
則細膩區分為次韻、用韻二類。茲臚列簡表並探討如次：

表6-1　宋金元時期和秦詞韻一覽表

作　者	詞調名	詞題（序）	首句前四字	出　處
蘇軾	〈千秋歲〉	次韻少游	（島邊天外）	《全宋詞》，冊1，頁332
李之儀	〈千秋歲〉	用秦少游韻	（深秋庭院）	《全宋詞》，冊1，頁340
黃庭堅（或作晁補之）	〈千秋歲〉	少游得謫，嘗夢中作詞云：「醉臥古藤蔭下，了不知南	（苑邊花外）	《全宋詞》，冊1，頁412

〔註7〕唐圭璋編：《全宋詞》（北京：中華書局，1998年11月）、唐圭璋編：
《全金元詞》（臺北：洪氏出版社，1980年11月）、饒宗頤初纂、張
璋總纂：《全明詞》（北京：中華書局，2004年1月）、周明初、葉曄
纂輯：《全明詞補編》（杭州：浙江大學出版社，2007年1月）、南京
大學中國語言文學系全清詞編纂研究室編：《全清詞・順康卷》（北
京：中華書局，2002年5月）及張宏生主編《全清詞補編》（南京：
南京大學出版社，2008年5月）、清・陳乃乾編：《清名家詞》，又稱
《清詞別集百三十四種》（上海：開明書店，1973年）。凡引上述文
本，其出處逕附冊數、頁數於引文後，不再贅注。

		北。」竟以元符庚辰,死於藤州光華亭上。崇寧甲申,庭堅竄宜州,道過衡陽。覽其遺墨,始追和其千秋歲詞。		
王之道	〈千秋歲〉	追和秦少游	(山前湖外)	《全宋詞》,冊 2,頁 1154
董穎	〈滿庭芳〉	元禮席上用少游韻	(紅鬥風桃)	《全宋詞》,冊 2,頁 1167
仲並	〈畫堂春〉	和秦少游韻	(春波淺碧)	《全宋詞》,冊 2,頁 1287
岳窑	〈千秋歲〉	用秦少游韻	(梅妝竹外)	《全宋詞》,冊 3,頁 1742

（一）和〈千秋歲〉（水邊沙外）

　　龍楡生〈研究詞學之商榷〉一文,論〈千秋歲〉詞調聲情云:「即在宋諸賢中,如秦觀之〈千秋歲〉,其聲情之悲抑,讀者稍加領會,即可得其『弦外之音』。其黃庭堅、李之儀、孔平仲諸家和詞,亦皆哀怨。則〈千秋歲〉曲之爲悲調,可以推知。……細按此調之聲情悲抑在於協韻甚密,而所協之韻又爲『歷而舉』之上聲,與『清而遠』之去聲。其聲韻既促,又於不協韻之句,亦不用一平聲字於句尾以調濟之,既失其雍容之聲,乃宜於悲抑之作。」〔註8〕〈千秋歲〉（水邊沙外）一詞,爲秦觀名作,自宋以降,諸多筆記中,多載此詞唱和者衆,如曾慥《高齋漫錄》云:「崔徽頭子詞:秦少游有詞云『落紅萬點愁如海』,……,用少游韻,曰:『半身屏外,睡覺唇紅退。春思亂,芳心碎。……』」〔註9〕吳曾《能改齋漫錄》卷一云:「秦少游〈千秋歲〉,世尤推稱。秦既沒藤州,晁无咎嘗和其韻以弔之云:『江頭苑外,嘗記同朝退。飛騎軋,鳴珂碎。齊謳雲遶扇,趙舞風回帶。嚴鼓斷,杯盤狼藉猶相對。　　洒涕誰能會,醉臥藤陰蓋。人已去,詞空在。

〔註8〕 龍楡生撰:〈研究詞學之商榷〉,收錄於龍楡生《龍楡生詞學論文集》（上海:上海古籍出版社）,頁 97。

〔註9〕 〔宋〕曾慥撰:《高齋漫錄》,收錄於鄧子勉編《宋金元詞話全編》（南京:鳳凰出版社,2008 年 12 月）,頁 478～479。

兔園高宴悄，虎觀英遊改。重感慨，驚濤自捲珠沉海。』中云『醉臥藤陰蓋』者，少游臨終作詞所謂『醉臥古藤陰下，了不知南北』，故无咎用之。」〔註 10〕又云：「山谷守當塗日，郭功父嘗寓焉。一日，過山谷論文，山谷傳少游〈千秋歲〉詞，歎其句意之善，欲和之，而海字難押。功父連舉數海字，若孔北海之類，山谷頗厭，而未有以卻之者。次日，又過山谷問焉，山谷答曰：『昨晚偶得一海字韻。』功父問其所以，山谷云：『羞殺人也爺娘海。』自是功父不復論文於山谷矣，蓋山谷用俚語以卻之也。」〔註 11〕卷十七又云：「秦少游所作〈千秋歲〉詞，予嘗見諸公唱和親筆，乃知在衡陽時作也。……崇寧甲申，庭堅竄宜州，道過衡陽，覽其遺墨，始追和其〈千秋歲〉。」〔註 12〕足見流傳之廣泛，諸家所作，各有不同。宋代和秦觀〈千秋歲〉詞者有五，分別為蘇軾〈千秋歲・次韻少游〉：

> 島邊天外。未老身先退。珠淚濺，丹衷碎。聲搖蒼玉佩。
> 色重黃金帶。一萬里。斜陽正與長安對。　　道遠誰云會。
> 罪大天能蓋。君命重，臣節在。新恩猶可覬。舊學終難改。
> 吾已矣。乘桴且恁浮於海。（《全宋詞》，冊1，頁 332）

李之儀〈千秋歲・用秦少游韻〉：

> 深秋庭院，殘暑全消退。天暮遠，雲容碎。地偏人罕到，
> 風慘寒微帶。初睡起，翩翩戲蝶飛成對。　　嘆息誰能會，
> 猶記逢傾蓋。情暫遣，心常在。沉沉音信斷，荏苒光陰改。
> 紅日晚，仙山路隔空雲海。（《全宋詞》，冊1，頁 341）

黃庭堅作（或作晁補之所作），〈千秋歲・少游得謫，嘗夢中作詞云：「醉臥古藤蔭下，了不知南北。」竟以元符庚辰，死於藤州光華亭上。崇寧甲申，庭堅竄宜州，道過衡陽。覽其遺墨，始追和其千秋歲詞〉：

〔註 10〕　〔宋〕吳曾撰：《能改齋漫錄》，收錄於唐圭璋編《詞話叢編》，冊1，
　　　　　卷1，頁 127。

〔註 11〕　〔宋〕吳曾撰：《能改齋漫錄》，收錄於唐圭璋編《詞話叢編》，冊1，
　　　　　卷1，頁 127。

〔註 12〕　〔宋〕吳曾撰：《能改齋漫錄》，收錄於唐圭璋編《詞話叢編》，冊1，
　　　　　卷2，頁 142。

苑邊花外。記得同朝退。飛騎軋，鳴珂碎。齊歌雲繞扇，
趙舞風回帶。嚴鼓斷，杯盤狼藉猶相對。　　灑淚誰能會。
醉臥藤陰蓋。人已去，詞空在。兔園高宴悄，虎觀英遊改。
重感慨，波濤萬頃珠沈海。（《全宋詞》，冊1，頁412）

王之道（1093～1169），追和之作甚多，如〈蝶戀花・追和東坡，時
流滯富池〉、〈桃源憶故人・和張文伯送春二首〉、〈追和張子野韻贈陳
德甫侍兒〉、〈和李宜仲〉、〈和魯如晦〉、〈和朱希眞〉等。作〈千秋歲・
追和秦少游〉：

山前湖外。初日浮雲退。荷氣馥，槐陰碎。葵花紅障錦，
萱草青垂帶。誰得似，黃鸝求友新成對。　　憶昔東門會。
千古同傾蓋。人已遠，歌如在。銀鉤雖可漫，琬琰終難改。
愁浩蕩，臨風令我思淮海。（《全宋詞》，冊2，頁1154）

岳�〈千秋歲・用秦少游韻〉：

梅妝竹外。未洗脣紅退。酥臉膩，檀心碎。臨溪開自照，
愛雪春猶帶。沙路曉，亭亭淺立人無對。　　似恨誰能會。
遲見江頭蓋。和鼎事，終應在。落殘知未免，韻勝何曾改。
牽醉夢，隨香欲渡三山海。（《全宋詞》，冊3，頁1742）

秦觀所作〈千秋歲〉一詞，七十一字，前後片各用五仄聲韻，押第三
部，韻腳爲「外、退、碎、帶、對、會、蓋、在、改、海」。綜觀上
述蘇軾、李之儀、黃庭堅（或云晁補之）、王之道、岳甫等人所作，
就形式論之，諸家所用韻部俱爲第三部韻，所押韻字及其順序與秦詞
悉同，乃符合次韻之要求；就其內容觀之，除李之儀、岳甫所作，與
秦詞無關之外，蘇軾、黃庭堅、王之道所作，俱與秦觀相涉。蘇軾所
作有感慨身世之嘆，秦觀爲蘇軾知音，蘇軾所作似有傾訴之意；黃庭
堅路過衡陽，爲秦觀遷謫之處，故和其〈千秋歲〉詞，「人已去，詞
空在」，緬懷之情既深且濃；王之道所作，上片多爲詠景之語，下片
末二句「愁浩蕩，臨風令我思淮海」，則帶有追思之情。足見宋人和
秦觀〈千秋歲〉詞，非僅著重外在形式，更帶有緬懷其人、其詞之深
刻思考。

（二）和〈滿庭芳〉(山抹微雲)

董穎，字仲達，紹興間與汪藻、徐俯等人往來，詞篇現存僅十餘闋，其中〈滿庭芳〉(元禮席上用少游韻)一詞，和秦詞韻：

> 紅鬪風桃，綠肥煙草，楊柳春暗重門。五陵佳興，釀醞付芳尊。窈窕笙簫叢裡，金猊篆、霧繞雲紛。勾情也，歌眉低翠，依約鷓鴣村。　　人生須快意，十分春事，纔破三分。況點檢年時，勝客都存。更把餘歡卜夜，從徹曉、蠟淚流痕。花陰畫，朱簾未捲，猶自醉昏昏。(《全宋詞》，冊 2，頁 1167)

秦觀以〈滿庭芳〉(山抹微雲)，名滿都下，此詞堪稱代表作。該詞共九十五字，上片四平韻，下片五平韻，押第六部，韻腳為「門、尊、紛、村、魂、分、存、痕、昏」。就董穎詞形式論之，所用韻腳及其次序，與秦詞悉同，故為次韻秦詞之作；就內容論之，秦詞描寫會稽多景，反應詞人心緒，境界幽深。董氏所作則為春愁，描寫筆法亦多所差異。

（三）和〈畫堂春〉(落紅鋪徑水平池)

仲並，字彌性，有《浮山集》十六卷，作〈畫堂春・和秦少游韻〉：

> 春波淺碧漲方池。池臺深鎖煙霏。緩歌爭勝早鶯啼。客忍輕歸。　　合坐香凝宿霧，墊巾梅插寒枝。漸西蟾影漾餘輝。醉倒誰知。(《全宋詞》，冊 2，頁 1287)

秦觀〈畫堂春〉(落紅鋪徑水平池)一詞，共四十七字，上片四平韻，下片三平韻，押第三部平聲韻，韻腳為「池、霏、啼、歸、枝、暉、知」。就仲並詞之形式觀之，除下片末二句，易「暉」為「輝」之外，其餘俱與秦詞所用韻腳及其順序相同；究其內容，與秦詞描寫暮春愁緒，並不相同。

綜觀宋代和秦觀詞韻者，僅寥寥數人，作品以〈千秋歲〉(水邊沙外)一詞為夥，使用形式俱為次韻，其內容仍帶有緬懷秦觀之情。而和秦觀詩韻者，數量較為繁多，如蘇軾〈和韻秦太虛梅花〉、〈次韻秦觀秀才見贈，秦與孫莘老、李公擇甚熟將入京應舉〉，蘇轍〈次韻秦觀秀才攜李公擇書相訪〉、〈次韻秦觀見寄〉、〈次韻秦觀梅花〉，道

潛〈次韻太虛夜坐〉、〈次韻少游寄李齊州〉、〈次韻少游和子理梅花〉、〈次韻秦少游學士〉,陳師道〈和秦太虛湖上野步〉,張耒〈次韻秦觀〉、〈次韻秦七寄道潛〉,陸游〈出塞四首借用秦少游韻〉,楊萬里〈次韻秦少游梅韻〉等,足見宋人仍多以詩歌唱和爲主,亦可充分展現當代人對詞體之接受態度。

二、宋金元人仿擬秦詞

宋金元時期,詞論已見記載仿擬秦詞之語,據〔宋〕張侃《拙軒集》卷三云:「秦淮海詞古今絕唱,如〈八六子〉前數句云:『倚危亭。恨如芳草,萋萋剗盡還生。』讀之愈有味。……毛友達可詩『草色如愁滾滾來』,用秦語。」〔註13〕毛氏所作,乃用秦詞意境入詩。另就《全宋詞》進行檢索,仿擬作品僅兩闋(題序標明仿、擬、效、改、作),有黃庭堅〈河傳‧有士大夫家歌秦少游「瘦殺人、天不管」之曲。以好字易瘦字,戲爲之作〉:

> 心情老懶。對歌對舞,猶是當時眼。巧笑靚妝,近我衰容華鬢。似扶著、賣卜算。　　思量好個當年見。催酒催更,只怕歸期短。飲散燈稀,背鎖落花深院。好殺人、天不管。
>
> (《全宋詞》,冊1,頁413)

黃詞末句「好殺人、天不管」,改秦觀〈河傳〉(恨眉醉眼)末句「瘦殺人、天不管」。另有葛長庚〈八六子〉,題序標明「戲改秦少游詞」:

> 倚危亭。恨如芳草,萋萋剗盡還生。念柳外青鸞去後,洞中白鶴歸來,恍然暗驚。　　吾家渺在瑤京。夜月一簾花影,春風十里松鳴。奈昨夢、前塵漸隨流水,鳳簫歌杳,水長天遠,那堪片片飛霞弄晚,絲絲細雨籠晴。正消凝。子規又啼數聲。(《全宋詞》,冊4,頁2585)

葛氏所作,僅就秦觀〈八六子〉詞進行字詞改動,茲先臚列秦詞如次:

> 倚危亭。恨如芳草,萋萋剗盡還生。念柳外青驄別後,水

〔註13〕〔宋〕張侃撰:《拙軒集》,收錄於唐圭璋編《詞話叢編》,冊1,頁192。

邊紅袂分時，愴然暗驚。　　無端天與娉婷。夜月一簾幽
夢，春風十里柔情。怎奈向、歡娛漸隨流水，素絃聲斷，
翠綃香減，那堪片片飛花弄晚，濛濛殘雨籠晴。正銷凝。
黃鸝又啼數聲。（《全宋詞》，冊1，頁456）

秦觀、葛長庚俱為八十八字，上片三平韻，下片五平韻之體。先就韻
部論之，秦詞押第十一部，韻腳為「亭、生、驚、娉、情、晴、凝、
聲」，葛氏亦押第十一部韻，韻腳為「亭、生、驚、京、鳴、晴、凝、
聲」，改易下片「娉」、「情」兩韻腳為「京」、「鳴」；就詞語論之，上
片用語前三句皆同，第四句以「青鸞」易「青驄」，第五句全面抽換
為「洞中白鶴歸來」，第六句則易「愴」為「恍」。下片用語差異更加
顯明，第一句「無端天與娉婷」易為「吾家渺在瑤京」，二、三句，
僅抽換「幽夢」、「柔情」兩字面為「花影」、「松鳴」，第四句「怎奈
向、歡愉漸隨流水」，易為「奈昨夢、前塵漸隨流水」，第五句字句全
面抽換，一寫「素絃聲斷」，一寫「鳳簫歌杳」，皆為聽覺摹寫。「那
堪片片飛花弄晚，濛濛殘雨籠晴」改為「那堪片片飛霞弄晚，絲絲細
雨籠晴」，末句則易「黃鸝」為「子規」，足見葛氏大抵保留秦詞句式，
採用抽換之手法改作秦詞；就內容論之，秦觀所作為男女相別之情，
葛氏所作應為思鄉之情，韻味各有不同。

三、宋金元人集用秦詞

　　兩宋時期，秦觀即以「山抹微雲」句，聞名當代，就詞話資料已
可窺見秦詞名句備受關注。此外，尚可於宋金元人之作中，得見集用
秦詞語句之處。茲就所集之句，探析如次：

（一）集用〈滿庭芳〉「寒鴉萬點，流水繞孤村」

　　葛郯（生卒年不詳），字謙問，為葛立方之子，著《信齋詞》一
卷。作〈洞仙歌〉（丹青明滅）一詞：

丹青明滅，霜著誰家樹。滿眼風光向誰許。送寒鴉萬點，
流水孤村，歸來晚，月影三人夜舞。　　金英秋已老，蠟

綴寒葩，空裏時聞暗香度。任一枝瓶小，數點釵寒，佳人
笑，飲盡牀頭玉露。看紗窗、紅日上三竿，把蝶影捎空，
在花深處。（《全宋詞》，冊3，頁1546）

另有韓淲〈賀新郎・十三日，小園梅枝微紅點綴，便覺可句〉：

梅蕊依稀矣。歲華深、脩然但把，杖藜閒倚。山遠荒林紅
葉下，落日孤城煙水。意興寄、云何則是。底事疏枝橫絕
峭，未吹香、便與花相似。不忍折，爲之喜。　寒鴉萬
點霜風起。正人家、園收芋栗，小槽初美。欲醉阿誰同一
飲，欲賦纏成又止。老態度、渾侵髮齒。摸索孤根春在否。
任紅紅、白白皆桃李。空爛漫，豈能爾。（《全宋詞》，冊4，
頁2249）

又如王奕〈賀新郎〉（醉醒瓊花露）：

醉醒瓊花露。買扁舟、邵伯津頭，向秦郵去。流水孤村鴉
萬點，憶少游、回首斜陽樹。又訪著、山陽酒侶。細別留
城碑蘚看，上歌舞、一嘯江東主。望虎嶧，過鄒魯。　孔
林百拜瞻塋墓。歷四阜、少皞之墟，大庭之庫。竟涉汶河
登泰岱，候清光，夜半開玄圃。迤邐問、東平歸路。䖵冡
黃花吟笑罷，下新州，醉白樓頭賦。復淮楚，尋故步。（《全
宋詞》，冊5，頁3296）

葛氏所作，上片第四、五句，集用秦觀〈滿庭芳〉（山抹微雲）「寒
鴉萬點，流水繞孤村」，減一「繞」字而成，尚無明顯變化；韓淲取
「寒鴉萬點」此一景象，添入「霜風起」三句，顯然與葛氏直接集
用之方式，略有不同；王奕所作，濃縮兩句爲「流水孤村鴉萬點」
一句，其後又云「憶少游、斜陽樹」，顯然帶有緬懷之意。就上述三
人擇取秦觀「寒鴉萬點，流水繞孤村」兩句，巧加化用，融入篇中，
顯見此畫面已成經典。

（二）集用〈木蘭花〉「紅袖時籠金鴨煖」

石孝友（生卒年不詳），字次仲，有《金谷遺音》一卷。作〈浣
溪沙〉詞，集用秦觀詞句：

宿醉離愁慢髻鬟（韓偓），綠殘紅豆憶前懽（叔原），錦江
春水寄書難（叔原）。　　紅袖時籠金鴨煖（秦觀），小樓
吹徹玉笙寒（李璟），爲誰和淚倚闌干（中行）。（《全宋詞》，
冊3，頁2045）

石孝友此作，集韓偓、晏幾道、秦觀、李璟、中行等人之詞句，其中
「紅袖時籠金鴨煖」，爲秦觀〈木蘭花〉（秋容老盡芙蓉院）下片第二
句，石氏取用爲下片第一句。

（三）集用〈八六子〉（倚危亭）「恨如芳草」

秦觀所作〈八六子〉（倚危亭），上片第二句「恨如芳草」，歷代
皆視此句語本李煜〈清平樂〉「離恨恰如春草，更行更遠還生」。兩人
所作，皆用以描寫離情，然秦詞用語更顯精簡，語氣更爲強烈，故多
見直接集用此句者，如侯寘〈鷓鴣天〉：

蜀錦吳綾剪染成。東皇花令一番新。風簾不礙尋巢燕，雨
葉偏禁鬥草人。　　非病酒，不關春。恨如芳草思連雲。
西樓角畔雙桃樹，幾許濃苞等露勻。（《全宋詞》，冊3，頁1434）

葛長庚〈沁園春〉：

乍雨還晴，似寒而暖，春事已深。是婦鳩乳燕，說教魚躍，
豪蜂醉蝶，撩得鶯吟。鬥茗分香，脫禪衣袂，回首清明上
巳臨。芳菲處，在梨花金屋，楊柳瓊林。如今。詩酒心襟。
對好景良辰似有姅。念恨如芳草，知他多少，夢和飛絮，
何處追尋。病酒時光，因人天氣，早有秋秧吐嫩針。蘭亭
路，漸流觴曲水，修禊山陰。（《全宋詞》，冊4，頁2563）

侯寘集用秦觀「恨如芳草」一句，添入「思連雲」三字，情感更加濃
烈；葛長庚則添加「念」爲領字。

（四）集用〈千秋歲〉（水邊沙外）「飛紅萬點愁如海」

秦觀〈千秋歲〉（水邊沙外）一詞，以「飛紅萬點愁如海」，最
爲動人。秦觀以海喻愁，後亦多見直接截取其字面者，如朱敦儒〈風
流子〉：

吳越東風起，江南路，芳草綠爭春。倚危樓縱目，繡簾初

卷，扇邊寒減，竹外花明。看西湖、畫船輕泛水，茵幄穩
臨津。嬉遊伴侶，兩兩攜手，醉回別浦，歌過南雲。　　有
客愁如海，江山異，舉目暗覺傷神。空想故園池閣，卷地
煙塵。但且恁、痛飲狂歌，欲把恨懷開解，轉更銷魂。只
是皺眉彈指，冷過黃昏。(《全宋詞》，冊2，頁839)

李綱〈感皇恩〉：

九日菊花遲，茱萸卻早。嫩蕊濃香自妍好。一簪華髮，只
恐西風吹帽。細看還遍插，人忘老。　　千古此時，清歡
多少。鐵馬臺空但荒草。旅愁如海，須把金尊銷了。暮天
秋影碧，雲如掃。(《全宋詞》，冊2，頁903)

劉褒〈雨中花慢·春日旅況〉：

縹蒂縆枝，玉葉翡英，百梢爭赴春忙。正雨後、蜂黏落絮，
燕撲晴香。遺策誰家蕩子，唾花何處新妝。想流紅有恨，
拾翠無心，往事淒涼。　　春愁如海，客思翻空，帶圍只
看東陽。更那堪、玉笙度曲，翠羽傳觴。紅淚不勝閨怨，
白雲應老他鄉。夢回羈枕，風驚庭樹，月在西廂。(《全宋詞》，
冊3，頁2123～2124)

吳文英〈水龍吟〉(癸卯元夕)：

澹雲籠月微黃，柳絲淺色東風緊。夜寒舊事，春期新恨，
眉山碧遠。塵陌飄香，繡簾垂戶，趁時妝面。鈿車催去急，
珠囊袖冷，愁如海、情一線。　　猶記初來吳苑。未清霜、
飛驚雙鬢。嬉遊是處，風光無際，舞茵歌蓓。陳跡征衫，
老容華鏡，歡悰都盡。向殘燈夢短，梅花曉角，爲誰吟怨。

(《全宋詞》，冊4，頁2880)

朱敦儒、李綱、劉褒、吳文英等人所作，皆截取「愁如海」三字，用
以形容愁緒之深廣，足見此詞句之精湛，深受後世詞家喜愛。此外，
宋代亦見集用秦觀詩句者，如李龏〈集句〉：「梅梢風暖弄殘陽，花氣
侵人笑語香。太歲只遊桃李徑，肯隨桃李鬪梳妝。」〔註14〕此詩第二

〔註14〕〔宋〕李龏撰：〈集句〉，收錄於陳起《江湖小集》，《文津閣四庫全
書》，卷20。

句爲秦觀〈遊鑑湖〉詩，可見宋代亦有關注秦詩語句而集用者。

第二節 明代詞人對秦詞的創作接受

　　據饒宗頤初纂、張璋總纂《全明詞》六冊，及周明初、葉曄纂輯《全明詞‧補編》二冊，進行檢索，可窺見明代和秦詞韻者，數量大增，據筆者統計厥有陳鐸、顧磐、茅維、王屋、彭孫貽、盧象昇、徐石麒、吳綃、易震吉、徐士俊、葉小鸞、卓人月、張綖、陳德文、呂希周、方一元、林時躍等十七家，共二十九首作品。茲分述如次：

表 6-2　明代和秦詞韻一覽表

	作　者	詞調名	詞題（序）	首句前四字	出　處
1	陳鐸	〈滿庭芳〉	和秦少游	（九十春光）	《全明詞》，冊 2，頁 448
2	陳鐸	〈望海潮〉	和秦少游	（芳草閒雲）	《全明詞》，冊 2，頁 448
3	陳鐸	〈如夢令〉	和秦少游	（枕滑玉釵）	《全明詞》，冊 2，頁 448
4	陳鐸	〈踏莎行〉	和秦少游	（細柳平橋）	《全明詞》，冊 2，頁 448
5	陳鐸	〈金明池〉	和秦少游	（細草熏衣）	《全明詞》，冊 2，頁 451
6	陳鐸	〈千秋歲〉	和秦少游	（斷虹雨外）	《全明詞》，冊 2，頁 451
7	陳鐸	〈浣溪沙〉	和秦少游	（金鴨煙銷）	《全明詞》，冊 2，頁 457
8	陳鐸	〈八六子〉	和秦少游	（近江亭）	《全明詞》，冊 2，頁 459
9	陳鐸	〈菩薩蠻〉	和秦少游	其一（彩雲夢斷）	《全明詞》，冊 2，頁 466
10	陳鐸	〈菩薩蠻〉	和秦少游	其二（秋聲颯颯）	《全明詞》，冊 2，頁 466
11	陳鐸	〈菩薩蠻〉	和秦少游	（多愁短鬢）	《全明詞》，冊 2，頁 470
12	陳鐸	〈桃源憶故人〉	和秦少游	（多情自是）	《全明詞》，冊 2，頁 471

13	陳霆	〈蝶戀花〉	宋秦淮海韻言懷	（鐘鼓樓頭）	《全明詞》，冊2，頁548
14	顧磐	〈畫堂春〉	和少游韻春思	（游絲百尺）	《全明詞》，冊2，頁770
15	茅維	〈千秋歲〉	憶舊，次秦少游韻	（綿綿春雨）	《全明詞》，冊3，頁1297
16	王屋	〈千秋歲〉	次秦七太虛韻	（一身之外）	《全明詞》，冊4，頁1661
17	徐石麒	〈柳梢青〉	眞州道中，用秦少游韻	（風起晴沙）	《全明詞》，冊4，頁1796
18	盧象昇	〈西江月〉	春閨，次秦少游作	（裁就弓鞋）	《全明詞》，冊4，頁1822
19	吳綃	〈鵲橋仙〉	步秦少游韻	（花針穿月）	《全明詞》，冊4，頁1878
20	易震吉	〈滿庭芳〉	春景，次少游韻	（嫩草蒲茵）	《全明詞》，冊4，頁1985
21	徐士俊	〈千秋歲〉	次少游韻弔蘇小妹	（飄然林外）	《全明詞》，冊4，頁2148
22	葉小鸞	〈千秋歲〉	即用秦少游韻	（草邊花外）	《全明詞》，冊5，頁2387
23	卓人月	〈千秋歲〉	次秦少游韻，弔少游	（心從天外）	《全明詞》，冊6，頁2908～2909
24	張綖	〈踏莎行〉	詠閨情，用秦少游韻	（芳草長亭）	《全明詞補編》，上冊，頁274
25	陳德文	〈風流子〉	續棠陵「山郭自可樂」詩爲詞，寄風流子，和少游韻	（山郭自可）	《全明詞補編》，上冊，頁354
26	呂希周	〈千秋歲〉	春夢作，次秦少游韻	（花飄閣外）	《全明詞補編》，上冊，頁371
27	呂希周	〈千秋歲〉	秋思作，再次秦少游韻	（風生樹外）	《全明詞補編》，上冊，頁371
28	方一元	〈蝶戀花〉	長堤楊柳，用秦少游韻	（水畔纖纖）	《全明詞補編》，下冊，頁1001
29	林時躍	〈滿庭芳〉	次秦少游，惜窗前寶襄花	（梅彈香漸）	《全明詞補編》，下冊，頁1080

就上列簡表可知，明代追和秦觀詞韻者，數量甚夥，選用詞調較

之兩宋，更爲多元，有〈滿庭芳〉、〈望海潮〉、〈如夢令〉、〈踏莎行〉、〈金明池〉、〈千秋歲〉、〈浣溪沙〉、〈八六子〉、〈菩薩蠻〉、〈桃源憶故人〉、〈蝶戀花〉、〈畫堂春〉、〈柳梢青〉、〈西江月〉、〈鵲橋仙〉、〈風流子〉等十六調；明代詞人和韻秦觀作品者，以陳鐸數量最夥。陳鐸（1488〜1521？），字大聲，號秋碧，別號坐隱先生，又號七一居士。工於詩畫，尤擅長樂府、散曲，有《坐隱先生草堂餘意》、《秋碧樂府》、《梨園寄傲》等。所填詞作，喜追和宋人作品，《全明詞》收錄 147 首作品，其中和他人之作佔 109 首，和周邦彥 17 首居冠，和秦觀 12 首居次。選和秦觀詞調多元，計有〈滿庭芳〉、〈望海潮〉、〈如夢令〉、〈踏莎行〉、〈金明池〉、〈千秋歲〉、〈浣溪沙〉、〈八六子〉、〈菩薩蠻〉、〈桃源憶故人〉、〈蝶戀花〉等。陳鐸所作，除形式上追和秦詞之外亦多見承其詞意者，如〈踏莎行〉（細柳平橋）末二句「欲將離思付春江，春江又恐東流去」，與秦觀原作「郴江幸自繞郴山，爲誰流下瀟湘去」，俱以江水作結，愁緒連綿不絕；另有〈千秋歲〉（斷虹雨外）一詞，第二句「城郭輕陰退」，直接化用秦觀「城郭春寒退」詞句，可窺見陳鐸對秦詞之關注程度。

　　此外，明人追和秦詞選用之調，甚爲繁多，計有十六調，其中和〈千秋歲〉（水邊沙外）者最爲繁多，共計八首；和〈滿庭芳〉、〈菩薩蠻〉，各有三首，並列第二；〈踏莎行〉、〈蝶戀花〉，各有兩首，名列第三，其餘僅一首，足見〈千秋歲〉（水邊沙外）一詞，仍是明人和韻秦觀之首選。就其形式論之，大抵依循秦詞用韻順序，屬次韻之作；就語句論之，較爲特殊者如徐士俊所作：「飄然林外，晉代風流退。蕭可丟，環能碎。文章兄父授，聰穎前生帶。衝口處，僅較雅諧成佳對。　　恰與秦嘉會，蘇蕙聲明蓋。眉畫出，眉山在。梅妝高可認，玉骨香難改。歸去也，墉城花月春如海。」（《全明詞》，冊 4，頁 2148）徐氏末句句式與秦詞極爲近似，秦詞爲「春去也，飛紅萬點愁如海」，葉小鸞所作末二句「腸斷也，每年賺取愁如海」，則直接截取秦詞字面，呂希周所作「隔瑤池，離懷幾許深於海」，亦以海喻

愁緒，足見秦觀所作，具有深切影響。而卓人月所作，用以弔秦觀：

> 心從天外。筆掃千人退。玉比潤，金如碎。旗亭傳樂拍，簾砌飄香帶。風肆好，更誇靜好蘇娘對。　　遠謫成奇會，喜氣生華蓋。繡几上，芳詞在。藤陰蟬已蛻，花影鶯無改。人逝矣，千秋歲仰秦淮海。」（《全明詞》，冊6，頁2908～2909）

卓人月和秦觀〈千秋歲〉一詞，就形式觀之，韻腳次序與秦詞相同，皆為「外、退、碎、帶、對、會、蓋、在、改、海」，故為次韻之作；就其內容觀之，則帶有緬懷秦觀之意，上片肯定秦詞特質，下片則論及秦觀遭遇。「繡几上，芳詞在」，稱揚秦詞文句優美，「藤陰蟬已蛻，花影鶯無改」，藤陰指秦觀〈好事近〉（春路雨添花）末句「醉臥古藤陰下」，花影、鶯為〈千秋歲〉（水邊沙外）上片「花影亂、鶯聲碎」，卓氏舉用兩詞中之景物，似有物是人非之嘆，末句明言「千秋歲仰秦淮海」，推崇之意昭然可見。明人集用秦觀詞句者，僅俞彥〈浣溪沙〉（欲捲珠簾）一首，第三句「為誰消瘦減容光」，乃集用秦觀〈浣溪沙〉「青杏園林煮酒香，佳人初試薄羅裳。柳絲搖曳燕飛忙。乍雨乍晴花易老，閒愁閒悶日偏長，為誰消瘦減容光。」

第三節　清代詞人對秦詞的創作接受

嚴迪昌《清詞史》云：「一代清詞總量將超出20萬首以上，詞人也多至1萬之數。」〔註15〕清代詞學蓬勃發展，亦充分展現於創作繁盛上。清人推尊詞體意識鮮明，詞話、詞選編纂皆高度繁榮，亦於創作上多所思考，故師法宋詞名家之作，數量甚夥，其中對秦詞之仿效、追和亦達至前所未有的高峰，筆者就《全清詞·順康卷》二十冊、《全清詞·順康卷補編》四冊、《清詞別集百三十四種》十二冊，進行檢索，共得49位詞人，74首作品和秦觀詞韻。茲臚列簡表，略加探討如次：

〔註15〕嚴迪昌撰：《清詞史》（南京：江蘇古籍出版社，2001年7月），頁1。

表6-3　清代和秦詞韻一覽表

	作者	詞調名	詞題（序）	首句前四字	出　處
1	杜濬	〈水龍吟〉	又用少游韻，少游體，與諸作微異	（小春過去）	《全清詞‧順康卷》同上，冊2，頁705
2	彭孫貽	〈河傳〉	戲兩和少游、山谷	（瞥時半面）	同上，冊2，1068
3	龔鼎孳	〈桃源憶故人〉	同善持君湖舫送春，用少游春閨韻	（子規絮夢）	同上，冊2，1120
4	陸瑤林	〈千秋歲〉	秋日社集，用秦淮海韻	（風生郊外）	同上，冊2，1201
5	尤侗	〈千秋歲〉	感舊用少游韻	（落花簾外）	同上，冊3，1541
6	尤侗	〈夢揚州〉	客廣陵用少游韻	（晚潮收）	同上，冊3，1553
7	陸埜	〈鵲橋仙〉	七夕和淮海韻	（牽牛佇望）	同上，冊3，頁1596
8	吳綺	〈千秋歲〉	春情，次少游韻	（春風簾外）	同上，冊3，頁1748
9	何五雲	〈金明池〉	虎丘弔古，用秦七韻	（綠皺芳波）	同上，冊4，頁1937
10	沈謙	〈風流子〉	代聞元亮悼亡，用秦少游韻	其一（風流今已）	同上，冊4，頁2020
11	沈謙	〈風流子〉	代聞元亮悼亡，用秦少游韻	其二（風流難再）	同上，冊4，頁2021
12	梁清標	〈金明池〉	十六夜，用秦少游韻	（氣暖璇霄）	同上，冊4，頁2267
13	龔士稚	〈滿庭芳〉	延陵暫遊白下，箕山和秦淮海詞，殷勤送別，即用其韻送之	（桂吐天香）	同上，冊5，頁2957
14	顧景星	〈滿庭芳〉	楚宮草，少游韻	（芳草湘沅）	同上，冊5，頁2963
15	徐喈鳳	〈鵲橋仙〉	又七夕，用秦少游韻	（天孫織倦）	同上，冊5，頁3055
16	丁彭	〈卜算子〉	春恨，和淮海韻	（曉起乍開）	同上，冊6，頁3158
17	董元愷	〈醉鄉春〉	斷橋月夜，同內飲荷花深處，和秦少游韻	（內外湖邊）	同上，冊6，頁3252

18	董元愷	〈醉鄉春〉	復步十錦塘，再和前韻	（波動一輪）	同上，冊6，頁3252
19	董元愷	〈望海潮〉	遊平山堂，登眞賞樓，用秦淮海廣陵懷古韻	（畫堂插漢）	同上，冊6，頁3355
20	徐倬	〈鵲橋仙〉	丙戌七夕，和秦淮海韻，同顧秋濤、韓希一、宋允叔、沈德餘作	（筵前瓜棗）	同上，冊6，頁3434
21	毛奇齡	〈望海潮〉	越中懷古同秦淮海韻	（東南都會）	同上，冊6，頁3723
22	陳維崧	〈畫堂春〉	春景，和少游原韻	（今年愁似）	同上，冊7，頁3911
23	韓純玉	〈漁家傲〉	同立翁訪元馭留飲妙峰石上，次秦淮海韻	（掃盡浮雲）	同上，冊7，頁4310
24	韓純玉	〈千秋歲〉	同元馭晚步泉滋嶺，和淮海韻	（笛聲牛背）	同上，冊7，頁4310
25	王士祿	〈浣溪沙〉	次少游韻	（半下流蘇）	同上，冊8，頁4723
26	王士祿	〈憶秦娥〉	次少游韻	（秋眉碧）	同上，冊8，頁4728
27	王士祿	〈踏莎行〉	用少游韻	（瑞腦烘猊）	同上，冊8，頁4731
28	王士祿	〈蝶戀花〉	次韻少游二喬觀書圖	（輕鬢頹雲）	同上，冊8，頁4731
29	王士祿	〈江城子〉	用少游韻	（游春夢好）	同上，冊8，頁4734
30	王士祿	〈千秋歲〉	和少游韻	（花間葉外）	同上，冊8，頁4734
31	王士祿	〈沁園春〉	用少游韻	（小雨攔晴）	同上，冊8，頁4748
32	仲恒	〈長相思慢〉	金陵懷古，依秦少游韻	（采石風高）	同上，冊8，頁4922
33	周金然	〈柳梢青〉	落梅，和少游春景韻二首	（嫩草晴沙）	同上，冊10，頁5859
34	彭孫遹	〈滿庭芳〉	晚景，和少游韻	（飲水虹明）	同上，冊10，頁5926
35	丁煒	〈八六子〉	可亭晚春，用秦淮海韻	（坐孤亭）	同上，冊11，頁6229
36	賀國璘	〈踏莎行〉	雨中渡洞庭，入湘江，用秦淮海郴陽韻	（攜得愁來）	同上，冊11，頁6256

37	賀國璘	〈阮郎歸〉	郴陽感秦淮海事，即仍前韻	（長沙曲院）	同上，冊11，頁6259
38	荊摺	〈搗練子〉	花月詞，用秦少遊韻	（香細細）	同上，冊11，頁6284
39	邱宏譽	〈踏莎行〉	入湘江，用秦淮海郴陽韻	（江漢初歸）	同上，冊11，頁6324
40	邱宏譽	〈踏莎行〉	郴陽感秦淮海事，即仍白鹿原韻	（阮郎忽到）	同上，冊11，頁6325
41	范荃	〈千秋歲〉	祝壽中秋，孫爾繩四十初度席上賦，次秦少游韻	（畫闌干外）	同上，冊11，頁6379
42	王士禎	〈蝶戀花〉	和秦少游	（啼碎春光）	同上，冊11，頁6561
43	曹武亮	〈千秋歲〉	春情，用淮海韻	（燕飛花外）	同上，冊12，頁7216
44	錢芳標	〈望海潮〉	同南華，和少游韻	（窮桑一髮）	同上，冊13，頁7627
45	錢芳標	〈夢揚州〉	用少游韻	（鏡奩收）	同上，冊13，頁7632
46	尤珍	〈搗練子〉	秋閨次少游韻	（身影隻）	同上，冊15，頁8503
47	韓裴	〈踏莎行〉	答友人旅思，用少游韻	（殘絮依妝）	同上，冊15，頁8810
48	盛禾	〈柳稍青〉	檃括桃源行，用淮海韻	（綠水銀沙）	同上，冊18，頁10965
49	盛本栴	〈望海潮〉	辛未十二月雪後立春，用淮海韻	（溪原新臘）	同上，冊19，頁10986
50	陳祥裔	〈千秋歲〉	和少游韻	（春歸簾外）	同上，冊19，頁11360
51	陳祥裔	〈千秋歲〉	寄感，仍用前韻	（孤踪天外）	同上，冊19，頁11361
52	周廷諤	〈如夢令〉	閨情，用秦少游韻	（風起花飛）	同上，冊19，頁11627
53	周廷諤	〈如夢令〉	閨情，用秦少游韻	（好捉迷藏）	同上，冊19，頁11627
54	周廷諤	〈阮郎歸〉	詠淚，用秦少游韻	（斑斑竹上）	同上，冊19，頁11630
55	林時躍	〈滿庭芳〉	次秦少游，惜窗前寶襄花	（梅彈香漸）	《全清詞·順康卷補編》冊1，頁166

56	錢肅潤	〈畫堂春〉	上巳，崔國輔齋中社集，即景用秦少游原韻	（千絲萬縷）	同上，冊1，頁208
57	錢肅潤	〈踏莎行〉	廣陵桑楚執齋中，同杜茶村、鄧孝威、宗鶴問諸子詠杏，和秦少游原韻	（隋苑迷樓）	同上，冊1，頁208
58	張玼	〈千秋歲〉	秋閨，次少游韻	（碧梧風外）	同上，冊3，頁1593
59	吳應蓮	〈千秋歲〉	九峰春遊醉歸，用秦少遊韻，南中尊季試華亭四亭	（帆飛天外）	同上，冊3，頁1655
60	錢永基	〈望海潮〉	乙丑暮春，丹麓王先生枉顧予，邀諸同學讌集小齋。即席用淮海韻，各賦〈望海潮〉一闋，以志雅敘，兼送歸西泠	（別來經歲）	同上，冊3，頁1805
61	魏荔彤	〈滿庭芳〉	由蘇赴崇，用淮海韻	（寒雨連山）	同上，冊3，頁1860
62	孔傳鐸	〈阮郎歸〉	湖上用少游韻	（蓼花荻葉）	同上，冊4，頁1988
63	程夢星	〈桃源憶故人〉	和秦少游	（半規殘月）	同上，冊4，頁2179
64	程夢星	〈柳梢青〉	和秦少游	（碧水明沙）	同上，冊4，頁2179
65	侯嘉繙	〈滿庭芳〉	題秦少游蓬萊詞，寄懷秦沐雲	（蕉雨臨窗）	同上，冊4，頁2289
66	侯嘉繙	〈憶王孫〉	春景，和少游韻	（花花似錦）	同上，冊4，頁2291
67	侯嘉繙	〈如夢令〉	春景，再和少游韻	（煙漲碧波）	同上，冊4，頁2291
68	侯嘉繙	〈如夢令〉	春景，三和少游韻	（殘雪舞梅）	同上，冊4，頁2291
69	侯嘉繙	〈眼兒媚〉	春景，和秦少游韻	（春盡枝頭）	同上，冊4，頁2292
70	侯嘉繙	〈柳梢青〉	春景，再和秦少游韻	（雨後晴沙）	同上，冊4，頁2292
71	侯嘉繙	〈千秋歲〉	春景，再和少游韻	（玉屏風外）	同上，冊4，頁2293

72	姚大禎	〈千秋歲〉	秋日社集，用淮海韻	（霜飛林外）	同上，冊 4，頁 2437
73	李雯	〈滿路花〉	和秦淮海	（蝶粉黏花）	《清詞別集百三十四種》，冊 1，頁 24
74	莊棫	〈水龍吟〉	和秦淮海	（小窗月影）	《清詞別集百三十四種》，冊 4，頁 3

　　清人追和秦詞之作，以王士祿、侯嘉繙各作 7 首，數量最爲繁多，並列第一；董元愷、周廷諤各以 3 首，名列第二；尤侗、沈謙、韓純玉、賀國璘、邱宏譽、錢芳標、陳祥裔、錢肅潤、程夢星，俱以 2 首，名列第三。就詞調探討之，和〈千秋歲〉者，共計 13 首、數量最爲繁多；和〈滿庭芳〉、〈踏莎行〉者，各計 6 首，並列第二；和〈鵲橋仙〉者，共計 3 首，排名第三，足見清人仍喜好追和秦詞名篇。諸家和秦觀〈千秋歲〉（水邊沙外）一詞，分別標明和韻、用韻、次韻等字眼，然就其所用韻腳及方式觀之，除了韓純玉〈千秋歲・同元馭晚步泉滋嶺，和淮海韻〉「笛聲牛背，吹入煙光碎。茅屋下，猧兒吠。秋林黃傲蝶，秋水藍於黛。何似也，徐娘老去風情在。　不厭頻相會，菊澹人堪配，乘興去，還尋戴。數杯劉墮酒，一味庾郎菜。詩句好，兩人才氣分江海。」（《全清詞・順康卷》，冊 7，頁 4310），韻腳爲第三部「背、碎、吠、黛、在、會、配、戴、菜、海」，與秦詞不同，即便詞情、詞境亦與秦詞多所差異。其餘大抵皆依循秦詞所用韻腳「外、退、碎、帶、對、會、蓋、在、改、海」，次序相同，故爲次韻之作，足見秦觀〈千秋歲〉（水邊沙外）一詞之用韻方式，深受清人推崇。

　　另就清人仿擬秦詞之作，進行探討。經檢索可得清人仿效秦詞之作五首，分別爲杜濬〈水龍吟・又用少游韻，少游體，與諸作微異〉：

　　小春過去匆匆，同雲飛霰何其驟。清涼寺古，莫愁湖澹，晴寒氣候。相率凭高，臨風縱目，白邊青有。看城烏宿處牆烏近，鴛汀對面排鴛瓷。　卻顧長江繞後，湧鯨波、層層還又。龍樓閱武，英雄去後，健兒都瘦。西楚迷方，

南冠何在？魀然囚首。獨長陵北望，茸茸紫翠，雪消如舊。

（《全清詞‧順康卷》，冊 2，頁 705）

文廷式〈滿庭芳‧擬秦少游〉：

蘸水蘭紅，黏天草碧，征帆初過瀟湘。別時不覺，別後轉淒涼。前路煙波浩渺，行行遠、觸緒堪傷。雲開雁，月明孤影，愁絕楚天長。　　思量。他日事，心期暗卜，燈穗成雙。但千萬丁寧、莫損年芳。牢繫同心結子，五湖約、頭白何妨。風兼雨，夢魂難度，敧枕聽寒江。（《清詞別集百三十四種》，冊 10，頁 26）

張淵懿〈錦纏道‧傚秦七體〉：

當面相思，豈爲傷離惜別。那其間、百般周折。啞兒口咀黃連末。苦入心頭，教我如何説。　　是前生造成，這椿冤業。不分明、皮燈漆抹。壞殭蠶、枉費尋絲指，青梅難採，只着人津咽。（《全清詞‧順康卷》，冊 5，頁 2820）

李興祖〈滿庭芳‧戲擬效秦少游體〉：

想是暌違久。漸覺腰纖瘦。記那時臨別、牽羅袖。千百回叮嚀，盟約期無負。屈指三年後。眼穿目斷，落得影兒相偶。　　細追尋，音信曾傳某。欲問又緘口。多應似章臺柳。便就是攀折，已落他人手。漫追咎。再與韓郎，完聚也、耐心還守。（《全清詞‧順康卷》，冊 16，頁 9281）

蔣廷黻〈滿庭芳‧秋夜不寢，擬淮海詞意〉：

更不成眠，何曾是醒。晚涼猶帶餘醒。滿庭花霧，蝶夢杳難尋。秋到簾帷深處，遙天外，一笛銷沉。披衣坐，博爐香爐，寶篆自添溫。　　卅年尋舊夢，阻風聽水，幾度銷魂。看斷霞明滅，依約行雲。欲採蘋花寄與，人千里，淡月黃昏。霜砧動，棲鴉驚起，無語掩重門。（《全清詞鈔》，卷 36）

上述五位詞家所作，除了文廷式、蔣廷黻兩人未標舉秦觀詞爲一體，其餘張淵懿言「傚秦七體」、李興祖「戲擬效秦少游體」、杜濬「又用少游韻，少游體，與諸作微異」所作，皆將秦詞視爲獨特體式，故有意進行仿效。杜濬針對秦詞形式進行仿效，而其餘諸家則對秦詞風

格，情有所鍾，故其所謂「少游體」、「秦七體」，應是就風格層面論
之。而清代集用秦觀詞句另行創作者之數量甚夥，茲臚列簡表如次：

表6-4　清代集句秦詞一覽表

	作者	詞調名	首句前四字	集句、檃括所用秦詞調名	出處《全清詞‧順康卷》
1	何采	〈蝶戀花〉	其一（盡日東風）	第四句集秦觀（屈指艷陽都幾許）	冊8，頁4649
2	何采	〈蝶戀花〉	其二（庭院深深）	末句集秦觀（憑君擬斷春歸路）	冊8，頁4649
3	何采	〈蝶戀花〉	其三（竹杖芒鞋）	第六句集秦觀（流水落花無問處）	冊8，頁4649
4	何采	〈蝶戀花〉	其五（愁似游絲）	第二句集秦觀〈畫堂春〉（無限思量）	冊8，頁4651
5	何采	〈江城子〉	（柳絲無賴）	集秦觀〈江城子〉（幾時休）	冊8，頁4655
6	萬樹	〈江城子〉	（醉來扶上）	集秦觀〈玉樓春〉（水面霜花勻似剪）	冊10，頁5548
7	傅燮詷	〈搗練子〉	（心耿耿）	第一句集秦觀〈搗練子〉（心耿耿）	冊14，頁8224
8	傅燮詷	〈搗練子〉	（愁脉脉）	第二句集秦觀〈搗練子〉（淚雙雙）	冊14，頁8224
9	董儒龍	〈醉花陰〉	（細雨夢回）	第二句集秦觀〈生查子〉（羅幕春寒淺）	冊15，頁8561
10	董儒龍	〈虞美人〉	（吹簫人去）	末句集秦觀〈南柯子〉（天外不知音耗百般猜）	冊15，頁8564
11	董儒龍	〈鵲橋仙〉	（關河冷落）	第四句集秦觀〈虞美人〉（亂山深處水瀠洄）	冊15，頁8565
12	董儒龍	〈小重山〉	（為有春愁）	末二、三句集秦觀〈阮郎歸〉（隴頭流水各西東）與〈滿庭芳〉（空回首）	冊15，頁8567

　　上述清人集用秦詞語句之作，以何采最為繁多。何采，字第五，一字敬與，官至侍讀，有《南礀詞選》二卷。就何氏詞篇觀之，如〈臨江仙〉詞序標明「集摩詰句」、〈南鄉子〉則「檃括皮陸唱和詩」，顯見好以集句、檃括手法創作。涉及秦詞之處，為〈蝶戀花〉（盡日東

風吹綠樹）〔註16〕，通篇集用他人成句，分別為趙鼎、吳禮之、張震、秦觀、于眞人、馮延巳、周邦彥、毛滂、秦觀、景覃等人所作，集秦觀〈蝶戀花〉「曉日窺軒雙燕語，似與佳人共惜春將暮。屈指艷陽都幾許，可無時霎閑風雨。　流水落花無問處。只有飛雲，冉冉來還去。持酒勸雲雲且住，憑君礙斷春歸路」第三句，其二又集秦觀此詞末句「憑君礙斷春歸路」，其三集「流水落花無問處」；〈蝶戀花〉（愁似游絲千萬縷）則集〈畫堂春〉（無限思量），另亦集〈江城子〉（西城楊柳弄春柔）「幾時休」句。

　　其次為董儒龍，字蓉仙，號神庵，著《柳堂詞稿》。集秦詞之處有四，〈醉花陰〉（細雨夢回雞塞遠），分別集李煜、秦觀、朱敦儒、柳永、陳亮、晏幾道、李清照、張沁等人所作；〈南柯子〉（吹簫人去行雲杳），集用劉叔倫、王觀、吳禮之、李煜、范仲淹、李清照、秦觀等人所作。所作〈鵲橋仙〉亦集秦觀〈虞美人〉（高城望斷）。〈小重山〉（爲有春愁似酒濃），末二、三句集秦觀〈阮郎歸〉（隴頭流水各西東）與〈滿庭芳〉（空回首）。透過上述何采、董儒龍所作，可窺見兩人皆熱衷集句創作，所擇詞家繁多，然秦觀多在獲選之列。而萬樹、傅燮詷兩人所集，與何采、董儒龍並不相同，但可窺見清人鑑賞詞句，廣泛擇取，綴連合為己作，擇取秦詞之處，確實不少。此外，《御定曲譜》卷五〈甘州詞〉（八聲甘州衷腸悶損），末句「燈火已黃昏」，乃集秦觀〈山抹微雲〉下片末句。透過上述諸詞家所集之句較之宋、明兩時期，僅擇取秦詞名句入詞，可窺見清人關注秦詞，更爲細膩多元。

〔註16〕〔清〕何采撰：〈蝶戀花〉：「盡日東風吹綠樹。綠樹成陰，綠遍西池路。屈指艷陽都幾許。杜鵑聲裏山無數。　滿眼游絲兼落絮。絮亂絲繁，做得無情緒。燕子銜將春色去。等閒不許人知處。」

第七章　結　論

　　本論文受西方接受理論啓迪，並援引中國文學特有之資料，如詞話、詞籍（集）序跋、詩話、筆記、論詞絕句、論詞長短句（即論詞之詞）、詞選、評點、仿擬及和韻作品，加以佐證，就作品傳播流衍、理論批評接受、創作仿擬追和等三大面向，進行查考，藉此探析歷代讀者對秦詞之接受態度，具有階段性之變化，茲就各朝發展分述如次：

一、宋代對秦觀詞之接受：奠基期

　　宋繼漢唐鼎盛，文風別開生面，尤以詞體發展最爲特出，然受當代視詞爲艷科、小道之成見所囿，宋人對秦觀之品評，並未專注於詞體。就秦詞傳播概況論之，以宋代秦觀文集版本流傳及選本擇錄，進行查考，宋代秦觀文集流傳，詞多不入全集，此期秦集流傳卷帙多異，且刊刻頻繁，版本眾多，章質夫家子弟亦有注秦詞者。此外，兩宋人編輯詞選，體例雖未臻健全，篇幅亦較爲短小，秦詞入選數量及排名亦極爲懸殊，然因《增修箋注妙選群英草堂詩餘》，收錄秦詞僅次於周邦彥，而影響明代詞選深遠，足見秦詞以案頭文本形式，廣泛流傳於宋代。而宋代詞話中，多所記載歌妓熟稔秦詞、傾慕秦觀之情，歌妓爲宋代詞體傳播之重要媒介，藉此亦可窺見秦詞以口頭方式傳播，亦頗爲流行。

　　理論批評方面，兩宋人評騭秦觀之面向，較爲多元。蘇軾及其門生故舊，多推崇秦觀詩、文、賦、書法之成就，並兼及其人格操守、才學識見，可見秦觀在當代文壇之地位，不容小覷，同時亦可窺見秦觀他類文體風格，與詞體迥異。然當代理學家重視心性義理，標舉道德修養，故對秦詞多所貶抑，如程頤、朱熹等人所論，甚爲激切，可視爲宋代評論秦詞之特殊觀點。宋人就秦詞特質多所關注，常與其詩相較，論其高下優劣，就宋人評論話語亦可窺見，論及詞體大抵皆爲肯定之意，論詩則或褒或貶，觀點較爲紛歧，南宋時期更有秦觀詩文名爲詞名所掩之論。論及風格，評論所涉及之面向亦較爲多元，且尚未以「婉約」風格定位秦詞，針對筆法及承襲之處，亦多所討論，藉此可知宋人對秦觀之接受態度。

　　創作仿效方面，宋代已可見和韻秦詞之作，其中不乏大家，如蘇軾、黃庭堅等人，尤以〈千秋歲〉（水邊沙外）一詞，最受青睞。諸家所作內容，少數與秦詞無涉，其餘仍可見濃厚之情及緬懷之意。藉由統計資料亦可知，宋代和秦觀詩作之數量，較之詞體，更爲繁多；仿擬秦詞者，有葛長庚〈八六子・戲改秦少游詞〉；集用秦詞語句者，以〈滿庭芳〉（山抹微雲）「寒鴉萬點，流水繞孤村」、〈八六子〉（倚危亭）「恨如芳草」、〈千秋歲〉（水邊沙外）「飛紅萬點愁如海」爲夥，藉此可知兩宋人就秦詞佳處，多所取法。

二、金元時期對秦觀的接受：停滯期

　　金元時期，受社會文化及俗文學風行影響，詞體發展衰頹不振，詞選編纂、詞學評論、詞體創作數量銳減，就金元五部詞選論之，《樂府補題》收宋遺民結社唱和之詞；《中州樂府》專選金代詞人；《精選名儒草堂詩餘》，收宋末元初遺民詞人如文天祥、鄧剡之作；《天下同文》，收元人盧摯、姚雲、王夢應、顏奎、羅志可、詹玉、李琳等七家之詞；《鳴鶴餘音》，則專收道詞，尤以闡發內丹要義者爲主。因諸家詞選編纂方式，受選源、選域所囿，並未收錄秦詞。金元時人，偶

有論及秦觀之論，如趙秉文、王惲等，皆曾以詩歌遙寄追思之情；托克托則以史家觀點，就秦觀性格才學、身世遭遇多所關注；元好問評秦詩爲「女郎詩」，後有王義山、程鉅夫、劉壎、方回等人明言「秦詩如詞」，可窺見金元時期論及秦觀，多以探討詩詞差異爲主，亦未見創作仿效，故可言金元時期，對秦詞之接受趨於停滯。

三、明代對秦觀詞的接受：成熟期

　　明代詞體發展，可爲清詞復興預作準備，深具承上啓下之關鍵地位，然就秦觀詞接受史之角度觀之，亦是如此。就秦詞傳播概況論之，明代書坊刊刻秦集甚爲頻繁，更有許多大型詞集叢刊問世，彙錄詞家別集刊印，如《唐宋名賢百家詞》、《宋六十名家詞》；秦詞流傳地點，除了高郵、閩中之外，尚有鄂州（今湖北省）、安正堂（今北京）、汲古閣（今江蘇常熟）、武林（今杭州）等地，可見明代秦集流傳極爲廣泛；而詞選多承《草堂》遺緒，就今可得見之明人所編詞選十二部、詞譜三部，所擇秦詞篇目及數量，秦詞獲選數量僅《詞林萬選》未達前五名，《唐宋元明酒詞》未錄，其餘十部詞選，秦詞皆位居前五名，於三部詞譜中，亦皆名列第二，可窺見明人愛好秦詞風格柔美、情意眞摯之作，更將秦詞視爲典範。其中千秋歲〉（水邊沙外）及〈鷓鴣天〉（枝上流鶯），各獲選八次爲夥；〈踏莎行〉（霧失樓臺）、〈滿庭芳〉（山抹微雲）、〈阮郎歸〉（湘天風雨破寒初）、〈桃源憶故人〉（玉樓深鎖薄情種）等，各獲選七次，名列第二；〈風流子〉（東風吹碧草）、〈江城子〉（西城楊柳弄春柔）、〈鵲橋仙〉（纖雲弄巧）、〈菩薩蠻〉（蟲聲泣露）、〈木蘭花〉（秋容老盡芙蓉院）、〈好事近〉（春路雨添花）、〈畫堂春〉（東風吹柳日初長）、〈柳梢青〉（岸草平沙）等，各獲選六次，名列第三。可知明人所擇多爲秦詞名篇，亦可窺見明代詞選多有收錄他人所作爲秦詞之謬誤。

　　理論批評方面，明人張綖以「婉約」、「豪放」劃分詞體風格，極力推舉鄉賢秦觀爲「婉約正宗」，並肯定其「詞情蘊藉」，秦詞地位就

此確立，此論影響後世深遠。此外，明代評點風氣盛行，尤喜閱讀《草堂詩餘》後，直接隨筆評注，故明人品評秦詞之觀點，多由此出，以楊慎、李攀龍、徐渭、沈際飛等人，最為熱衷，而《草堂詩餘》擇錄秦詞篇目，僅次於周邦彥，名列第二，故評點資料甚為繁多，觀點多元，就秦詞筆法、情感、遭遇等面向，多所評騭，尤以情感最受明人關注，可見秦詞含蓄蘊藉、情景交融之妙，經由明人評點話語，而益加凸顯。

明代對秦詞之創作接受，以和韻之作為夥，共計有十七家，二十九首作品，選用詞調較之兩宋，更為多元，有〈滿庭芳〉、〈望海潮〉、〈如夢令〉、〈踏莎行〉、〈金明池〉、〈千秋歲〉、〈浣溪沙〉、〈八六子〉、〈菩薩蠻〉、〈桃源憶故人〉、〈蝶戀花〉、〈畫堂春〉、〈柳梢青〉、〈西江月〉、〈鵲橋仙〉、〈風流子〉等十六調，仍以〈千秋歲〉（水邊沙外），最受歡迎，共計八首和韻之作，明代最熱衷和韻秦詞者，首推陳鐸，所作百餘首詞中，和周邦彥、秦觀之作，最為繁多。就上述三大面向可知，明代秦詞傳播接受之發展，已然成熟。

四、清代對秦觀詞的接受：鼎盛期

清代詞學發展，直承兩宋，詞選編纂、詞體創作、論詞話語之數量，皆達至前所未有的高峰，詞派紛呈，觀點鮮明，關注詩詞之別、雅俗之分，判衡詞體正變，標舉宋詞名家等思考，亦深切影響清人對秦觀的接受態度。

就傳播概況論之，清代秦觀文集流傳以康熙、乾隆年間最為盛行，清人除熱衷刊刻秦集，亦著重以校勘眼光進行審視，並以序跋論述刊刻要旨及閱覽之感，可窺見諸家對秦集之關注。而刊刻地點以秦觀之故鄉——高郵，最為盛行，亦可窺見秦觀已成當地名人。詞派編選詞選之意圖鮮明，乃有意藉此闡明詞學主張，故就今日可見二十二部清編詞選（含通代詞選十六部、斷代詞選六部）觀之，多能體現編選要旨，藉此亦可窺見各派對秦詞的接受態度，如浙西詞派，朱彝尊、

汪森所編《詞綜》、先著《詞潔》、沈時棟輯、尤侗及朱彝尊參訂的《古今詞選》、夏秉衡《清綺軒詞選》、許寶善《自怡軒詞選》，除《自怡軒詞譜》未達前五名之外，《古今詞選》、《清綺軒詞選》二部，秦詞數量皆名列一二，《詞潔》中位居第四，《詞綜》中亦名列第五；浙西詞派所擇皆爲秦詞名篇，其中以〈滿庭芳〉（山抹微雲）、〈水龍吟〉（小樓連苑橫空）、〈八六子〉（倚危亭）、〈鵲橋仙〉（纖雲弄巧）等名列前三，最受浙西詞派詞選編纂者喜愛。常州詞派所編詞選有張惠言《詞選》及董毅《續詞選》、周濟《詞辨》、黃蘇《蓼園詞選》、陳廷焯《詞則》（包含〈大雅集〉、〈閑情集〉、〈別調集〉）等通代詞選；另有周濟《宋四家詞選》、馮煦《宋六十一家詞選》、端木埰《宋詞十九首》、朱祖謀《宋詞三百首》等斷代詞選。常州詞派擇錄北宋詞人之排名，可窺見此派對秦詞的推崇，如《詞選》、《續詞選》及《詞則・大雅集》所收秦詞數量，爲第一名；《詞辨》、《宋四家詞選》、《宋詞十九首》，秦詞獲選之數，皆爲第二名；於《蓼園詞選》中亦名列第三，足見秦詞於常州詞派所編詞選中，除了《宋詞三百首》外，多能名列前茅。而女性所編之詞選，如梁令嫻《藝衡館詞選》、顧太清《宋詞選》，錄精華詞篇，重視字句精煉之作，亦將秦詞作爲學習揣摩之用。清代詞譜編纂極爲風行，秦詞入選之數繁多，亦可彰顯秦觀被視爲典範，可供後學師法之價值。

　　就理論批評觀之，清代詞話數量大增，清人以嚴謹認眞的態度，看待詞體，企圖建構詞史發展。論及秦詞多就其風格、地位進行探討，且多視秦觀爲典範，用以品評當代詞人。清人推舉宋詞名家，區分宋詞派別之語，甚爲繁多，而秦觀多能名列其中，更將他標舉爲「宋代詞人之冠」、「詞壇領袖」，足見清人對秦觀的推崇之情。而清人以韻文形式進行評論，大爲風行，所作論詞絕句多以標舉秦詞地位、探究其才學及詞篇特質，或將他與諸詞家相較爲主。此外，亦就秦觀身世及流傳之軼聞，多所關注；論詞長短句多爲尋訪故地追憶，塡詞聊表追思之情。

　　對秦詞之創作接受，以清代最爲明顯，尤以和韻秦詞之作，數量爲歷代之冠，共計四十九位詞人，七十四首作品，所和詞調較之明朝，多出十餘調。和〈千秋歲〉者，共計十三首、數量最爲繁多；和〈滿庭芳〉、〈踏莎行〉者，各計六首，並列第二；和〈鵲橋仙〉者，共計三首，排名第三，足見〈千秋歲〉（水邊沙外）一詞，爲歷代和韻秦詞之首選。相較之下，仿擬秦詞之作，數量僅寥寥數首，但多以「體」之觀點定義秦詞，並將他視爲學習典範；清代集秦觀詞句之作，亦爲歷朝之冠，所擇詞句較爲多元，已不侷限於名篇之句。

　　透過歷代讀者觀點，無論就編纂詞選汰取、詞學觀點批評、創作借鑒仿效等面向，都足以彰顯秦觀詞堪稱「經典」。其地位由其身處的北宋時代，已奠下初基，並經由各時代讀者的不斷迴響，使秦詞地位即使在數百年後，仍能屹立不搖。

參考書目

一、專　書

（一）秦觀詞集與研究專著

1. 忍寒居士校注：《蘇門四學士詞校注》，臺北：世界書局，1771 年 1月。

2. 包根弟：《淮海居士長短句箋釋》，臺北：嘉新水泥公司文化基金會，1972 年 10 月。

3. 王保珍撰：《淮海詞研究》，臺北：學海出版社，1992 年 9 月。

4. 秦觀撰、徐培均箋注：《淮海集箋注》，上海：上海古籍出版社，2000年 11 月。

5. 周義敢、周雷編：《秦觀資料彙編》，北京：中華書局，2001 年 5 月。

6. 周義敢、程自信：《秦觀集編年校注》，北京：人民文學出版社，2001年 7 月。

7. 徐培均撰：《秦少游年譜長編》，北京：中華書局，2002 年 12 月。

8. 徐培均撰：《秦觀詞新釋輯評》，北京：中國書店，2005 年 1 月。

9. 王兆鵬、姚蓉選注：《秦觀詞選》，北京：中華書局，2005 年 8 月。

（二）其它詞集

【總集】

1. 曾昭岷、王兆鵬編：《全唐五代詞》，北京：中華書局，1999 年 12月。

2. 唐圭璋編：《全宋詞》，北京：中華書局，1998 年 11 月。

3. 唐圭璋編：《全金元詞》，臺北：洪氏出版社，1980 年 11 月。

4. 饒宗頤初纂，張璋總纂：《全明詞》，北京：中華書局，2004 年 1 月。

5. 周明初，葉曄編纂：《全明詞・補編》，浙江：浙江大學出版社，2007 年 1 月。

6. 趙尊嶽輯：《明詞彙刊》，上海：上海古籍出版社，1992 年 7 月。

7. 南京大學中國語言文學系全清詞編纂研究室編：《全清詞・順康卷》，北京：中華書局，2002 年 5 月。

8. 張宏生主編：《全清詞・順康卷補編》，南京：南京大學出版社，2008 年 5 月。

9. 陳乃乾主編：《清詞別集百三十四種》，臺北：鼎文書局，1976 年 8 月。

【選集】

1. 〔宋〕黃大輿輯：《梅苑》，上海：上海古籍出版社，2004 年 10 月（《唐宋人選唐宋詞》本）。

2. 〔宋〕曾慥輯：《樂府雅詞》，上海：上海古籍出版社，2004 年 10 月（《唐宋人選唐宋詞》本）。

3. 〔宋〕書坊原編、何士信增修：《增修箋注妙選群英草堂詩餘》，上海：上海古籍出版社，2004 年 10 月（《唐宋人選唐宋詞》本）。

4. 〔宋〕黃昇輯：《唐宋諸賢絕妙詞選》，上海：上海古籍出版社，2004 年 10 月（《唐宋人選唐宋詞》）。

5. 〔宋〕趙聞禮輯：《陽春白雪》，上海：上海古籍出版社，2004 年 10 月（《唐宋人選唐宋詞》）。

6. 〔宋〕周密輯：《絕妙好詞》，上海：上海古籍出版社，2004 年 10 月（《唐宋人選唐宋詞》）。

7. 〔金〕仇遠輯：《樂府補題》，北京：商務印書館，2005 年（《文津閣四庫全書》）。

8. 〔金〕元好問輯：《中州樂府》，臺北：商務印書館，1979 年。

9. 〔元〕鳳林書院輯、程端麟校點：《精選名儒草堂詩餘》，瀋陽：遼寧教育出版社，2003 年 3 月。

10. 〔元〕周南瑞輯：《天下同文》，臺北：臺灣商務印書館，出版年月不詳。

11. 〔元〕彭致中輯：《鳴鶴餘音》，臺北：藝文印書館，1962 年。

12. 〔明〕顧從敬輯:《類選箋釋草堂詩餘》,上海:上海古籍出版社,
2002 年 3 月（《續修四庫全書》）。

13. 〔明〕錢允治、陳仁錫箋釋:《類選箋釋續選草堂詩餘》,上海:上
海古籍出版社,2002 年 3 月（《續修四庫全書》）。

14. 〔明〕楊慎:《詞林萬選》,成都:天地出版社,2002 年（《楊升庵叢
書》）。

15. 〔明〕楊慎:《百琲明珠》,成都:天地出版社,2002 年（《楊升庵叢
書》）。

16. 〔明〕陳耀文:《花草稡編》,臺北:臺灣商務印書館,1983 年 6 月
（《景印文淵閣四庫全書》）。

17. 〔明〕茅暎:《詞的》,北京:北京出版社,2000 年 1 月（《四庫未收
書輯刊》）。

18. 〔明〕陸雲龍輯:《翠娛閣評選行笈必攜詞菁》,現藏於中國國家圖
書館。

19. 〔明〕潘游龍輯、梁穎校點:《精選古今詩餘醉》,瀋陽:遼寧教育
出版社,2003 年 3 月。

20. 〔明〕卓人月、徐士俊輯:《古今詞統》,上海:上海古籍出版社,
2002 年 3 月（《續修四庫全書》）。

21. 〔明〕周履靖輯:《唐宋元明酒詞》,臺北:臺灣商務印書館,1969
年 4 月。

22. 〔清〕朱彝尊、汪森編:《詞綜》,上海:上海古籍出版社,2008 年
3 月。

23. 〔清〕先著、程洪輯;劉崇德、徐文武點校:《詞潔》,保定:河南
大學出版社,2007 年 8 月。

24. 〔清〕沈辰垣、王奕清等:《御選歷代詩餘》,臺北:廣文書局,1972
年 5 月。

25. 〔清〕沈時棟輯:《古今詞選》,臺北:東方書局,1956 年 5 月。

26. 〔清〕夏秉衡輯:《清綺軒詞選》（道光間刊本）,現藏於國家圖書館。

27. 〔清〕張惠言輯:《詞選》,上海:上海古籍出版社,2002 年 3 月（《續
修四庫全書》）。

28. 〔清〕董毅輯:《續詞選》,上海:上海古籍出版社,2002 年 3 月（《續
修四庫全書》）。

29. 〔清〕黃蘇輯:《蓼園詞選》,濟南:齊魯書社,1988 年 9 月。

30. 〔清〕周濟輯:《詞辨》,上海:上海古籍出版社,2002 年 3 月（《續

修四庫全書》)。

31. 〔清〕陳廷焯輯:《詞則》,上海:上海古籍出版社,1984 年 5 月。

32. 〔清〕王闓運輯:《湘綺樓詞選》(王氏湘綺樓刊本),1917 年。

33. 〔清〕梁令嫻輯:《藝蘅館詞選》,臺北:臺灣中華書局,1970 年 10 月。

34. 〔清〕周濟輯:《宋四家詞選》,上海:上海古籍出版社,2002 年 3 月(《續修四庫全書》)。

35. 〔清〕戈載輯、杜文瀾校注:《宋七家詞選》,臺北:河洛圖書,1978 年。

36. 〔清〕馮煦輯:《宋六十一家詞選》,臺北:文化圖書公司,1956 年 3 月。

37. 〔清〕端木埰輯:《宋詞十九首》,臺北:正中書局,1977 年 7 月。

38. 〔清〕朱祖謀輯:《宋詞三百首》,臺北:臺灣古籍出版社,2005 年 11 月。

39. 〔清〕葉申薌輯:《天籟軒詞選》,清道光間刊本,現藏於國家圖書館。

40. 〔清〕許寶善輯:《自怡軒詞選》,清嘉慶元年許氏刊本,現藏於國家圖書館。

41. 〔清〕王昶撰:《國朝詞綜》,北京:商務印書館,2005 年(《續修四庫全書》)。

【詞譜】

1. 〔明〕周暎輯:《詞學筌蹄》,上海:上海古籍出版社,2002 年 3 月(《續修四庫全書》)。

2. 〔明〕張綖撰:《詩餘圖譜》,上海:上海古籍出版社,2002 年 3 月(《續修四庫全書》)。

3. 〔明〕程明善輯:《嘯餘譜》,上海:上海古籍出版社,2002 年 3 月(《續修四庫全書》)。

4. 〔清〕吳綺輯:《選聲集》,臺南:莊嚴文化出版公司,1997 年 6 月(《四庫全書存目叢書》)。

5. 〔清〕賴以邠輯:《填詞圖譜》,臺北:廣文書局,1971 年 4 月(《詞學全書》)。

6. 〔清〕郭鞏輯:《詩餘譜式》,北京:北京出版社,2000 年 1 月(《四庫未收書輯刊》)。

7. 〔清〕萬樹輯:《詞律》,上海:上海古籍出版社,2009 年 4 月。

8. 〔清〕王奕清奉敕撰:《欽定詞譜》,臺北:臺灣商務印書館,1986 年 3 月(《景印文淵閣四庫全書》)。

9. 〔清〕秦巘編著;鄧魁英、劉永泰校點:《詞繫》,北京:北京師範大學出版社,1996 年 9 月。

10. 〔清〕葉申薌輯:《天籟軒詞譜》,清道光間刊本,現藏於國家圖書館。

11. 〔清〕陳銳撰:《詞比》,現藏於中國國家圖書館。

12. 〔清〕舒夢蘭、謝朝徵箋:《白香詞譜箋》,臺北:世界書局,2006 年 5 月。

13. 〔清〕周祥鈺、劉崇德校譯《新定九宮大成南北詞宮譜校譯》,天津:天津古籍出版社,1998 年 7 月。

14. 〔清〕謝元淮撰:《碎金詞譜》,上海:上海古籍出版社,2002 年 3 月(《續修四庫全書》)。

(三)詩文集、全集

【總、選集】

1. 〔梁〕昭明太子、李善注《昭明文選》,臺北:文化圖書出版公司,1975 年。

2. 〔梁〕鍾嶸撰:《詩品》北京:中華書局,1991 年。

3. 〔明〕馮惟訥:《古詩記》,北京:商務印書館,2005 年(《文津閣四庫全書》)。

4. 〔清〕康熙敕:《御定全唐詩》,北京:商務印書館,2005 年(《文津閣四庫全書》)。

【別集】

1. 〔晉〕陸機、張少康集釋:《文賦集釋》,北京:人民文學出版社,2006 年。

2. 〔宋〕歐陽脩:《文忠集》,臺北:臺灣商務印書館,(《景印文淵閣四庫全書》)。

3. 〔宋〕嚴羽撰、郭紹虞校釋:《滄浪詩話》,北京:人民文學出版社,2006 年。

4. 〔宋〕蘇軾:《東坡全集》,北京:商務印書館,2005 年(《文津閣四庫全書》)。

5. 〔宋〕蘇軾：《東坡志林》，北京：商務印書館，2005 年（《文津閣四庫全書》）。

6. 〔宋〕黃庭堅：《山谷集》，北京：商務印書館，2005 年（《文津閣四庫全書》）。

7. 〔宋〕李之儀：《姑溪居士前集》，北京：商務印書館，2005 年（《文津閣四庫全書》）。

8. 〔宋〕張耒撰：《柯山集》，北京：商務印書館，2005 年（《文津閣四庫全書》）。

9. 〔宋〕李廌：《師友談記》，北京：商務印書館，2005 年（《文津閣四庫全書》）。

10. 〔宋〕釋道潛：《參寥子詩集》，北京：商務印書館，2005 年（《文津閣四庫全書》）。

11. 〔宋〕蘇籀：《欒城遺言》，北京：商務印書館，2005 年（《文津閣四庫全書》）。

12. 〔宋〕蔡正孫：《詩林廣記》，北京：商務印書館，2005 年（《文津閣四庫全書》）。

13. 〔宋〕王應麟：《困學紀聞》，北京：商務印書館，2005 年（《文津閣四庫全書》）。

14. 〔宋〕曾肇撰：《曲阜集》，北京：商務印書館，2005 年（《文津閣四庫全書》）。

15. 〔宋〕鄒浩撰：《道鄉集》，北京：商務印書館，2005 年（《文津閣四庫全書》）。

16. 〔宋〕樓鑰：《攻媿集》，臺北：臺灣商務印書館，1967 年（《四部叢刊初編》）。

17. 〔宋〕朱弁：《曲洧舊聞》，北京：商務印書館，2005 年（《文津閣四庫全書》）。

18. 〔宋〕楊萬里：《誠齋集》，北京：商務印書館，2005 年（《文津閣四庫全書》）。

19. 〔宋〕羅大經：《鶴林玉露》，北京：商務印書館，2005 年（《文津閣四庫全書》）。

20. 〔宋〕洪邁：《容齋隨筆》，北京：商務印書館，2005 年（《文津閣四庫全書》）。

21. 〔宋〕朱熹：《二程外書》，北京：商務印書館，2005 年（《文津閣四庫全書》）。

22. 〔宋〕朱熹：《晦庵集》，北京：商務印書館，2005 年（《文津閣四庫

全書》)。

23. 〔宋〕葉適：《水心集》，北京：商務印書館，2005 年（《文津閣四庫全書》）。

24. 〔宋〕周紫芝：《太倉稊米集》，北京：商務印書館，2005 年（《文津閣四庫全書》）。

25. 〔宋〕晁說之：《嵩山文集》，臺北：商務印書館，1966 年（《四部叢刊》）

26. 〔宋〕李彭：《日涉園集》，北京：商務印書館，2005 年（《文津閣四庫全書》）。

27. 〔宋〕陸游撰、錢仲聯校注：《劍南詩稿校注》，上海：上海古籍出版社，1985 年 9 月。

28. 〔宋〕韓淲：《澗泉日記》，北京：商務印書館，2005 年（《文津閣四庫全書》）。

29. 〔宋〕范成大撰：《范石湖集》，臺北：河洛圖書出版公司，1975 年 9 月。

30. 〔宋〕陳思編、陳世隆補：《兩宋名賢小集》，臺北：臺灣商務印書館，1983 年（《景印文淵閣四庫全書》）。

31. 〔金〕王渾：《秋澗集》，北京：商務印書館，2005 年（《文津閣四庫全書》）。

32. 〔金〕趙秉文：《閑閑老人滏水文集》，南京：鳳凰出版社，2008 年 12 月（《宋金元詞話全編》）

33. 〔元〕林景熙：《霽山文集》，臺北：臺灣商務印書館，出版年月不詳。

34. 〔元〕劉將孫：《養吾齋集》，北京：商務印書館，2005 年（《文津閣四庫全書》）。

35. 〔元〕揭傒斯：《文安集》，北京：商務印書館，2005 年（《文津閣四庫全書》）。

36. 〔元〕揭傒斯：《文安集》，北京：商務印書館，2005 年（《文津閣四庫全書》）。

37. 〔明〕王世貞：《弇州四部稿》，北京：商務印書館，2005 年（《文津閣四庫全書》）。

38. 〔明〕胡應麟撰：《詩藪》，臺北：正生書局，1973 年 5 月。

39. 〔明〕何良俊撰：《四友齋叢說》，北京：中華書局，1959 年。

40. 〔明〕湯顯祖：《湯顯祖集》，臺北：洪氏出版社，1975 年 3 月。

41. 〔明〕袁中道：《珂雪齋近集》，臺北：偉文圖書公司，1976 年。

42. 〔明〕邵寶：《容春堂集》，臺北：臺灣商務印書館，1983 年（《景印文淵閣四庫全書》）。

43. 〔明〕李詡：《戒庵老人漫筆》，北京：中華書局，1997 年 12 月。

44. 〔明〕唐寅：《唐伯虎全集》，北京：中國書店，1994 年 5 月。

45. 〔清〕樊增祥：《樊山集》，臺北：文海書局，1983 年 10 月。

46. 〔清〕汪辟疆：《汪辟疆文集》，上海：上海古籍出版社，1998 年 12 月。

47. 〔清〕彭孫遹：《詞藻》，臺北：藝文印書館，1967 年。

48. 〔清〕王士禎：《古夫于亭雜錄》，北京：商務印書館，2005 年（《文津閣四庫全書》）。

49. 〔清〕王士禎：《香祖筆記》，北京：商務印書館，2005 年（《文津閣四庫全書》）。

50. 〔清〕王士禎：《分甘餘話》，北京：商務印書館，2005 年（《文津閣四庫全書》）。

51. 〔清〕王士禎撰、金榮箋注：《漁洋山人精華錄箋注》，臺北：廣文書局，1968 年 7 月。

52. 〔清〕朱彝尊：《曝書亭集》，北京：商務印書館，2005 年（《文津閣四庫全書》）。

53. 〔清〕賀貽孫撰：《水田居文集》，臺北：新文豐出版公司，1989 年 7 月。

54. 魯迅撰：《魯迅全集》，臺北：谷風出版社，1980 年 12 月。

（四）筆記雜錄

1. 〔宋〕沈括撰：《夢溪筆談》，北京：中華書局，1985 年（《叢書集成初編》）。

2. 〔宋〕孟元老撰：《東京夢華錄》，北京：中華書局，1985 年（《叢書集成初編》）。

3. 〔宋〕吳自牧：《夢粱錄》，北京：中華書局，1985 年（《叢書集成初編》）。

4. 〔宋〕張端義撰：《貴耳集》，南京：鳳凰出版社，2008 年 12 月（《宋金元詞話全編》）。

5. 〔宋〕葉夢得撰：《避暑錄話》，南京：鳳凰出版社，2008 年 12 月（《宋金元詞話全編》

6. 〔宋〕陳善撰:《捫蝨新話》,南京:鳳凰出版社,2008 年 12 月 (《宋金元詞話全編》)。

7. 〔宋〕俞文豹撰:《吹劍錄》,南京:鳳凰出版社,2008 年 12 月 (《宋金元詞話全編》)。

8. 〔宋〕王楙撰:《野客叢書》,南京:鳳凰出版社,2008 年 12 月 (《宋金元詞話全編》)。

9. 〔宋〕陳郁撰:《藏一話腴》,南京:鳳凰出版社,2008 年 12 月 (《宋金元詞話全編》)。

10. 〔宋〕王象之:《輿地紀勝》,南京:鳳凰出版社,2008 年 12 月 (《宋金元詞話全編》)。

11. 〔宋〕李昉等撰:《太平御覽》,臺北:臺灣商務印書館,1992 年 1月。

12. 〔元〕辛文房撰:《唐才子傳》,臺北:金楓出版社,1999 年 4 月。

13. 〔明〕錢謙益撰:《列朝詩集小傳》,臺北:世界書局,1961 年 2 月,

14. 〔清〕卞永譽:《式古堂書畫彙考》,上海:上海古籍出版社,1991年 8 月。

（五）史　部

1. 〔漢〕司馬遷撰、瀧川龜太郎考證:《史記會注考證》,臺北:文史哲出版社,1997 年 10 月。

2. 〔宋〕劉煦撰:《舊唐書》,北京:商務印書館,2005 年 (《文津閣四庫全書》)。

3. 〔宋〕鄭樵撰:《通志》,北京:商務印書館,2005 年 (《文津閣四庫全書》)。

4. 〔梁〕蕭子顯撰:《南齊書》,臺北:鼎文書局,1975 年 3 月。

5. 〔元〕托克托撰:《宋史》,北京:商務印書館,2005 年 (《文津閣四庫全書》)。

6. 〔元〕馬端臨:《文獻通考》,北京:商務印書館,2005 年 (《文津閣四庫全書》)。

7. 〔清〕張廷玉撰:《明史》北京:商務印書館,2005 年 (《文津閣四庫全書》)。

（六）評論資料

1. 〔宋〕阮閱編著、周本淳校點:《詩話總龜》,北京:人民文學出版社,2006 年 6 月。

2. 〔清〕徐釚著、王百里校箋:《詞苑叢談校箋》,北京:人民文學出版社,1998 年 11 月。

3. 〔清〕李調元撰:《雨村詩話》,臺北:宏業書局,1972 年 4 月。

4. 〔清〕張宗橚編、楊寶霖補正:《詞林紀事,詞林紀事補正合編》,上海:上海古籍出版社,1998 年 11 月。

5. 金啓華、張惠民等編:《唐宋詞集序跋匯編》,臺北:臺灣商務印書館,1993 年 2 月。

6. 張惠民編:《宋代詞學資料匯編》,廣東:汕頭大學出版社,1993 年 11 月。

7. 施蟄存編:《詞籍序跋萃編》,北京:中國社會科學出版社,1994 年 12 月。

8. 尤振中、尤以丁編著:《明詞紀事會評》,合肥:黃山書社,1995 年 12 月。

9. 尤振中、尤以丁編著:《清詞紀事會評》,合肥:黃山書社,1995 年 12 月。

10. 施蟄存、陳如江輯錄:《宋元詞話》,上海:上海書店出版社,1999 年 2 月。

11. 吳熊和主編:《唐宋詞匯評‧兩宋卷》,杭州:浙江教育出版社,2004 年。

12. 唐圭璋:《詞話叢編》,北京:中華書局,2005 年 10 月。

　　〔宋〕楊湜撰:《古今詞話》。

　　〔宋〕王灼撰:《碧雞漫志》。

　　〔宋〕吳曾撰:《能改齋詞話》。

　　〔宋〕胡仔撰:《苕溪漁隱詞話》。

　　〔宋〕張侃撰:《拙軒詞話》。

　　〔宋〕魏慶之:《魏慶之詞話》。

　　〔宋〕周密撰:《浩然齋詞話》。

　　〔宋〕張炎撰:《詞源》。

　　〔宋〕沈義父:《樂府指迷》。

　　〔元〕陸輔之:《詞旨》。

　　〔明〕陳霆撰:《渚山堂詞話》。

　　〔明〕王世貞:《藝苑巵言》。

　　〔明〕俞彥撰:《爰園詞話》。

〔明〕楊慎撰：《詞品》。

〔清〕劉體仁：《七頌堂詞繹》。

〔清〕沈謙撰：《填詞雜說》。

〔清〕鄒祇謨：《遠志齋詞衷》。

〔清〕王士禎：《花草蒙拾》。

〔清〕賀裳撰：《皺水軒詞筌》。

〔清〕彭孫遹：《金粟詞話》。

〔清〕沈雄撰：《古今詞話》。

〔清〕王奕清等撰：《歷代詞話》。

〔清〕李調元：《雨村詞話》。

〔清〕田同之：《西圃詞說》。

〔清〕焦循撰：《雕菰樓詞話》。

〔清〕郭麐撰：《靈芬館詞話》。

〔清〕許昂霄：《詞綜偶評》。

〔清〕張惠言：《詞選》。

〔清〕周濟撰：《詞辨》。

〔清〕周濟撰：《宋四家詞選目錄序論》。

〔清〕馮金伯：《詞苑萃編》。

〔清〕葉申薌：《本事詞》。

〔清〕吳衡照：《蓮子居詞話》。

〔清〕宋翔鳳：《樂府餘論》。

〔清〕丁紹儀：《聽秋聲館詞話》。

〔清〕杜文瀾：《憩園詞話》。

〔清〕黃蘇撰：《蓼園詞評》。

〔清〕李佳撰：《左庵詞選》。

〔清〕江順詒：《詞學集成》。

〔清〕謝章鋌：《賭棋山莊詞話》。

〔清〕馮煦撰：《蒿庵論詞》。

〔清〕蔣敦復：《芬陀利室詞話》。

〔清〕劉熙載：《詞概》。

〔清〕陳廷焯：《詞壇叢話》。

〔清〕陳廷焯：《白雨齋詞話》。

〔清〕譚獻撰：《復堂詞話》。

〔清〕胡薇元：《歲寒居詞話》。

〔清〕沈祥龍：《論詞隨筆》。

〔清〕張德瀛：《詞微》。

〔清〕張祥齡：《詞論》。

〔清〕王國維：《人間詞話》。

〔清〕王闓運：《湘綺樓評詞》。

〔清〕況周頤：《蕙風詞話》。

〔清〕蔣兆蘭：《詞說》。

13. 吳熊和主編：《唐宋詞匯評・唐五代卷》，杭州：浙江教育出版社，2007 年。

（七）文學研究專著

1. 王國維撰：《宋元戲曲考》，臺北：藝文出版社，1957 年 4 月。

2. 薛礪若《宋詞通論》，臺北：開明書店，1958 年 5 月。

3. 聞汝賢著：《詞牌彙釋》，臺北：自印本，1963 年 5 月。

4. 繆鉞撰：《詩詞散論》，臺北：臺灣開明書局，1966 年 2 月。

5. 鄭騫著：《景午叢編》，臺北：臺灣中華書局股份有限公司，1972 年 3 月。

6. 昌彼得等著：《宋人傳記資料索引》，臺北：鼎文書局，1975 年 3 月。

7. 梁一成撰：《徐渭的文學與藝術》，臺北：藝文印書館，1977 年 5 月。

8. 《詞學》編輯委員會編：《詞學》，上海：華東師範大學出版社，1981 年 11 月迄今。

9. 葉嘉瑩著：《嘉瑩論詞叢稿》，臺北：明文書局股份有限公司，1982 年 10 月。

10. 夏承燾著：《唐宋詞人年譜》，臺北：金圓出版社，1982 年 12 月。

11. 葉嘉瑩著：《唐宋詞名家論集》，臺北：國文天地雜誌社，1987 年 1 月。

12. 俞陛雲著：《唐五代兩宋詞選釋》，臺北：文史哲出版社，1988 年 7 月。

13. 楊仲謀著：《論詞絕句註》，臺中：四川同鄉會，1988 年 10 月。

14. 唐圭璋等著：《唐宋詞鑑賞集成》，臺北：五南圖書，1991 年 6 月。

15. 葉程義《王國維詞論研究》臺北：文史哲出版社，1991 年 7 月。

16. 蕭鵬著：《群體的選擇——唐宋人選詞與詞選通論》，臺北：文津出版社，1992。

17. 陳如江著：《唐宋五十名家詞論》，上海：華東師範大學出版社，1992年。

18. 黃兆漢著：《金元詞史》，臺北：臺灣學生書局，1992 年 12 月。

19. 張葆全著：《詩話和詞話》，臺北：萬卷樓圖書公司，1993 年 2 月。

20. 繆鉞，葉嘉瑩著：《靈谿詞說》，臺北：正中書局，1993 年 8 月。

21. 孫康宜著，李奭學譯著：《晚唐迄北宋詞體演進與詞人風格》，臺北：聯經出版社，1994 年 6 月。

22. 朱崇才著：《詞話學》，臺北：文津出版社，1995 年 1 月。

23. 劉慶雲著：《詞話十論》，臺北：祺齡出版社，1995 年 1 月。

24. 李澤厚撰：《美的歷程》，臺北：三民書局，1996 年 7 月。

25. 楊海明著：《唐宋詞史》，天津：天津古籍出版社，1998 年 12 月。

26. 錢鍾書：《談藝錄》，臺北：書林出版有限公司，1999 年 2 月。

27. 孫琴安著：《中國評點文學史》，上海：上海社會科學出版社，1999年 6 月。

28. 艾治平著：《清詞論說》，上海：學林出版社，1999 年 7 月。

29. 葉嘉瑩著：《中國詞學的現代觀》，臺北，大安出版社，1999 年 7 月。

30. 張宏生著：《清代詞學的建構》，南京：江蘇古籍出版社，1999 年 9 月。

31. 沈松勤著：《唐宋詞社會文化學研究》浙江：浙江大學出版社，2001年 1 月。

32. 陶然著：《金元詞通論》，上海：上海古籍出版社，2001 年 7 月。

33. 嚴迪昌著：《清詞史》，南京：江蘇古籍出版社，2001 年 7 月。

34. 張仲謀著：《明詞史》，北京：人民文學出版社，2002 年 2 月。

35. 邱世友著：《詞論史論稿》，北京：人民文學出版社，2002 年 2 月。

36. 鄒雲湖著：《中國選本批評》，上海：上海三聯書店，2002 年 7 月

37. 皮述平著：《晚清詞學的思想與方法》，北京：學苑出版社，2003 年 3 月。

38. 王偉勇著：《詞學專題研究》，臺北：文史哲出版社，2003 年 4 月。

39. 王嵐著：《宋人文集編刻流傳叢考》，南京：江蘇古籍出版社，2003年 5 月。

40. 陶子珍著：《明代詞選研究》，臺北：秀威資訊科技股份有限公司，2003 年。

41. 夏承燾著：《唐宋詞欣賞》，杭州：浙江古籍出版社，2003 年 8 月。

42. 龍沐勛著：《倚聲學》，臺北：鼎文書局，2003 年 9 月 30 日。

43. 吳熊和著：《唐宋詞通論》，北京：商務印書館，2003 年 10 月。

44. 王偉勇著：《宋詞與唐詩之對應研究》，臺北：文史哲出版社，2004 年 3 月。

45. 王兆鵬著：《詞學史料學》，北京：中華書局，2004 年 5 月。

46. 楊柏嶺著：《晚清民初詞學思想建構》，合肥：安徽大學出版社，2004 年。

47. 孫克強著：《清代詞學》，北京：中國社會科學出版社，2004 年 7 月。

48. 鄧喬彬著：《唐宋詞美學》，濟南：齊魯書社，2004 年 10 月。

49. 陶爾夫、諸葛憶兵著：《南宋詞史》，哈爾濱：黑龍江人民出版社，2004 年。

50. 陶爾夫、諸葛憶兵著：《北宋詞史》，哈爾濱：黑龍江人民出版社，2005 年。

51. 顏翔林著：《宋代詞話的美學研究》長沙：湖南師範大學出版社，2005 年。

52. 朱惠國著：《中國近世詞學思想研究》，上海：上海古籍出版社，2005 年。

53. 王兆鵬著：《唐宋詞史的還原與建構》武漢：湖北人民出版社，2005 年 6 月。

54. 陳水雲著：《清代詞學發展史論》，北京：學苑出版社，2005 年 7 月北京。

55. 王易著：《詞曲史》，南京江蘇教育出版社，2005 年 8 月。

56. 楊柏嶺著：《晚清民初詞學思想建構》，合肥：安徽大學出版社，2006 年。

57. 陶子珍著：《明代四種詞集叢編研究》，臺北：秀威資訊科技股份有限公司，2006 年 4 月。

58. 吳梅著：《詞學通論》，上海：上海古籍出版社，2006 年 4 月。

59. 孫望、常國武主編：《宋代文學史》，北京：人民文學出版社，2006 年 6 月。

60. 李劍亮撰：《唐宋詞與唐宋歌妓制度》，杭州：浙江大學出版社，2006 年。

61. 黃昭寅、張士獻著：《唐宋詞史論稿》濟南：山東大學出版社，2006年。

62. 徐安琴著：《唐五代北宋詞學思想史論》，北京：人民文學出版社，2007年。

63. 劉揚忠著：《唐宋詞流派史》，北京：中國社會科學出版社，2007年1月。

64. 張春義撰：《宋詞與理學》，杭州：浙江大學出版社，2008年4月。

65. 黃雅莉著：《宋代詞學批評專題研究》，臺北：文津出版社，2008年4月。

66. 江合友著：《明清詞譜史》，上海：上海古籍出版社，2008年5月。

67. 沙先一、張暉著：《清詞的傳承與開拓》，上海：上海古籍出版社，2008年。

68. 王兆鵬著：《宋代研究方法十講》，北京：北京大學出版社，2008年6月。

69. 孫克強著：《清代詞學批評史論》，上海：上海古籍出版社，2008年11月。

70. 黃志浩著：《常州詞派研究》，北京：中國社會科學出版社，2008年12月。

71. 余意著：《明代詞學之建構》，上海：上海古籍出版社，2009年7月。

72. 龍榆生：《龍榆生詞學論文集》上海：上海古籍出版社，2009年10月。

（八）接受美學理論及研究專著

【文學理論】

1. Hans Robert Jauss：《Toward an aesthetic of reception》，Minneapolis：University of Minnesota Press，1982。

2. 〔德〕姚斯、霍拉勃著，周寧、金元浦譯：《接受美學與接受理論》，瀋陽：遼寧人民出版社，1987年。

3. 〔德〕沃爾夫岡·伊瑟爾著、周寧、金元浦譯：《閱讀活動——審美反應理論》，北京：中國社會科學出版社，1991年7月。

4. 赫魯伯著，董之林譯：《接受美學理論》，板橋：駱駝出版社，1994年6月。

5. 伊麗莎白·弗洛恩德著，陳燕谷譯：《讀者反應理論批評》，板橋：駱駝出版社，1994年6月。

6. 馬以鑫著：《接受美學新論》，上海：學林出版社，1995 年 10 月。

7. 〔德〕漢斯‧羅伯特‧耀斯著，英譯者麥克爾‧肖，顧建光、顧靜宇、張樂天譯：《審美經驗與文學解釋學》，上海：上海譯文出版社，1997 年 11 月。

8. 金元浦著：《接受反應文論》，濟南：山東教育出版社，1998 年 10 月。

9. 王金山、王青山著：《文學接受研究》，呼和浩特：內蒙古大學出版社，2005 年 7 月。

10. 鄔國平著：《中國古代接受文學與理論》，哈爾濱：黑龍江人民出版社，2005 年 11 月。

11. 朱健平著：《翻譯：跨文化解釋——哲學詮釋學與接受美學模式》，長沙：湖南人民出版社，2007 年 4 月。

12. 朱立元主編：《當代西方文藝理論》，上海：華東師範大學出版社，2008 年 5 月第 2 版（增補版）。

【接受史專著】

1. 高中甫：《歌德接受史》，北京：社會科學文獻出版社，1993 年 4 月。

2. 陳文忠：《中國古典詩歌接受史研究》，合肥：安徽大學出版社，1998 年 8 月。

3. 楊文雄：《李白詩歌接受史》，臺北：五南圖書出版股份有限公司，2000 年 3 月。

4. 鄧新華：《中國古代接受詩學》，武漢：武漢出版社，2000 年 10 月。

5. 蔡振念：《杜詩唐宋接受史》，臺北：五南圖書出版股份有限公司，2002 年。

6. 李劍鋒：《元前陶淵明接受史》，濟南：齊魯書社，2002 年 9 月第 1 版。

7. 劉學鍇著：《李商隱詩歌接受史》，合肥：安徽大學出版社，2004 年 8 月。

8. 朱麗霞著：《清代辛稼軒接受史》，濟南：齊魯書社，2005 年 1 月第 1 版。

9. 王玫著：《建安文學接受史論》，上海：上海古籍出版社，2005 年 7 月。

10. 李冬紅著：《花間集接受史論稿》，濟南：齊魯書社，2006 年 6 月。

11. 查清華著：《明代唐詩接受史》，上海：上海古籍出版社，2006 年 7 月。

12. 曾軍：《接受的復調：中國巴赫金接受史研究》，濟南：齊魯書社，2007。

13. 陳文忠：《文學美學與接受史研究》，合肥：安徽大學出版社，2008年4月。

（九）目錄、辭典、彙編

【目錄】

1. ﹝宋﹞陳振孫撰：《直齋書錄解題》，北京：商務印書館，2005年（《文津閣四庫全書》）。

2. ﹝宋﹞晁公武撰：《郡齋讀書志》，北京：商務印書館，2005年（《文津閣四庫全書》）。

3. ﹝清﹞紀昀等撰：《欽定四庫全書總目》，北京：商務印書館，2005年（《文津閣四庫全書》）。

4. 王重民編：《中國古籍善本提要》，上海：上海古籍出版社，1986年。

5. 王重民編：《中國古籍善本提要補編》，北京：北京圖書館出版社出版發行，1991年。

【辭典】

1. 張相著：《詩詞曲語詞匯釋》，北京：中華書局，1955年1月

2. 馬興榮、吳熊和、曹濟平主編：《中國詞學大辭典》，杭州：浙江教育出版社，1996年10月。

3. 王兆鵬、劉尊明主編：《宋詞大辭典》，南京：鳳凰出版社，2003年9月。

4. 廖珣英編：《全宋詞語言辭典》，北京：中華書局，2007年10月。

二、論　文

【碩、博士論文】

1. 徐文助：《淮海詩注附詞校注（上）》臺北：國立臺灣師範大學國文研究所碩士論文，1966年。

2. 王初蓉：《淮海詞研究》臺北：國立政治大學中國文學研究所碩士論文，1967年。

3. 何金蘭：《蘇東坡與秦少游》臺北：國立臺灣大學中國文學研究所碩士論文，1971年。

4. 包根弟：《淮海居士長短句箋釋》臺北：輔仁大學中國文學研究所碩士論文，1972 年。

5. 李居取：《蘇門四學士詞研究》臺北：國立臺灣師範大學國文研究所碩士論文，1973 年。

6. 呂玟靜：《秦觀詩研究》臺北：國立臺灣大學中國文學研究所碩士論文，1997 年。

7. 楊秀慧：《秦少游詞研究》高雄：國立中山大學中國文學研究所碩士論文，1998 年。

8. 黃玟娟：《晏幾道與秦觀詞之比較研究》彰化：國立彰化師範大學國文研究所碩士論文，1999 年。

9. 許雅娟：《蘇門四學士詞比較研究》彰化：國立彰化師範大學國文研究所碩士論文，2001 年。

10. 張珮娟：《秦觀詞的回流與拓展》臺北：國立臺灣師範大學國文研究所碩士論文，2002 年。

11. 李德偉：《淮海詞與清真詞之比較研究》臺中：國立中興大學中國文學研究所碩士論文，2003 年。

12. 林怡君：《秦觀詞的女性敘寫研究》彰化：國立彰化師範大學國文研究所碩士論文，2003 年

13. 康端宗：《秦觀詞歷代評論研究》臺北：臺北市立師範學院應用語言研究所碩士論文，2004 年。

14. 謝敏琪著：《明代評點詞集研究》臺北：東吳大學中國文學系博士論文，2004 年。

15. 徐玉珍：《秦觀詞歷代評論再探討》臺北：輔仁大學中國文學研究所碩士論文，2004 年。

16. 盧麗龍：《秦觀詞作藝術魅力探微》彰化：國立彰化師範大學國文研究所碩士論文，2007 年。

17. 王曉雯著：《譚瑩論詞絕句研究》臺北：東吳大學中國文學系博士論文，2008 年 7 月。

【期刊論文】

1. 陳文忠：〈二十年文學接受史研究回顧與思考〉，《安徽師範大學學報（人文社會科學版）》，31 卷，2003 年 9 月。

2. 王偉勇：〈兩宋詞人仿蘇辛體析論〉，《宋代文學研究叢刊》，高雄：麗文文化事業公司，2007 年 6 月，第 14 期。

3. 王偉勇：〈兩宋詞人仿擬典範作品析論——以「效他體」爲例〉，《文

藝典範與創意研發學術研討會》，2007 年 6 月。

4. 方智範：〈周濟詞論發微〉，《詞學》編輯委員會編：《詞學》，上海：華東師範大學出版社，1985 年 2 月第 1 版。第 3 輯。

5. 彭玉平：〈陳廷焯詞史論發微〉，《詞學》編輯委員會編：《詞學》，上海：華東師範大學出版社，1993 年 11 月第 1 版。第 11 輯。

6. 王衛平：〈魯迅接受與解讀的接受學闡釋及重建策略──魯迅接受史研究〉《魯迅研究月刊》，2001 年 11 期

7. 李睿：〈論清代詞選〉，《詞學》編輯委員會編：《詞學》，上海：華東師範大學出版社，2007 年 12 月第 1 版。第 18 輯。

8. 朱立元、楊明：〈試論接受美學對中國文學史研究的啟示〉，《復旦學報》（社會科學版），第 4 期，1989 年。

9. 馬以鑫撰：〈接受美學與文學史的撰寫〉，《社會科學戰線》，第 3 期，1994 年。

10. 袁志成撰：〈天籟軒詞譜研究〉，《廣西大學學報》（哲學社會科學版）第 30 卷第 5 期，2008 年 10 月。

11. 朱麗霞：〈八百年詞學接受視野中的秦觀詞〉《雲南大學學報（社會科學版）》第 7 卷第 1 期。

12. 王偉勇：〈清代論詞絕句之整理、研究及價值〉，世新大學中文系主辦「第二屆兩岸韻文學學術研討會」會議論文，臺北，2009 年 5 月

附錄一：歷代譜體詞選擇錄秦詞概況
（包含格律譜及音樂譜）

		明編譜體詞選 3 部			清編譜體詞選（格律譜）11 部											清編譜體詞選（音樂譜）2 部	
	作　者	周暎	張綖	程明善	吳綺	賴以邠	郭鞏	萬樹	徐本立	杜文瀾	王奕清	秦巘	葉申薌	舒夢蘭	陳銳	周祥鈺	謝元淮
	詞選名稱	詞學筌蹄	詩餘圖譜	嘯餘譜	選聲集	填詞圖譜	詩餘譜式	詞律	詞律拾遺	詞律補遺	欽定詞譜	詞繫	天籟軒	白香詞譜	詞比	九宮大成曲譜	碎金詞譜
1	望海潮·星分																
2	望海潮·秦峯							V									
3	望海潮·梅英	V	V	V	V	V		V			V	V					
4	望海潮·奴如																
5	沁園春·宿靄			V							V	V			V		
6	水龍吟·小樓	V	V	V		V					V		V				
7	八六子·倚危	V		V		V	V	V			V	V	V				
8	風流子·東風	V		V		V	V				V						
9	夢揚州·晚雲			V					V	V	V						V
10	雨中花·指點								V	V	V						
11	一叢花·年時							V	V						V		
12	鼓笛慢·亂花			V							V						
13	滿路花·露顆			V							V						
14	長相思·鐵甕										V	V					V

15	滿庭芳·山抹	V		V		V	V	V		V				V
16	滿庭芳·紅蓼													
17	滿庭芳·碧水													
18	江城子·西城	V	V	V	V									
19	江城子·南來													
20	江城子·棗花													
21	滿園花·一向			V		V	V			V				
22	迎春樂·菖蒲		V	V	V	V	V			V	V			
23	鵲橋仙·纖雲		V	V	V	V	V	V				V	V	
24	菩薩蠻·蟲聲	V												
25	木蘭花·天涯													
26	木蘭花·秋容													
27	畫堂春·落紅									V	V			V
28	千秋歲·水邊	V	V	V	V	V	V			V				
29	踏莎行·霧失	V	V	V	V									
30	蝶戀花·曉日													
31	一落索·楊花							V		V	V	V		
32	醜奴兒·夜來													
33	南鄉子·妙手													
34	醉桃源·碧天													
35	河傳·亂花													
36	河傳·恨眉							V		V	V	V		
37	浣溪沙·漠漠													
38	浣溪沙·香靨													
39	浣溪沙·霜縞													
40	浣溪沙·腳上													
41	浣溪沙·錦帳		V											
42	如夢令·門外	V			V		V							
43	如夢令·遙夜								V					V
44	如夢令·幽夢													
45	如夢令·樓外													
46	如夢令·池上													
47	阮郎歸·褪花													
48	阮郎歸·宮腰													
49	阮郎歸·瀟湘													
50	阮郎歸·湘天													
51	滿庭芳·北苑													
52	滿庭芳·曉色	V	V		V							V		

53	滿庭芳·雅燕														
54	桃源·玉樓	V										V			
55	調笑令·回顧														
56	調笑令·轡路														
57	調笑令·翡翠														
58	調笑令·相慕														
59	調笑令·腸斷		V		V	V									
60	調笑令·戀戀		V												
61	調笑令·春夢														
62	調笑令·柳岸														
63	調笑令·眷戀														
64	調笑令·心素														
65	虞美人·高城									V					
66	虞美人·碧桃														
67	虞美人·行行														
68	點絳唇·醉漾														
69	點絳唇·月轉														
70	品令·幸自得						V			V					
71	品令·掉又						V			V					
72	南歌子·玉漏														
73	南歌子·愁鬢														
74	南歌子·香墨														
75	臨江仙·千里						V								
76	臨江仙·髻子														
77	好事近·春路														
78	如夢令·鶯嘴	V										V			
79	木蘭花慢·過秦														
80	醉蓬萊·見揚														
81	御街行·銀燭														
82	阮郎歸·春風			V											
83	滿江紅·越豔														
84	畫堂春·東風	V	V	V	V		V				V				
85	海棠春·曉鶯	V	V	V	V	V	V	V		V	V	V			V
86	憶秦娥·暮雲														
87	菩薩蠻·金風	V													
88	金明池·瓊苑		V	V	V	V	V	V	V		V	V	V		V
89	夜游宮·何事									V					
90	一斛珠·碧雲														

91	青門飲·風起							V		V	V	V			V
92	鷓鴣天·枝上	V	V	V	V	V		V	V						
93	醉鄉春·喚起			V	V			V		V	V	V		V	V
94	南歌子·靄靄							V							
95	南歌子·夕露														
96	南歌子·樓迥														
97	失調名·天若														
98	失調名·我曾														
99	失調名·粽團														
100	失調名·神仙														
101	曲游春·臉薄														
102	蝶戀花·鐘送	V		V											
103	柳梢青·岸草	V	V	V	V	V	V	V		V					
104	憶王孫·萋萋	V		V	V			V		V	V	V		V	V
105	如夢令·傳與														
106	搗練子·心耿	V		V	V										
107	如夢令·門外			V											
108	生查子·眉黛														
109	桃源憶故人·碧紗	V		V	V	V	V								
110	浣溪沙·青杏	V													
111	眼兒媚·樓上	V	V	V	V										
112	昭君怨·隔葉														
113	西江月·秋黛														
114	宴桃源·去歲														
115	南鄉子·萬籟														
116	失調名·缺月														
117	木蘭花慢·蘸														
118	畫堂春·淺春	V													
119	昭君怨·蹴罷														
120	傾杯·覘南														
121	如夢令·冬夜														
122	錦堂春·一彈														
123	卜算子·春透		V		V	V									
124	黃金縷·妾本									V					
125	尾犯·客裡									V					
126	解語花·窗涵									V	V				V
127	憶秦娥·灞橋									V					
128	行香子·樹繞									V					

129	憶秦娥·曲江									V						
130	蘭陵王·雨初									V						
131	鷗鷺天·無一					V										
擇錄數量	24	15	29	20	20	19	21	10	0	24	27	14	6	6	2	13

所依據之版本：

1. 〔明〕周暎輯：《詞學筌蹄》，收錄於《續修四庫全書》，集部，冊 1735。

2. 〔明〕張綖撰、謝天瑞補遺：《詩餘圖譜》，收錄於《四庫全書存目叢書》（臺南：莊嚴文化事業公司，1997 年 6 月），集部，冊 425。

3. 〔明〕程明善輯：《嘯餘譜》，收錄於《續修四庫全書》，集部，冊 1736。

4. 〔清〕吳綺輯：《選聲集》，收錄於《四庫全書存目叢書》，集部，冊 424。

5. 〔清〕賴以邠輯：《填詞圖譜》，收錄於〔清〕查培繼輯《詞學全書》（臺北：廣文書局，1971 年 4 月），頁 103～554。

6. 〔清〕郭鞏輯：《詩餘譜式》，收錄於《四庫未收書輯刊》，冊 30。

7. 〔清〕萬樹輯：《詞律》（上海：上海古籍出版社，2009 年 4 月）。（徐本立輯：《詞律拾遺》、杜文瀾輯：《詞律補遺》亦見於此）

8. 〔清〕王奕清奉敕撰：《欽定詞譜》，收錄於《景印文淵閣四庫全書》，集部，冊 1495。

9. 〔清〕秦巘編著；鄧魁英、劉永泰校點：《詞繫》（北京：北京師範大學出版社，1996 年 9 月）。

10. 〔清〕葉申薌輯：《天籟軒詞譜》，清道光間刊本，現藏於國家圖書館。

11. 〔清〕陳銳撰：《詞比》，今藏於中國國家圖書館。

12. 〔清〕舒夢蘭輯、謝朝徵箋：《白香詞譜箋》（臺北：世界書局，2006 年 5 月）。

13. 〔清〕周祥鈺《新定九宮大成序》，見劉崇德校譯《新定九宮大成南北詞宮譜校譯》（天津：天津古籍出版社，1998 年 7 月），冊 1～6。

14. 〔清〕謝元淮撰：《碎金詞譜》，收錄於《續修四庫全書》，集部，冊 1737，頁 1～576。

所依據之版本

一、宋編詞選

1. 黃大輿輯：《梅苑》，收錄於唐圭璋編《唐宋人選唐宋詞》（上海：上海古籍出版社，2004 年 10 月）。

2. 曾慥輯：《樂府雅詞》，收錄於唐圭璋編《唐宋人選唐宋詞》，上冊，頁 287～488。

3. 書坊原編、何士信增修：《增修箋注妙選群英草堂詩餘》，收錄於唐圭璋編《唐宋人選唐宋詞》，上冊，頁 489～570。

4. 黃昇輯：《唐宋諸賢絕妙詞選》，收錄於唐圭璋編《唐宋人選唐宋詞》，下冊，頁 571～680。

5. 趙聞禮輯：《陽春白雪》，收錄於唐圭璋編《唐宋人選唐宋詞》，下冊，頁 853～1016。

6. 周密輯：《絕妙好詞》，收錄於唐圭璋編《唐宋人選唐宋詞》，下冊，頁 1017～1118。

二、金元詞選

1. 仇遠輯：《樂府補題》，收錄於《文津閣四庫全書》，集部，冊 498。

2. 元好問輯：《中州樂府》（臺北：商務印書館，1979 年）。

3. 鳳林書院輯、程端麟校點：《精選名儒草堂詩餘》（瀋陽：遼寧教育出版社，2003 年 3 月）。

4. 周南瑞輯：《天下同文》（臺北：臺灣商務印書館，出版年月不詳）。

5. 彭致中輯：《鳴鶴餘音》（臺北：藝文印書館，1962 年）。

三、明編詞選

1. 顧從敬：《類選箋釋草堂詩餘》，收錄於《續修四庫全書》（上海：上海古籍出版社，2002 年 3 月）。

2. 錢允治、陳仁錫箋釋《類選箋釋續選草堂詩餘》，收錄於《續修四庫全書》本。

3. 佚名：《天機餘錦》，國家圖書館。

4. 楊慎：《詞林萬選》，收錄於王文才、萬光治等編注《楊升庵叢書》（成都：天地出版社，2002 年）。

5. 楊慎：《百琲明珠》，收錄於王文才、萬光治等編注《楊升庵叢書》（成都：天地出版社，2002 年）。

6. 陳耀文:《花草稡編》,收錄於《景印文淵閣四庫全書》,集部,冊 498 ～499。

7. 茅暎:《詞的》,收錄於《四庫未收書輯刊》(北京:北京出版社,2000 年 1 月)。

8. 陸雲龍輯:《翠娛閣評選行笈必攜詞菁》,藏於中國國家圖書館。

9. 潘游龍輯、梁穎校點:《精選古今詩餘醉》(瀋陽:遼寧教育出版社, 2003 年 3 月)。

10. 卓人月、徐士俊輯:《古今詞統》,收錄於《續修四庫全書》,集部, 冊 1728～1729。

11. 周履靖輯:《唐宋元明酒詞》(臺北:臺灣商務印書館,1969 年 4 月)。

12. 沈際飛撰:《草堂詩餘正集》、《草堂詩餘續集》、《草堂詩餘別集》、《草 堂詩餘新集》,合稱《草堂詩餘四集》。

四、清編詞選

1. 朱彝尊、汪森編:《詞綜》(上海:上海古籍出版社,2008 年 3 月第 2 次印刷)。

2. 先著、程洪輯;劉崇德、徐文武點校:《詞潔》(保定:河南大學出 版社,2007 年 8 月)。

3. 沈辰垣、王奕清等:《御選歷代詩餘》(臺北:廣文書局,1972 年 5 月)。

4. 沈時棟輯:《古今詞選》(臺北:東方書局,1956 年 5 月)。

5. 夏秉衡輯:《清綺軒詞選》(道光間刊本),現藏於國家圖書館。

6. 張惠言輯:《詞選》,收錄於《續修四庫全書》

7. 董毅輯:《續詞選》,收錄於《續修四庫全書》,集部,冊 1732,頁 558～573。

8. 黃蘇輯:《蓼園詞選》,(濟南:齊魯書社,1988 年 9 月)。

9. 周濟輯:《詞辨》,收錄於《續修四庫全書》,集部,冊 1732,頁 575 ～589。

10. 陳廷焯輯:《詞則》(上海:上海古籍出版社,1984 年 5 月)。(包含 〈大雅集〉、〈別調集〉、〈閒情集〉)

11. 王闓運輯:《湘綺樓詞選》(王氏湘綺樓刊本),1917 年。

12. 梁令嫻輯:《藝蘅館詞選》(臺北:臺灣中華書局,1970 年 10 月), 頁 1～322。

13. 周濟輯:《宋四家詞選》,收錄於《續修四庫全書》,集部,冊 1732,

頁 591～613。

14. 戈載輯、杜文瀾校注：《宋七家詞選》（臺北：河洛圖書，1978 年）。

15. 馮煦輯：《宋六十一家詞選》（臺北：文化圖書公司，1956 年 3 月）。

16. 端木埰輯：《宋詞十九首》（臺北：正中書局，1977 年 7 月）。

17. 朱祖謀輯：《宋詞三百首》（臺北：臺灣古籍出版社，2005 年 11 月）。

18. 顧太清：《宋詞選》，收錄於謝永芳〈顧太清的宋詞選及其價值〉《詞學》第 19 輯，2008 年 6 月，頁 152～165。

19. 葉申薌輯：《天籟軒詞選》，清道光間刊本，現藏於國家圖書館。

20. 許寶善輯：《自怡軒詞選》，清嘉慶元年許氏刊本，現藏於國家圖書館。

附錄三：歷代對秦詞的創作接受
（和韻部分）

（一）宋金元人

	作者	詞調名	詞題（序）	原　　文	出處
1	蘇軾	千秋歲	次韻少游	島邊天外。未老身先退。珠淚濺，丹衷碎。聲搖蒼玉佩。色重黃金帶。一萬里。斜陽正與長安對。　道遠誰云會。罪大天能蓋。君命重，臣節在。新恩猶可覬。舊學終難改。吾已矣。乘桴且恁浮於海。	《全宋詞》，冊1，頁332
2	李之儀	千秋歲	用秦少游韻	深秋庭院，殘暑全消退。天暮遠，雲容碎。地偏人罕到，風慘寒微帶。初睡起，翩翩戲蝶飛成對。　嘆息誰能會，猶記逢傾蓋。情暫遣，心常在。沉沉音信斷，荏苒光陰改。紅日晚，仙山路隔空雲海。	《全宋詞》，冊1，頁340
3	黃庭堅（或作晁无咎）	千秋歲	少游得謫，嘗夢中作詞…始追和其千秋歲詞。	苑邊花外。記得同朝退。飛騎軋，鳴珂碎。齊歌雲繞扇，趙舞風回帶。嚴鼓斷，杯盤狼藉猶相對。　灑淚誰能會。醉臥藤陰蓋。人已去，詞空在。兔園高宴悄，虎觀英遊改。重感慨，波濤萬頃珠沈海。	《全宋詞》，冊1，412
4	王之道	千秋歲	追和秦少游	山前湖外。初日浮雲退。荷氣馥，槐陰碎。葵花紅障錦，萱草青垂帶。誰得似，黃鸝求友新成對。　憶昔東門會。千古同傾蓋。人已遠，歌如在。銀鉤雖可漫，琬琰終難改。愁浩蕩，臨風令我思淮海。	《全宋詞》，冊2，頁1154

5	董穎	滿庭芳	元禮席上用少游韻	紅鬧風桃，綠肥煙草，楊柳春暗重門。五陵佳興，釀醞付芳尊。窈窕笙簫叢裡，金猊篆、霧繞雲紛。勾情也，歌眉低翠，依約鷓鴣村。 人生須快意，十分春事，纔破三分。況點檢年時，勝客都存。更把餘歡卜夜，從徹曉、蠟淚流痕。花陰晝，朱簾未捲，猶自醉昏昏。	《全宋詞》，冊2，頁1167
6	仲並	畫堂春	和秦少游韻	春波淺碧漲方池。池臺深鎖煙霏。緩歌爭勝早鶯啼。客忍輕歸。　　合坐香凝宿霧，墊巾梅插寒枝。漸西蟾影漾餘輝。醉倒誰知。	《全宋詞》，冊2，頁1287
7	岳甫	千秋歲	用秦少游韻	梅妝竹外。未洗脣紅退。酥臉膩，檀心碎。臨溪閒自照，愛雪春猶帶。沙路曉，亭亭淺立人無對。　　似恨誰能會。遲見江頭蓋。和鼎事，終應在。落殘知未免，韻勝何曾改。牽醉夢，隨香欲渡三山海。	《全宋詞》，冊3，頁1742

（二）明　人

	作者	詞調名	詞題（序）	原　文	出處
1	陳鐸	滿庭芳	和秦少游	九十春光，連朝雨意，江郊一霎微晴。東皇將去，新綠戰殘英。飛困漫天柳絮，清江上、草軟沙平。橫僑外，有人樓上，無語抱秦箏。　　輕塵。生紫陌，香車油壁，寶馬珠纓。半度花依水，彷彿登瀛。幾度舊歡如夢，歎年來、白髮新驚。黃昏近，細吟歸去，鼓角動高城。	《全明詞》，冊2，頁448
2	陳鐸	望海潮	和秦少游	芳草閒雲，夕陽流水，消磨今古豪華。春色還來，人情不改，青鞋又踏江沙。小小畫輪車。竟鬪紅爭翠，來往交加。多少遊人，誤隨歌管到山家。　　高城隱隱吹笳。正細風敬燕，小雨飛花。短鬢蕭騷，昔遊縹緲，等閒楚客興嗟。垂柳古隄斜。清陰拂馬，香絮迷鴉。不憂身外，祇憑爛醉是生涯。	《全明詞》，冊2，頁448
3	陳鐸	如夢令	和秦少游	枕滑玉釵斜溜。春困翠眉低皺。簾幙幾重重，又被曉風吹透。如舊。如舊。不爲近來消瘦。	《全明詞》，冊2，頁449

4	陳鐸	踏莎行	和秦少游	細柳平橋，蒼煙古渡。昔年倦客停橈處。江蘺漠漠正愁人，音書底事來遲暮。　失意江州，薄情樊素。青衫淚點今無數。欲將離思付春江，春江又恐東流去。	《全明詞》，冊2，頁450
5	陳鐸	金明池	和秦少游	細草熏衣，長楊拂首，還是尋芳舊路。絆晴暉、游絲百尺，纔一煞、又飛小雨。問誰家、占得春多，聽歡笑、人在玉樓高處。歎杜牧多情，秋娘已老，不見昔年歌舞。　樓外花枝誰是主。著意相看，紫騮暫住。正無人、會得幽情，被歷歷、小鶯如訴。看年時、帶眼都移，恁憔悴、非關酒愁詩苦。最怕春來，卻憐春好，此際更憂春去。	《全明詞》，冊2，頁451
6	陳鐸	千秋歲	和秦少游	斷虹雨外。城郭清陰退。春欲去，心先醉。花容疑笑靨，草色思羅帶。偏相妒，鴛鴦兩兩飛成對。　久負西樓會。塵滿青羅蓋。□□□，□□□。後期應不定，初志誰先改。情劇也，欲隨精衛填東海。	《全明詞》，冊2，頁451
7	陳鐸	浣溪沙	和秦少游	金鴨煙銷冷篆香。翠盤歌歇罷霓裳。小梁雙燕爲誰忙。　春夢也應隨日短，柳絲非是爲愁長。厭厭過了好時光。	《全明詞》，冊2，頁457
8	陳鐸	八六子	和秦少游	近江亭。問他江草，因甚喚得愁生。見楊柳倚風清瘦，花枝照水分明，黯然自驚。　何人爲念娉婷。歷歷新鶯多事，遲遲舊鴈無情。對媚眼春光、娛心樂事，二難四美，未易相并，明月爲誰圓缺，浮雲隨意陰晴。晚煙凝。又添歸鴉數聲。	《全明詞》，冊2，頁459
9	陳鐸	菩薩蠻	和秦少游	其一　彩雲夢斷珊瑚枕。西風愁碎雙林錦。風景正蒼涼。山長水更長。　懶妝依翠幌。細雨妝樓暗。早是怯孤眠。薄衿容易寒。	《全明詞》，冊2，頁466
10	陳鐸	菩薩蠻	和秦少游	其二　秋聲颯颯凋梧葉。驚鳥繞樹啼三匝。銀漢正低垂。星依銀漢飛。　舊愁知若許。短髮愁千縷。吹笛不堪聞。月明江上村。	《全明詞》，冊2，頁466
11	陳鐸	菩薩蠻	和秦少游	多愁短鬢經秋白。照人好月因誰缺。陡覺枕衿寒。夢殘鐙亦殘。　何處尋消息。絡緯鳴秋急。恰待寫相思。寸心如亂絲。	《全明詞》，冊2，頁470

12	陳鐸	桃源憶故人	和秦少游	多情自是風流種。天與精神誰共。日午畫蛾簪鳳。錦障氍氈擁。　小闌春意梅邊動。驚起梨雲香夢。隔屋恁般寒重。猶把鸞簫弄。	《全明詞》，冊2，頁471
13	陳霆	蝶戀花	宋秦淮海韻言懷	鐘鼓樓頭昏又曉。馳隙流光，易向忙中了。消得多情天亦老。鏡中霜鬢成秋草。　身世江湖，夢裡邯鄲道。望斷平蕪江樹杳。歸心一點孤帆小。	《全明詞》，冊2，頁548
14	顧磐	畫堂春	和少游韻春思	游絲百尺引風長。新晴花動微陽。眼看蜂蝶鬧芬芳。頓謝殘妝。　有限春催鶯燕，無情水向瀟湘。淚痕誰為檢羅裳。孤負思量。	《全明詞》，冊2，頁770
15	茅維	千秋歲	憶舊，次秦少游韻	綿綿春雨，寒峭花神退。柳棉掃，池萍碎。山插繁花髻，雲繫青蘿帶。小樓上，春山紫靄朝朝對。　文酒西郊會。幾輩同軒蓋。回首故交誰在。尺書何自阻，素心應不改。生憎道，長征人老投遼海。	《全明詞》，冊3，頁1297
16	王屋	千秋歲	次秦七太虛韻	一身之外。誰進誰為退。與瓦合，寧珠碎。唐盟山作礪，漢誓河如帶。曾幾日，山河依舊空愁對。　回首灃池會。氣勢難籠蓋。青史上，風流在。人情驚雨散，世事翻雲改。君不見，桑田昨日皆滄海。	《全明詞》，冊4，頁1661
17	徐石麒	柳梢青	眞州道中，用秦少游韻	風起晴沙。馬蹄不謓，歧路交斜。荒市無人，斷垣高樹，由着春花。　征衫搵淚無涯。聽不盡、西風晚鴉。隔岸青燐，望如烟火，疑是人家。	《全明詞》，冊4，頁1796
18	盧象昇	西江月	春閨，次秦少游作	裁就弓鞋樣淺。繡成鴛枕鍼殘。坐沉紅燭有餘閑，日九迴腸非嬾。　別館疏櫺風細，孤幃繡榻香寒。昔時雲雨夢中難。欲覓佳期已晚。	《全明詞》，冊4，頁1822
19	吳綃	鵲橋仙	步秦少游韻	花針穿月，蛛絲織巧，河畔鵲橋催渡。相逢謾道足新歡，反惹起、舊懷無數。　沈沈鳳幄，依依駕夢，秋煞曉寒歸路。羲和若肯做人情，成就它、雲朝雨暮。	《全明詞》，冊4，頁1878
20	易震吉	滿庭芳	春景，次少游韻	嫩草蒲茵，亂花堆繡，遊人陌上新晴。羅衫初試，纖手摘嬌英。踏去香塵不動，群鴛戲、沙暖波平。垂楊底，青帘聚客，歌笑雜彈箏。	《全明詞》，冊4，頁1985

			滿懷春拍拍，休停屨齒，暫卸冠纓。　看四圍攢碧，說甚蓬瀛。只恐清明過了，荼蘼謝、蜂蝶都驚。徘徊久，騎牛短笛，弄響過山城。	
21	徐士俊	千秋歲	次少游韻弔蘇小妹	飄然林外。晉代風流退。簫可丟，環能碎。文章兄父授，聰穎前生帶。衝口處，儘教雅謔成佳對。　恰與秦嘉會。蘇蕙聲名蓋。眉畫出，眉山在。梅妝高可認，玉骨香難改。歸去也，墉城花月春如海。	《全明詞》，冊4，頁2148
22	葉小鸞	千秋歲	即用秦少游韻	草邊花外，春意思將退。新夢斷，閑愁碎。慵嫌金葉釧，瘦減香羅帶。庭院悄，只和鏡裡人相對。　過了鞦韆會。荷葉將成蓋。春不語，難留在。幾番花語候，一霎東風改。腸斷也，每年賺取愁如海。	《全明詞》，冊5，頁2387
23	卓人月	千秋歲	次秦少游韻，弔少游	心從天外。筆掃千人退。玉比潤，金如碎。旗亭傳樂拍，簾砌飄香帶。風肆好，更誇靜好蘇娘對。　遠謫成奇會。喜氣生華蓋。繡几上，芳詞在。藤陰蟬已蛻。花影鶯無改。人逝矣，千秋歲仰秦淮海。	《全明詞》，冊6，頁2908～2909
24	張綖	踏莎行	詠閨情，用秦少游韻	芳草長亭，垂楊古渡。當時記得分襟處。珠簾小院捲楊花，綠窗幾度傷春暮。　鴛帳心期，鶯箋情素。天涯回首山無數。寒江日落水悠悠，倚樓目送孤鴻去。	《全明詞補編》，上冊，頁274
25	陳德文	風流子	續棠陵「山郭自可樂」詩為詞，寄風流子，和少游韻	山郭自可樂，隨琴鶴、初日滿汀洲。有閒雲出岫，繁花遶幕，動人情景，來上眉頭。丹厓外，胡麻春汎汎，黃？暮悠悠。蔥嶺斜陽，綉川平浪，寒沙唱晚，篛在漁舟。　棠陵遙罨畫，雙龍劍心折，西州□□。□時親友，前度江樓。但爛柯碁罷，牧羊石化，□磐石澗，無了無休。徐孺亭前瑤草，一咲千秋。	《全明詞補編》，上冊，頁354
26	呂希周	千秋歲	春夢作，次秦少游韻	花飄閣外。報道春光退。綠暈成，紅芳碎。最是困人天，不解垂餘帶。惟占取，綸連藻繡長相對。　夢入蟠桃會。卿雲飛紫蓋。袍染御香仍在。韶華猶未老，燕喜經時改。隔瑤池，離懷幾許深於海。	《全明詞補編》，上冊，頁371

27	呂希周	千秋歲	秋思作，再次秦少游韻	風生樹外。漸覺餘炎退。荷筒亂，蟬簧碎。短髮不勝搔，革孔常移帶。冷蕭蕭，碧山紅樹偏相對。　嘗記西園會。明月芙渠蓋。同賞豪英何在。轉睞幾經秋，人代須臾改。驚心處，還見桑田變滄海。	《全明詞補編》，上冊，頁371
28	方一元	蝶戀花	長堤楊柳，用秦少游韻	水畔纖纖烟陣曉。紫燕呢喃，又早云歸了。紅白蔘蘋同一老。來年嫩綠和春草。　客舍章臺情不少。對爾歡愁，各有人知道。一望長堤何杳杳。含黃已露春光小。	下冊，頁1001
29	林時躍	滿庭芳	次秦少游，惜窓前寶襄花	梅彈香漸，櫻桃綴錦，畫堂風日初晴。嫣桃獻笑，脂色奪榴英。晻靄重重翠幕，烘曉日、火樹霞平。珠簾外，茜妝映柳，蜂響小秦箏。　留情。香徑裡，荀侯駐馬，燃插朱纓。看雨臙支淚，醉倚心傾。回憶年來舊恨，遭狂妬、浪折堪驚。凭欄久，叢叢丹萼，一座錦霞城。	下冊，頁1080

（三）清　人

	作　者	詞調	詞題（序）	原　文	頁數
1	杜濬	水龍吟	又用少游韻，少游體，與諸作微異	小春過去匆匆，同雲飛霰何其驟。清涼寺古，莫愁湖澹，晴寒氣候。相率凭高，臨風縱目，白邊青有。看城烏宿處檣烏近，鷺汀對面排鴛瓷。　卻顧長江繞後，湧鯨波、層層還又。龍樓閱武，英雄去後，健兒都瘦。西楚迷方，南冠何在？魁然囚首。獨長陵北望，茸茸紫翠，雪消如舊。	《全清詞》冊2，705
2	彭孫貽	河傳	戲兩和少游、山谷	瞥時半面，意中心上，夢裡如經慣。月閉雲低，好殺人兒勻幹。落花風，不方便。　夢回金鎖橫門限。臂冷餘香，花影疑鬟亂。愁損天也巧，又流鶯低勸。我自愁，誰耐管。	冊2，1068
3	龔鼎孳	桃源憶故人	同善持君湖舫送春，用少游春閨韻	子規絮夢蘭窗曉，哽咽落紅無了。今夜斷腸花鳥。春去愁應少。　畫欄十二春錦裊。吹上白蘋難掃。青鬢為誰催老。又是西陵草。	冊2，1120

4	陸瑤林	千秋歲	秋日社集，用秦淮海韻	風生郊外，天淡氛陰退。叢桂馥，禽音碎。雲峰紛紫翠，爽籟橫襟帶。尋遠韻，皋亭癯鶴幽堪對。　　池上朋來會，松蔭垂青蓋。傾玉屑，清芬在。綵毫江管麗，綠鬢潘絲改。銜暮景，山南暝色連瀛海。	冊2，1201
5	尤侗	千秋歲	感舊用少游韻	落花簾外，點點殘紅退。雲穗亂，風箏碎。愁拈翡翠管，恨拆鴛鴦帶。薄倖煞，燕兒難捉鸚哥對。　　夢想瑤臺會，繡被同舟蓋。錦字杳，遺香在。星移漢斷，雨散巫峰改。魂去也，化作精衛填青海。	冊3，1541
6	尤侗	夢揚州	客廣陵用少游韻	晚潮收，嘆隋宮、花月都休。寒雨蕪城，綠楊三月如秋。市門十里黃埃滿，但往來、車馬星稠。紅橋畔，青樓底，誰人勾當春愁。　　追想樊川狎遊。報書記平安，廿四橋頭。笑我多情，鬢絲禪榻空留。紗燈萬點歸何處，枉斷腸、錦瑟簾鉤。平白地，揚州夢醒，惱亂蘇州。	冊3，1553
7	陸埜	鵲橋仙	七夕和淮海韻	牽牛佇望，支機凝恨，此夕年年一度。春歸也小窗虛。依依綠影鋪。　　停濁酒，捲殘書。背人偷向隅。閨中應是斷腸初，客中腸已無。	冊3，頁1596
8	吳綺	千秋歲	春情，次少游韻	春風簾外，不放春愁退。魂欲斷，腸先碎。金釵留寶鈿，錦字縈羅帶人去也，鴛鴦六六空相對。　　夢向西樓會，醒剩衾花蓋。山枕畔，言猶在。丁香枝自結，松柏情難改。君不見，南山帝女能填海。	冊3，頁1748
9	何五雲	金明池	虎丘弔古，用秦七韻	綠皺芳波，青沿垂柳，認得閶門外路。丁囑佛前香勿爇，紛閨秀過眼如雨。問誰同天地長生，卻銷送、聖帝賢王何處。只翠館紅樓，浣花響屧，勾引年年歌舞。　　李氏陳家雙後主。愛結綺臨春，韶光粘住。不妖麗、江山安在，不浪子、興亡安訴。道旁亭、上石都存，想點首椎心，一般悲苦。有絕代英雄，五胡蝦菜，載簡美人飄去。	冊4，頁1937
10	沈謙	風流子	代聞元亮悼亡，用秦少游韻	風流今已盡，冰弦斷、難見鳳麟洲。枉寶襪偷看，頻移帶眼，金錢暗擲，浪卜刀頭。見伊處、書中心切切，帳底夢悠悠。夕泣朝啼，淚多流被，南	冊4，頁2020

			來北往,愁重沉舟。　　蕭條朱門裏,不堪回首處,華屋西州。怕見塵生遺挂,粉剩空樓。倘指上玉環,他生再見,腰中繡裡,今世眞休。若是伊心未泯,鬼也須愁。	
11	沈謙	風流子	代聞元亮悼亡,用秦少游韻	風流難再得,尋聚窟、何處問儋州。想別後寄情,曾經翦髮,病中永訣,不肯回頭。豈知道、黃泉聲寂寂,碧落恨悠悠。桂殿初奔,敲殘兔白,桃源再訪,賺殺漁舟。　　繁華消磨盡,三年眞薄倖,一覺揚州夢。最苦難求毒石,未得神樓。似亂攀荷藕,千絲不斷,對燒蠟燭,兩淚難休。反羨伊家解脫,免卻閒愁。	冊4,頁2021
12	梁清標	金明池	十六夜,用秦少游韻	氣暖璇霄,波融太液,寶炬分開輦路。當此夜、衣香人面,星橋畔暗塵如雨。奈銀花、火樹蕭條,頻凝望、角觝魚龍何處。正門掩東風,笛橫別院,讓與侯家歌舞。　　欲倩東皇強作主,把三夕春光,一霄留住。金縷奏、漏聲停滴。玉缸倒、客懷莫訴。況年來、子野多情,看天外風煙,人間茶苦。仗冉冉韶華,溶溶殘月,都向醉鄉歸去。	冊4,頁2267
13	龔士稚	滿庭芳	延陵暫遊白下,箕山和秦淮海詞,殷勤送別,即用其韻送之	桂吐天香,棠呈國色,剝啄聲到衡門。咄嗟草具,隨意幾陶尊。說起秣陵秋興,西風裡、瑟瑟紛紛。明朝去,孤蓬雙槳,維艤小江村。　　吟魂,眞勃發,詞尋舊譜,韻省重分。向便面圖將,折柳情存。懷袖憑君出入,但莫惹、月影霜痕。歸須早,新蒭正熟,細與數黃昏。	冊5,頁2957
14	顧景星	滿庭芳	楚宮草,少游韻	芳草湘沅,綠波南浦,傷心都付陰晴。飄零桃李,點綴恨繁英。寶玦王孫何處,高臺畔、燕麥雲平。鶯啼外,餳簫鉤鼓,無復舊琴箏。　　楚宮傳故事,君王宵宴,醉挂冠纓。問章華,異日已變桑瀛。燹火鴛鴦瓦裂,斜陽下、回首魂驚。無人管,蒙茸幾地,牧羖上春城。	冊5,頁2963
15	徐喈鳳	鵲橋仙	又七夕,用秦少游韻	天孫織倦,黃姑耕老,一歲銀河一渡。閏分七月又佳期,喜今歲、良緣異數。　　靈橋雨洗,雲簾月逗,未久重來熟路。雙星寄語到人間,今夜裡、穿針休暮。	冊5,頁3055

16	丁彭	卜算子	春恨，和淮海韻	曉起乍開簾，滿眼梨花瘦。惱卻流鶯不住啼，明日還來否？　　啼罷莫頻來，樓上雙垂手。煩襯桃花不耐紅，暈薄非關酒。	冊6，頁3158
17	董元愷	醉鄉春	斷橋月夜，同內飲荷花深處，和秦少游韻	內外湖邊人悄，南北峰頭天曉。搖翠蓋，擁紅妝，一夜幽香多少。　　鏡裡迎風如笑，篙底清陰堪沓。金尊滿，玉繩低，一杯共我澆蘇小。	冊6，頁3252
18	董元愷	醉鄉春	復步十錦塘，再和前韻	波動一輪聲悄，水浸一天秋曉。臺榭冷，珮環寒，此際知心原少。　　欲折柳絲低笑，頻向荷風輕舀。香霧濕，淡煙籠，扶疏影亂苔痕小。	冊6，頁3252
19	董元愷	望海潮	遊平山堂，登真實樓，用秦淮海廣陵懷古韻	畫堂插漢，危樓掛斗，迷離一帶雲封。拾級而登，憑闌四望，飄然如欲凌風。日影漾晴虹。便髯公三過，指點無從。　　山色青青，醉翁漫道有無中。平山詞賦稱雄。奈寒鴉落木，衰草連空。玉洞鶯花，邗溝佳麗，儘誇百尺危龍。極目送飛鴻。總零煙剩雨，埋沒隋宮。恰又斜陽，金剎天外度疏鐘。	冊6，頁3355
20	徐倬	鵲橋仙	丙戌七夕，和秦淮海韻，同顧秋濤、韓希一、宋允叔、沈德餘作	筵前瓜棗，樓頭針線，乞巧年年一度。天邊覓巧沒些兒，但剩取、相思無數。　　盈盈羅襪，叢叢珠琲，拋在銀灣中路。東皇知我可憐宵，許從此、無朝有暮。	冊6，頁3434
21	毛奇齡	望海潮	越中懷古同秦淮海韻	東南都會，會稽形勝，居然晉代風流。宛委赤書，蓬萊紫氣，天連星宿牽牛。佳境任優游。向山陰道上，秦望峰頭。萬壑千巖，當時曾此鎮揚州。　　依稀舊蹟還在，恨蘭亭人散，蕺里歌謳。九曲風光，五湖煙雨，望中處處生愁。時泛小犀舟。看西施西去，花謝妝樓。猶見若耶春漲，綠草遍芳州。	冊6，頁3723
22	陳維崧	畫堂春	春景，和少游原韻	今年愁似柳條長，春宵夢斷昭陽。杏花著雨隔籬香。瘦不成妝。　　十載留連蜂蝶，半生淪落湖湘。殘紅幾斛撲衣裳，和淚同量。	冊7，頁3911
23	韓純玉	漁家傲	同立翁訪元馭留飲妙峰石上，次秦淮海韻	掃盡浮雲新雨過，紫煙一抹泉飛破。春色總憑人意作。留白墮，緣何醉裡功名大。　　堪笑南陽龍不臥。空將煩惱輕擔荷。日月行天真似磨。休再誤，今朝且對青山坐。	冊7，頁4309

24	韓純玉	千秋歲	同元馭晚步泉滋嶺，和淮海韻	笛聲牛背，吹入煙光碎。茅屋下，猧兒吠。秋林黃傲蝶，秋水藍於黛。何似也，徐娘老去風情在。 不厭頻相會，菊澹人堪配，乘興去，還尋戴。數杯劉墮酒，一味庾郎菜。詩句好，兩人才氣分江海。	冊7，頁4310
25	王士祿	浣溪沙	次少游韻	半下流蘇胃綠霞，緩歌捉搦按紅牙。春風先到泰娘家。 選夢正宜衾鴉暖，昵人偏是鬢蟬斜。莫將銷恨屬花名。	冊8，頁4723
26	王士祿	憶秦娥	次少游韻	秋眉碧。月明幾夜流黃織。流黃織。誰家闌角，乍飄風笛。 錦機羞鑷鸚鰈翼。遠書漫說長相憶。長相憶。玉籠愁絕，相思聲隻。	冊8，頁4728
27	王士祿	踏莎行	用少游韻	瑞腦烘猊，素箏排雁。綠窗深處新妝淡。嬌春偏覺眼波慵，宜人更是心情慢。 珮響微風，琴鳴幽潤。還疑天女將花散。春光穠日惜分攜，碧城縹緲愁無限。	冊8，頁4731
28	王士祿	蝶戀花	次韻少游二喬觀書圖	傾碧頹雲肩彈玉。鬓几光凝，雙映修蛾綠。鬓髻風光屏外足。攤書停卻尋春躅。 鑪裡雙煙青斷續。玉砌紅簾，不似牽蘿屋。公瑾伯符皆不俗。知無一心事縈心曲。	冊8，頁4731
29	王士祿	江城子	用少游韻	游春夢好殢元郎，惱儂狂。呢噥狂。燕兒鶯兒，底事送春忙。花露未晞雲影散，痕在臂，淚沾裳。 錦屏髻髯膩風光。枕餘香，簟餘香。鬓几文菽，無復映晨妝。小疊紅箋書恨字，憑誰寄，向伊行。	冊8，頁4734
30	王士祿	千秋歲	和少游韻	花間葉外，又見蜂黃退。階影慢，簾影碎。合歡金縷枕，雙綏紅鴛帶。人去也，銀燈暈裡羞相對。 尚記橫塘會，荷葉青如蓋。蹤已杳，魂猶在。鳳奩香欲殄，蟬鬢雲將改。無奈是，愁心一寸深於海。	冊8，頁4734
31	王士祿	沁園春	用少游韻	小雨捎晴，微暖按寒，階景乍長。恰游絲依約，鶯和柳嬾，輕陰歷亂，燕逐花忙。幾處開窗，何人倚檻，領略風光青粉墻。傷哉僕，祇恨眉如壓，天色滄浪。 愁懷此際無央，漫負手、閑階車轉腸。看似殘仍滴，依稀夜漏，如灰更裹，鬓髻晨香。箋與天公，逡巡不報，且駕尻輿問醉鄉。還回耐，是杜康力懞，難遣茫茫。	冊8，頁4748

32	仲恒	長相思慢	金陵懷古，依秦少游韻	采石風高，長干路遠，依稀望斷秦樓。攜罇踏月，採勝尋芳，不減跨鶴揚州。叢繡錦纏頭。聽吳姬一曲，字字纖柔。乘醉放中流。駕艅艎，輕以扁舟。　　問王謝諸公，興來作賦，撇卻幾許閑愁。雞鳴山上月，碧層層、光耀沙洲。自嘆年來華髮，比蘆花更稠。且開拓襟懷，恣意遨遊。	《全清詞・順康卷》冊8，頁4922
33	周金然	柳梢青	落梅，和少游春景韻二首	嫩草晴沙。落梅風細，嫋嫋斜斜。一曲瑤琴，數聲羌笛，崔送寒花。　　那堪回首天涯。人倦视、堆殘鬢鴉。似剪摧心，如珠彈淚，春瘦兒家。	冊10，頁5859
34	彭孫遹	滿庭芳	晚景，和少游韻	飲水虹明，蒸山霞爛，亂帆爭渡津門。離人向夕，無緒對芳樽。幾上層樓極目，疏林外、落照繽紛。空凝望，天邊白苧，烟雨鎖空村。　　羈魂。飛欲去，清江千里，南北中分。恨瑤琴陡在，錦瑟空存。腸斷蕭娘一紙，羅巾賸、萬點檀痕。憑傳語，玉兒憔悴，終不負黃昏。	冊10，頁5926
35	丁煒	八六子	可亭晚春，用秦淮海韻	坐孤亭。綺窗初拓，玲瓏空翠環生。正浪蘂酣香趁蝶，交枝碎影鳴禽，倦晻頓驚。　　憑欄羞靦娉婷。紅藥暗翻離恨，綠楊潛縮幽情。早滿地、藤蕪送春歸去，門侵苔掩，簾和絮捲，最憐團扇罷歌却月，纖羅傭闘新晴。正愁凝。瓊簫謾調羽聲。	冊11，頁6229
36	賀國璘	踏莎行	雨中渡洞庭，入湘江，用秦淮海郴陽韻	攜得愁來，載將愁渡。曲終江上人何處。洞庭昨夜一帆來，春風春雨春山暮。　　峰影迷青，波痕搖素。古今遺恨難窮數。祝融頻遣雁飛回，怪他偏望衡陽去。	冊11，頁6256
37	賀國璘	阮郎歸	郴陽感秦淮海事，即仍前韻	長沙曲院定情初。聞名見不虛。迢迢遷謫路于于。逐臣長曰徂。　　同調少，賞音孤。難教黨籍除。衡南也見碧空書。休言鴻影無。	冊11，頁6259
38	荊揝	搗練子	花月詞，用秦少遊韻	香細細，影雙雙。浪瀉明河浸綺窗。私語卻忘聽玉漏，解衣原不籍銀釭。	冊11，頁6284
39	邱宏譽	踏莎行	入湘江，用秦淮海郴陽韻	江漢初歸，瀟湘又渡。扁舟昨夜停何處。風風雨雨楚天多，今年容易春光暮。　　帆轉峰青，波搖雪素。騷人腸斷愁無數。蒼梧帝子可能來，汨羅遷客長流去。	冊11，頁6324

40	邱宏譽	阮郎歸	郴陽感秦淮海事，即仍白鹿原韻	阮郎忽到楚江初。相逢易豈虛。郴陽千里夢于于。天台好事徂。　遷客怨，旅魂孤。良緣自此除。妾心不負舊時書。君今知也無。	冊11，頁6325
41	范荃	千秋歲	祝壽中秋，孫爾繩四十初度席上賦，次秦少游韻	畫闌干外。風起輕雲退。燈影亂，歌聲碎。花攢金縷扇，香滿流蘇帶。齊按拍，紅牙一曲真無對。　同赴瑤池會。把酒成傾蓋。唯此地，春長在。芳辰當令節，千載無更改。賓筵散，一輪明月升銀海。	冊11，頁6379
42	王士禛	蝶戀花	和秦少游	啼碎春光鶯燕語。一片花飛，又是天將暮。欲乞放晴春不許。黃昏更下廉纖雨。　春去應知郎去處。好屬春光，共向郎邊去。畢竟春歸人獨住。澹煙芳草千重路。	冊11，頁6561
43	曹武亮	千秋歲	春情，用淮海韻	燕飛花外。春遣餘寒退。簾影漾，波紋碎。含愁攏鬢影，憶夢按裙帶。看戲水，鴛鴦小小偏成對。　曾向瑤池會。荷柱初擎蓋。揮別淚，痕猶在。音塵終斷絕，密意無時改。君信否，夜長脈脈情如海。	冊12，頁7216
44	錢芳標	望海潮	同南華，和少游韻	窮桑一髮，銀濤千仞，羲輪吐盡朝華。徐福不歸，成連既去，酸風亂颭驚沙。何處輾雲車。有翠旗縹緲，珠樹交加。指點虛無，箇中如覻織綃家。　荒墩又動金茄。正煙將着草，霰未成花。樓蜃滅來，汀鷗狎罷，人間萬事空嗟。竿影壞壖斜。遶三姑廟側，叢荻神鴉。對此茫茫，祇應沉醉是生涯。	冊13，頁7627
45	錢芳標	夢揚州	用少游韻	鏡奩收。判殘香、零粉都休。一寸病心，約略芭蕉經秋。半生曾被啼鵑賺，不忍看、千樹紅綢。屏山畔，沈烟炷，氤氳也替人愁。　疇昔真成浪游。嗟十二樓前，廿四橋頭。有限隙駒，底事無端遲留。恁時暫別腸猶斷，況夜臺、難寄銀鉤。春夢短，從今打疊，慵說揚州。	冊13，頁7632
46	尤珍	搗練子	秋閨次少游韻	身影隻，淚痕雙。庭畔秋聲透紙窗。更漏迢迢愁不寐，半簾殘月澹銀紅。	冊15，頁8503
47	韓裴	踏莎行	答友人旅思，用少游韻	殘絮依妝，落花飛渡。春風亂捲愁來處。深沉一院雨餘青，閉門孤枕春將暮。　鳥倦飛還，月明如素。湘江竹染斑無數。在家勝似出門寒，劉郎擬入天台去。	冊15，頁8810

48	盛禾	柳稍青	檃括桃源行，用淮海韻	綠水銀沙。扁舟蕩漾，路轉林斜。一簇青山，幾叢雲樹，兩岸桃花。　光風媚景無涯。歸思動、昏鐘暮鴉。惆悵難尋，漁樵門巷，雞犬人家。	冊19，頁10965
49	盛本枏	望海潮	辛未十二月雪後立春，用淮海韻	溪原新臘。東皇何事，便教早逗韶華。依舊峭寒，亂瓊盈砌，濛濛絮委泥沙。疑是響繰車。漸冰池綠減，梅蕊紅加。剗曲船回，何須更到戴逵家。　東城疊鼓鳴笳。看綵幡剪勝，巧鬪瑤花。生也無憀，時乎已暮，幾回對景驚嗟。況是夕陽斜。笑書空雁字，不似塗鴉。愁鬢年年，怕逢春至思無涯。	冊19，頁10986
50	陳祥裔	千秋歲	和少游韻	春歸簾外。蝶粉蜂黃退。花事謝，芳心碎。驗愁奩上鏡，試瘦腰間帶。還羞煞，繡床鴛枕空成對。　記得初相會。翠波和春藹。忘不了，般般在。玉聰消息斷，薄倖心腸改。又何勞，當年絮絮盟山海。	冊19，頁11360
51	陳祥裔	千秋歲	寄感，仍用前韻	孤踪天外。酒態詩狂退。愁與病，牽心碎。眉長常鎖恨，腰瘦難勝帶。西窗下，青山白水來相對。　荷心先領會。畏暑聊擎藹。轉眼處，秋光在。書生原白面，雨打風吹改。離合別，年年負卻情如海。	冊19，頁11361
52	周廷譔	如夢令	閨情，用秦少游韻	風起花飛楊柳。春色濃于春酒。倚戶聽漁歌，歡聚擊殘銅斗。人瘦。人瘦。正是艷陽時候。	冊20，頁11627
53	周廷譔	如夢令	閨情，用秦少游韻	好捉迷藏前後。那有啼痕沾袖。午夢醒回時，可惜玉顏消瘦。回首。回首。倚遍玉樓花柳。	冊20，頁11627
54	周廷譔	阮郎歸	詠淚，用秦少游韻	斑斑竹上篁。路歧灑更孤。誰家少婦立踟躕。夜深偷向隅。　乾蠟炬，傾鮫珠。淚消粉黛餘。不堪掩袖憶當初。迴腸斷也無。	冊20，頁11630
55	林時躍	滿庭芳	次秦少游，惜窗前寶襄花	梅彈香澌，櫻桃綴錦，畫堂風日初晴。嫣桃獻笑，脂色奪榴英。晻靄重重翠幕，烘曉日、火樹霞平。珠簾外，茜妝映柳，蜂響小秦箏。　留情。香徑裡，荀侯駐馬，燃插朱纓。看雨臟支淚，醉倚心傾。回憶年來舊恨，遭狂妬、浪折堪驚。凭欄久，叢叢丹萼，一座錦霞城。	《全清詞·順康卷補編》冊1，頁166

56	錢肅潤	畫堂春	上巳，崔國輔齋中社集，即景用秦少游原韻	千絲萬縷柳梢長。朱簾掩映斜陽。花鬚蜂戀蝶含香。點綴新莊。　　爭耐封姨少女，浪吹竹淚飄湘。春光黯淡問衣裳。好費商量。	同上，冊1，頁208
57	錢肅潤	踏莎行	廣陵桑楚執齋中，同杜茶村、鄧孝威、宗鶴問諸子詠杏，和秦少游原韻	隋苑迷樓，曲江問渡。蕉城景色今何處。路人遙指杏林來，春光點染還非暮。　　攜手聯翩，此心如素。對花嘯詠觴無數。忽然齊唱踏莎行，依依耐可花間去。	同上，冊1，頁208
58	張瓓	千秋歲	秋閨，次少游韻	碧梧風外。雨洗炎飆退。蟲語亂，蕉聲碎。欲辭班女扇，已褪休文帶。菱歌起，秋容愁共菱花對。　　萍梗縈歡會。香冷金猊蓋。啼痕漬，鮫綃在。玉關歸夢斷，錦字幽期改。雁過也，緘愁堪借填青海。	同上，冊3，頁1593
59	吳應蓮	千秋歲	九峰春遊醉歸，用秦少游韻，南中尊季試華亭四亭	帆飛天外。晝靜邨煙退。遠樹暗，孤雲碎。柳陰迷畫舫，花氣侵衣帶。登眺後，群峰盡放雙眸對。　　芳徑成佳會。紅袖同羅蓋。風過處，香猶在。山因嵐色變，溪為潮痕改。歸去也，酒腸落拓深如海。	同上，冊3，頁1655
60	錢永基	望海潮	乙丑暮春，丹麓王先生枉顧予，邀諸同學讌集小齋。即席用淮海韻，各賦〈望海潮〉一闋，以志雅敘，兼送歸西泠	別來經歲，思深秋後，相逢恰值春華。柳岸停舟，竹林訪舊，沿堤水遶明沙。緩步當乘車。睹紅情綠意，閑思偏加。松下科頭，群賢觴詠集貧家。　　醉中隱聽鳴笳。便詩成擊缽，韻落生花。剪燭西窗，客皆東箭，功名遲暮休嗟。坐久月痕斜。為王孫去促，驚起棲鴉。人到西湖，青山一片是生涯。	同上，冊3，頁1805
61	魏荔彤	滿庭芳	由蘇赴崇，用淮海韻	寒雨連山，新蕪遍野，人隨春老吳門。流連花月，幾取醉金樽。一任韶華過眼，憐遲暮、塵緒糾紛。浮家入，滄波淼沓，雙槳蕩漁村。　　詩魂。淒斷處，枝頭梅結，水面萍分。粉香恨，空留白紵歌存。春送何方去也，殘紙背、深印愁痕。登樓看，雲峰四起，海色渾朝昏。	同上，冊3，頁1860
62	孔傳鐸	阮郎歸	湖上用少游韻	蓼花荽葉滿寒湖。秋山點點孤。畫船蘭槳去踟躕。欲遊天一隅。　　月似練，露如珠。鄂衾醒夢餘。湘靈光景似當初。瑟聲猶在無。	同上，冊4，頁1988

63	程夢星	桃源憶故人	和秦少游	半規殘月紗窗曉。剛值梳頭纔了。窗下學圖花鳥。自擬宣和少。　　隔簾可惜花枝裊。一夜東風如掃。枝上鶯啼聲老。綠遍閒階草。	同上，冊4，頁2179
64	程夢星	柳梢青	和秦少游	碧水明沙。風前雁影，裊裊斜斜。十五橋頭，無雙亭畔，有朵瓊花。　　錦帆一去無涯。剩得箇、垂楊暮鴉。水調遺聲，玉簫舊譜，落在誰家。	同上，冊4，頁2179
65	侯嘉繙	滿庭芳	題秦少游蓬萊詞，寄懷秦沐雲	蕉雨臨窗，梅雨灑壁，玉鎖牢鎖樓門。掩燈春夜，歌吹歇琴樽。無限吟花逸韻，空相望、臺謝繽紛。珠簾下，月華似水，霞綺散村村。　　尋思無此樂，羅帷不捲，鈿合初分。浪呼得兄妹，惟爾孤存。是夢何年再續，楊柳上、籠着煙痕。輕帆卸處，小犬吠黃昏。	同上，冊4，頁2289
66	侯嘉繙	憶王孫	春景，和少游韻	花花似錦費天孫。柳放青眸梅動魂。乳鵲雛鶯隔院聞。月初昏。悄立東風人在門。	同上，冊4，頁2291
67	侯嘉繙	如夢令	春景，再和少游韻	煙漲碧波千頃。小字鶯鶯呼應。行過萬梨花，拋落玉釵深井。春靜。春靜。欄外燜來人影。	同上，冊4，頁2291
68	侯嘉繙	如夢令	春景，三和少游韻	殘雪舞梅簷溜。蘸碧一池細皺。月照瑣窗圓，寒與冰脂香透。依舊。依舊。挨過綠肥紅瘦。	同上，冊4，頁2291
69	侯嘉繙	眼兒媚	春景，和秦少游韻	春盡枝頭鶯語寒。幽意託闌干。問渠不管，關卿何事，太息花殘。　　雀釵拋去宵妝急，並翼翠翹間。階下自摘，低看梁月，淡掃眉山。	同上，冊4，頁2292
70	侯嘉繙	柳梢青	春景，再和秦少游韻	雨後晴沙，穠桃艷李，作意託妖斜。驟過青驄，飛來油壁，沽酒梨花。　　春遊冶思無涯。隔花見、佳人鬢鴉。朱邸青簾，銀牆金屋，吹夢鄰家。	同上，冊4，頁2292
71	侯嘉繙	千秋歲	春景，再和少游韻	玉屏風外。聽曲賓初退。鸚鵡誤，珊瑚碎。空餘香鴨爐，不見文駕帶。誰解語，粉棉裹鏡花相對。　　瞥爾驚重會。擬揭紅羅蓋。定情處，依然在。側看雲鬢薄，錯認風華改。三載矣，目成舊誓深於海。	同上，冊4，頁2293

72	姚大禎	千秋歲	秋日社集，用淮海韻	霜飛林外。研墨揮毫退。桂風香、蛩聲碎。丹楓點碧翠，寒色侵垂帶。分逸韻，明窗淨几聊堪對。　晉接同人會。錦帳同陰蓋。吐珠璣，光輝在。雲煙落紙，半字應難改。秋氣靜、雁聲嘹嚦來東海。	同上，冊4，頁2437
73	李雯	滿路花	和秦淮海	蝶粉黏花葯。桐淚詹簾額。羅衣渾不整、難消息。屏風數尺，有雲山隔。憑著青鸞翼。月影通廊，那回相見加密。　好天良夕。一別真輕擲。但有金縷枕、餘香迹。碧雲何際，照那人顏色。無語深相憶。得來時，有個夢兒成匹。	《清詞別集百三十四種》，冊1，頁24
74	莊棫	水龍吟	和秦淮海	小窗月影東風，單衣竚立輕寒驟。開門靜掩，湘簾不捲，深宵時候。已隔經年，更添愁緒，問君曾有。料春光滿眼，王孫草色，離離遠，迷荒甃。　一取楊枝別後，恰依稀、探春時又。客中何處，儂今生怕，為儂消瘦。飛燕雕樑，落花深巷，一般搔首。更天涯是處，流鶯滿院，說新和舊。	《清詞別集百三十四種》，冊4，頁3